永城 作品

作家出版社

目 录
CONTENTS

自序

　　现在回想起来，也许是我二十多年前在美国养的那些蟑螂，为我埋下了写一部科幻小说的种子，尽管那时我完全无法预料，二十年后的自己，会把写小说当成糊口的营生。

　　我说的蟑螂可不是在学生公寓里"陪住"的"小强"，而是从亚马孙雨林里抓来的南美大蟑螂，每只都有婴儿手掌那么大，我把它们养在几只大鱼缸里，每天精心伺候。

　　1997 年，我进入斯坦福大学工程院读研，师从于被誉为"仿生机器人之父"的 Mark Cutkosky 教授，我参加的课题小组在研发一种能在原始丛林里自由运动的昆虫机器人。我们长年累月观察那些南美大蟑螂，寻找运动规律，建立力学模型。为了迫使蟑螂在恶劣的环境中运动，我们把它们集中到同一个鱼缸里。非常有趣的是，拥挤的蟑螂竟也表现出某些类似人类的秉性，比如都喜欢往别人（蟑螂）头顶上爬，像是搭建金字塔；塔尖上是最身强力壮的，总能最早抢到食物。然而每当它们受到惊吓，比如来自日本的女博士冲它们尖叫，金字塔就会立刻崩溃，如果女博士叫个不停，另一个金字塔就渐渐形成——蟑螂都争先恐后地往缸底钻，试图用别人掩护自己，越是身强力壮的，藏得就越深，留在顶上的都是老弱病残。

这大概就是优胜劣汰——强大者获得更好的资源和更多的避险机会。自然界对"优劣"的定义，似乎和道义没什么关系。

同学们就此展开讨论：科技的发展，会不会也是人类的一种优胜劣汰？

经过一番激烈的争论，我们意识到这个貌似简单的问题其实非常复杂——科技让存在身体缺陷的人也能生存和繁衍，这显然违背优胜劣汰的原则；但是科技让体格不佳却智力非凡的人获得更多利益和地位，因此获得更多繁衍的机会。有人总结说，这说明在科技发达的时代，身强体壮早已不代表人种的优秀。然而科技的发展又在破坏环境，日渐恶劣的环境首先威胁到体弱者的生存，如果空气太差或者水质被污染，头脑再聪明但免疫力不够强大的人也会首先被消灭。以上是针对个体而言，然而针对集体的讨论也没能让大家得出清晰的结论：科技让高度发达的群体（国家）更加发达，发达群体又把更适合科技发展的价值观推向全世界，这似乎符合进化论，然而如果发达群体邪恶起来，就会增加毁灭整个人类的可能——冷战时期的世界人民就曾生活在这种阴影里。

女博士一语中的：其实我们要讨论的，是科技到底将要把人类带向何方？

来自俄罗斯的同学是最乐观的，他坚信科技将使人类更强大，比如能够解决全人类的温饱问题，消除因为贫穷导致的人间悲剧，抵御一切自然灾害对人类的摧残，并且治愈任何疾病，让每个人都能活到一百五十岁。不久前刚刚生育过孩子的女博士立刻表示，她并不指望能长生不老，要是科技能代替女性孕育和生产就好了。

来自南美的同学持不同意见。他是虔诚的天主教徒，看法比较保守，他不相信富足和便利的生活能够拯救人类，不过科技对人类还是有益的——科技最终将使人类重新找回信仰，明白一切都是由上帝创造和主宰的。现代物理学对于基点和大爆炸的研究正在证明这一点。

思想前卫的美国同学对此进行了调侃：科技最终会带所有人见上帝！温室效应、转基因作物、核战争……人类最好还是离科技远一点儿。

此话立刻遭到了我——曾经为了高考而认真复习过社会发展史的中国留学生——的反对。我认为，科技是推动人类社会发展的原动力，是宇宙中冥冥存在的巨大力量。并非是人选择了科技，而是科技选择了人。人类只是科技的执行者，是科技的奴隶。不管科技终将把人类带向何方，那必是人类要去的地方，躲不开的。

那场辩论旷日持久，从厄尔尼诺肆虐的1997年冬天，一直到互联网泡沫大爆发的1999年夏天，并没有任何实质性进展，直到我取得硕士学位，急不可待地投身硅谷工程师大军，梦想着早日升职加薪公司上市财务自由……当然是幻想。事实是，之后的很多年在职场里浮沉，从机器人工程师到商业调查师，再到小说作家，与科技行业渐行渐远，当年学过的公式和写过的论文都已不记得，却偏偏记得曾经养过的那些大蟑螂。我和我周围形形色色的人们，陷在事业名利人情圈子里，就像那缸里的蟑螂，挣扎着往顶上爬，或者拼了命地往底下藏。

人当然比蟑螂聪明得多，有情感，有情怀，也更狡猾。谁在支持谁，反对谁，准备联合谁，又要推翻谁，这一切都用正义和正确作为包装，堂而皇之地压榨、讨伐、掠夺、杀戮。科技似乎并未真正改变这一切。

偶尔想起二十年前女博士提出的问题：科技将把人类带向何方？突然明白过来，我们把主语搞错了。其实该这么问：人性将把人类带向何方？

带路的并不是科技，科技也并不是宇宙中冥冥存在的巨大力量，人类更不是科技的奴隶。人类的奴隶主只有一个：人的本能。即便是在今天，生活在都市里的人类还保有着几万年前生存在原始森林里的老祖宗们的本能——追求生存和繁衍。只不过，我们聪明地用更伟大而神圣的口号隐藏了那些本能。科技只不过是人类为了满足自己而发明的工具，人类用科技带来便利，也用它制造灾难；用它进行施舍，也用它进行掠夺；用它救赎，也用它摧残和毁灭。

　　最近一年多，疫情在全球肆虐，带来无数的病痛折磨和生离死别，同时严重干扰了世界的运转和人类的生活。真实的灾难是如此离奇而魔幻，让许多科幻小说都相形见绌，为高度发达的文化和科技而骄傲的人类遭此迎头一棒，这才惊然发现，原来人类的科技在大自然面前还是那么微不足道，这世界上也还存在着那么多的愚昧和无知。

　　《复苏人》创作于疫情之前，故事虽然对未来五百年的人类社会做了大胆（甚至狂妄）的设想，但是并未预见到瘟疫的大流行。然而这部小说，我所期待的并不是使读者预见未来，而是审视当下，冷静地观察在此时此刻，人类对于自己的了解到底是不是冷静而客观。

序曲 | 2018 年的情人节

　　叶子的表情很安详，就像某个平常的夜晚，穿着乳白色的睡衣，蜷缩在浅黄色印着碎花的被子里，眼睛硬撑开一条缝，等着我把台灯拧灭。

　　她的脸色却出卖了她：白得没一点儿血色，没有丝毫的生机。

　　叶子的嘴角残留着一丝浅笑，大概是因为麻醉剂的缘故，想收也收不起来。她是微笑着被推进操作室的，尽管微笑也能让她疲惫不堪。她算不上十分美丽，但那一刻，她让我想起小区院子里的一束月季。一个 7 月的夜晚，大雨把院子变成一片汪洋。那束花孤零零立在水波之上，在路灯投射的苍白光圈中扭动腰身，在即将化成碎瓣之前，格外活泼鲜艳。

　　叶子就是这样的：面对琐事，她老是心事重重，可当大事真的来了，她又变得天真烂漫。当她在我的微信里发现陌生女子的头像，会担心得整夜睡不着；可当她捧着协和医院肿瘤科的诊断书时，却笑嘻嘻地对我说：嘿！你终于要自由啦！

　　天花板上很周到地安装了一面镜子，好让我们能够看见彼此。皮卡斯医生说过，互相鼓励有助于操作的成功。浪漫的法国人，总喜欢夸大爱情的力量。可是，谁知道什么算是操作成功呢？至少，那不是皮卡斯医生这辈子需要担心的了。

叶子眼睛里噙满了泪水。就在几分钟前，我和她之间的挂帘被拉开，她发现了我。她本来一直在等我走进房间，陪着她度过她人生最后的几分钟。她不懂法语，所以向她隐瞒实情并不算太困难。如果事先让她知道了，她是绝不会同意的。她说过：在一个陌生的世界醒过来，不是比死亡更可怕？没有亲人，没有朋友，没有你……所以，她以为皮卡斯医生只不过是要按照她的愿望，给她注射一针，让她平静地死去，从此再不用忍受病痛的折磨。

可她没料到，我正平躺在她身边。

叶子没办法说话，药效已经让她丧失了一切行动能力。她用眼睛告诉我，她已经意识到我们要做什么。那双原本正在变得空洞的眼睛，瞬间溢满了惊愕的光。我原本心存侥幸地期待着，她见到我之后也许会有一些欣喜，可那侥幸瞬间崩溃了。我知道她在责备我。

我当然也怀疑过自己的决定，而且不止一次。但是就在昨天，当我和叶子站在埃菲尔铁塔上，所有的怀疑都瞬间消失了。皮卡斯医生绝不会同意叶子在寒冬的傍晚爬上那么高的铁塔。她太虚弱了，过度运动或受寒都将给接下来的操作带来风险。但叶子极力要求，我没办法拒绝。毕竟，我曾经答应过她的许多事情，兑现的实在是太少了。她放纵地依偎在我怀里，看着笼罩在巴黎上空的晚霞。多亏有了晚霞，让那些密集而单调的楼房活泼了一些。她自言自语："多好啊，能到巴黎来！明天就是情人节了。"

2018 年 2 月 14 日。

她的手指紧扣住我的。那些手指异常纤细，像是冬天的枯蔓，脆弱得几乎透明。这是她第一次到巴黎来。有我陪着，她快乐得不像是来终结生命，倒像是特意来庆祝情人节的。就在那个瞬间，我彻底下定了决心，要陪着她告别这个危机四伏、命如草芥的世界。

　　我很想向镜子里的叶子解释，请求她的原谅。可我做不到。我跟她一样虚弱，对全身所有的肌肉失去了控制，就连意识也正渐渐远离。我也很想握住叶子的手，但那就更不可能了。尽管我们的卧箱相隔还不到一米。我们分别平躺在两个透明的玻璃盒子里，皮卡斯管它们叫"卧箱"，我却联想到某种不大吉利的东西。我竭尽全力地向着叶子微笑。

　　叶子却把眼睛闭上。她不想给我求饶的机会。

　　我的眼前一片模糊。我不知那是泪水，还是视觉在迅速退化。即便有泪水流下来，我的皮肤也已经感觉不到了。我失去了一切感觉，医生和护士们弄出的声音越来越遥远，随即彻底消失了。我跌进死一般的寂静里。我把最后残留的清醒脑细胞集中到一起，努力造一句极简单的句子，算是对此生的总结，或者是对来世的承诺。

　　"亲爱的，我……"

　　那句话并没完成。一阵突如其来的眩晕，把我的一切都抛向虚无中去了。

第一章　秦朝阳

1983 年　在北京出生
2018 年　在巴黎被冷冻
2525 年　在 H 区复苏

1.

我眼前是一片无尽的蓝色。蓝得均匀彻底，没有任何瑕疵，当然也没有云，判断不出远近。我说不好那是不是天空，说不好是不是幻觉。我没法转动脖子，根本感觉不到脖子的存在，感觉不到身体的任何部位，就好像我并没有躯体，只有一团灵魂。我是不是已经死了？也不知是到了地狱还是天堂。

不知过了多久，我突然感觉到了某个遥远的部位，大概是脚趾，好像有几只小虫子在叮咬，又像是极细的针灸，轻轻一点，旋即迅速消失。我一阵沮丧，担心又是幻觉。皮卡斯医生说过，虽然人体冷冻技术突飞猛进，但复苏术还遥遥无期。从来没人成功地从冷冻状态里醒过来。

所以，我到底是死了，还是按照我在皮卡斯医生诊所里签署的合同，在两百年后醒了过来？前者的可能性远大于后者。我莫名地感到恐惧。原来，我不仅仅怕死，更怕死了以后还存有意识。最可怕的并不是彻底结束，而是彻底的无知。不知你在哪儿，将要发生什么，甚至根本就不知道自己到底是什么，不知这是哪一个宇宙、哪一段时空……

我想我还是后悔了。也许我哥是对的。我记得他惊愕而鄙夷的目光："这岂不就是自杀？"我们的关系并不太好，多年没见了。我在父母的追悼会上都没有见到他。在他眼里，我一直是个胆小懦弱的可怜虫，被父母过度保护和控制，因此丧失了独立生存的能力。他和我不同，父母从不觉得需要保护他，倒是随时提防着他会欺负我。这反而让他寻找着一切机会欺负我，直到他上大学离开家。

可就在我和叶子去巴黎之前，我决定见见他。我原本没几个亲人，也不知我哥算不算亲人，但我有些事情需要托付，除了他，我不知还能找谁。我和他的会面统共不到五分钟，他说："只有懦夫才会自杀，没人会可怜你。"这话一针见血。在没有复苏术的时代冷冻自己，和自杀大概没什么区别。我吞吐着说："我不能……我不想，让叶子离开我。"

"那你儿子呢？"

我鼓起勇气说："所以，我来找你。"

我哥皱着眉，从牙缝里挤出几个字："没出息！"

我哥是对的，是我太没出息，一辈子都被别人约束和管理。但这多少跟他有点儿关系。我七岁那年，一个仲夏夜，我哥带着我到护城河边玩耍。河边有许多人散步，包括某个感染了脑膜炎的人。第二天我开始高烧，我妈是第三天抱着我跑去医院的。医生说，再迟一天就没救了。后来烧退了，大家都以为我恢复了正常。可某天下午的第二节课上，老师叫我回答问题。我毫无反应，一动不动，死鱼似的瞪着老师。老师气冲冲走到我面前，正要发作，我突然开始剧烈颤抖，嘴角汩汩地溢出白沫。我哥从此成为我家的公敌，我也从此失去了一切自由。可我对那个改变我一生的下午记忆模糊，根本不记得老师曾经叫过我的名字。我仿佛突然走进一座山洞，伸手不见五指，四周有怪异的声响，我试图听清楚那是什么，但很快被一个尖锐刺耳的声音压过了。那是我前座的女生发出的，她尖叫：秦朝阳尿裤子了！

我妈坚持每天骑车带着罹患癫痫症的儿子上下学，风雨无阻，直到初中毕业。我上高中以后，固执地坚持不让她再接送我。她曾经非常担心，怕我在上学或者放学路上突然犯病，咬断自己的舌头或是钻到汽车轱辘底下去。还好我发作得并不频繁，起初是每月两三次，之后渐渐变成两三个月一次。再后来，一年也不过一两次，而且我也觉不出有什么危险，只不过是在重复那有关山洞的梦境。我哥添油加醋地说，他记得我出生那天，有些锣鼓声从大街上传来，夹杂着什么"解放人类"的叫喊，虚虚实实缥缥缈缈。他由此推断，我是在山洞里寻找解放人类的东西。我妈破口大骂：胡扯！你弟出生那天，对面大院儿里在纪念马克思逝世一百周年，跟你弟没半毛钱关系！

尽管我妈在马克思逝世一百周年那天生下了我，可她显然不觉得我跟解放全人类有什么关系。她坚持认为我的癫痫并未痊愈，需要特殊护理，她坚决反对我报考外地的大学，我无论如何拗不过她，所以隔三岔五地遭到大学同学们的奚落：秦朝阳！你妈又给你送东西来了！冬天是棉衣和热水袋，夏天是短裤和清凉油，同学们的眼睛是雪亮的，我妈的眼睛更是雪亮的：宿舍枕头边的武打小说、教材里夹的明信片、女同学借给我的流行音乐录音带。大学三年级刚开始，我妈就四处活动着替我安排工作，所以当我告诉她我申请到了美国大学的全奖，准备去美国读研，她歇斯底里地大吵了整整一个晚上。

美国是我临时的天堂，让我享受短暂的自由。本打算享受得更长久些，可我认识了叶子。如果说我妈是一座钢铁铸成的监牢，叶子就是孙悟空用金箍棒画的圈，前者让我头破血流地想要往外冲，后者却让我没有勇气迈一步。

圣诞节我带着叶子回到北京，心存侥幸地想，叶子有着南方人的柔顺乖巧，或许能成为我妈的好伙伴。那是我此生最离谱的错误。在北京的短短一周里，我妈像疼爱亲生女儿一般地疼爱叶子，但在新年后的第一通越洋电话里，她大哭大叫，把叶子说成绑匪，要把她风里雨里用自行车驮大的儿子永远监禁在美国。那是我第一次摔电话，以后却成了一个改不掉的坏毛病。第二天我妈又打来电话，委委屈屈地向我道歉，说要把她的积蓄拿出来，给我们在美国买房子。

我和叶子最终还是回了国，这是让我妈勉强接受叶子的条件。我在矿业研究所找了个研究员的工作，研发找矿的机器人。叶子则四处给人上英语课。这不是我们曾经期待的生活，但多少也是一种胜利，起码争得了独立自主的婚姻。然而就在我妈去世后的一个清晨，我从梦中醒来，突然意识到，任何一个走进我生活的女人，都必然成为我妈的敌人。因此，反对叶子并不重要，重要的是让我放弃在美国的自由。我从来没胜利过，是我妈取得了永久的胜利。清晨的阳光正钻进窗帘缝隙，在我赤裸的脚踝上留下细细的一缕，让我想起戴着镣铐的犯人。我戴的是用薄纸剪成的镣铐，比钢铁的更为残酷。

所以，死又有什么可怕呢？至少，我是真的自由了。

然而我脚尖的酥麻再次出现了，而且更疼了，并不像是幻觉。我还来不及高兴呢，那感觉突然加重了，仿佛亿万只小虫一路撕咬着钻进肌肤深处。这感觉从下至上，排山倒海，如爆燃的烈焰，眼看要把我化为灰烬。

瞬间之后，强烈的灼烧感消退了。我听见柔和愉悦的嗓音，仿佛紧贴着我的耳朵："来自2018年的移民，欢迎您来到完美时代！"

2.

"秦朝阳先生，您好！我是 U-1058。"

微笑着站在我面前的，是个金发碧眼的美女，白色制服紧贴着凹凸有致的身体，线条完美得令人惊讶，只是看上去雾蒙蒙的，好像被过度"美颜"的照片，又像身处重度雾霾之中。也许是我的视力尚未完全恢复，眼睛还在隐隐作痛。她显然是个白种女人，说的却是地道的中国话，如果非要鸡蛋里挑骨头，那就是发音过于标准，有点儿《新闻联播》的意思。她指指自己的胸牌，目光始终没离开我，面部表情也保持不变，就连眼角的三条笑纹儿也纹丝不动。我恍然大悟：她是机器人。是啊，两百年之后，机器人技术早该达到以假乱真的程度了。

"秦朝阳，男性，1983 年 3 月 14 日出生。我非常高兴地通知您，您已经成功复苏了！""她"的声音里带着令人振奋的愉悦，仿佛新闻主播在播报神舟飞船成功发射，"您的各项生命体征都很稳定！当然，我们还需要对您做进一步的身体检查。您的病历过于原始，许多化验数据在几个世纪前就被证明毫无意义。但请不要担心，在您光顾的时代，人类男性的平均寿命是 127.6 岁，几乎没有任何疾病会给您带来致命的威胁！"

U-1058 自顾自地讲着，一双深蓝色的大眼睛始终盯着我，这让我有点儿不自在。我想说谢谢，这才发现我说不出话来。我已经清楚地感受到了身体的存在，却无法控制任何一块肌肉，就连眨眼都不可能。奇怪的是，我的眼睛并未因为长久地睁着而难受。我的视野里除了那一片暧昧的蓝色，还有 U-1058 稍稍前倾的上半身。按照我和她构成的角度判断，我猜我正平躺着，蓝色只是屋顶的颜色。

"您应该感到轻微的头晕，浑身麻木，暂时丧失运动能力。有些人还会暂时失去记忆。这些都是冬眠复苏后的正常反应，很快就会消失的！"

恰恰相反，我的记忆格外清晰，也就几秒钟的工夫，我仿佛重新经历了人生，只不过顺序是反的。从巴黎的铁塔，到北京的高架桥，到上海南京路的小弄堂，再到纽约布鲁克林的旧公寓，然后是底特律郊区茫茫的雪野，记忆霍地停住，画面定格在一座教堂里，叶子站在巨大明亮的彩色玻璃窗下，显得格外细小玲珑。我们并不信教，都是被热心的美国同学拉去的，就这样见到对方，如果在中国的大街上迎面走过，大概都不会互相看上一眼，但是在那遥远而落寞的雪国，还有半生不熟的英语，让我们与世隔绝。她安静地站在教堂的阴影里，晚霞的光辉使她头顶的圣母面色绯红。我想，圣母在那一刻一定对我的命运发挥了超乎寻常的作用。

"秦先生，您的目光告诉我，您似乎有些过度紧张？我再次检查了您的各项体征，一切正常。我再重复一遍，您现在的感觉，都是冬眠复苏后的正常反应，很快就会消失的。"U-1058 仍保持着同样的笑容和语调。"她"居然发现了我的不安，但"她"并没猜出是因为什么。

"所以，我请您务必放松下来，仔细听我下面的话。""她"语气中令人振奋的部分消失了，变成义正词严的法官，"根据地球宪法第 2 条，您的生存权受法律保护，因此您有权接受复苏术。但是根据地球宪法第 597 条，您在彻底恢复健康后，必须留在荷艾文区生活，不得因任何原因离开此地区。这是出于维护世界和平和保护人类文明的目的。"

我不太明白"她"在说什么。地球宪法是什么？是联合国制定的？荷艾文区又是什么？我为什么不能离开荷艾文区？这跟世界和平和人类文明有什么关系？但这些问题并不重要，我有更重要的问题要问。可该死的！我能感觉到舌头的存在，可它就是不听使唤，好像硬塞进嘴里的一块肥肉。

"因此，我必须通知您，我们将按照您的权利，协助您恢复对身体的控制，但同时也要求您严格遵守地球宪法的规定。如果您一旦违反了任何法律，您将依法受到惩罚。最严重的惩罚包括剥夺您的自由，甚至是控制自己身体的权利。最后，请容许我代表地球公社委员会欢迎您来到 26 世纪——人类最完美的时代！2525年 9 月 21 日。"

我心中猛然一惊：26 世纪？2525 年！难道已经过了五百零七年？可我在冷冻协议书里填写的明明是二百年！这将意味着什么？我能感到汗珠正从脊背和额头冒出来。叶子呢？她在哪儿？

"秦先生，您有什么不适吗？请不要担心，我马上检查一下！"U-1058 的语气变得柔和，脸上保持着永恒的笑容，"只是心跳加快，血压升高了一些，完全没有其他异常。请您放心，我向护士提出申请，为您使用镇静药物。按照规定，所有冬眠时间超过三百年的复苏者，都必须由一位人类护士负责。"

我不需要镇静！我并没任何不适，即便有，我也根本不在乎！我竭力而徒劳地挣扎，也不是完全徒劳的，我的指尖动了动。这大大鼓励了我，本已精疲力竭的身体，不知从哪里来了一股力气，我终于喊出声来："啊……"

只能发出这最原始的音节，舌头就像被大夫用压舌板压住了。

"秦先生，很抱歉，护士还没有回复，但请您一定要保持平静。"U-1058 的声音和表情都非常平静，"她"发现了我的异样，可"她"并不惊慌，"她"只是在执行程序！五百年之后，机器人竟然还是那么愚蠢，根本看不透人心！我突然很想骂街，骂那些机器人专家，骂那些科幻小说作者，还有好莱坞的电影编剧们，这就是被你们憧憬过一万次的人工智能？

突然间，我听到另一个女人的声音，这次是英语，而且语气很不客气："上帝啊！用得着镇静吗？愚蠢的机器人！"

话音未落，在我和 U-1058 那永恒不变的笑脸间，突然冒出一个巨大的圆形头盔，宇航员戴的那一种。头盔里是一张肥嘟嘟的黑色面孔：

"嘿！新来的！看在你比我大一百多岁的分上，我能忍你几天。我是 2118 年冬眠的，这个混蛋 26 世纪也让我难受了好几天！哦，上帝啊，对不起，"黑女人把脸转向 U-1058，"你可别背着我打小报告，'混蛋'只是我的口头语，我衷心热爱我们的 26 世纪！""头盔"再次转向我，"说到哪儿了？哦对了，至于对你，我就一句话奉送：把以前都忘了吧！当你自己是个婴儿！"

3.

达琳是复苏中心的护士，2088 年生于洛杉矶，三十岁那年，一起严重的车祸让她失去了腹部以下的身体。她是在 2518 年复苏的。三百年后的技术也没能让她重新长出肉身。她的下半身是一套电子机械系统。她原本是西好莱坞大街一家公立医院的护士，复苏后为了重操旧业，她又学习了三年。这是她的兴趣所在，没人逼着她工作。H 区——地球按照历史传承，划分成八个大区，供复苏人居住的是第八区，荷艾文区，简称 H 区。复苏人并不需要工作，就像其他七个区一样，工作基本都是机器人完成的。人类只会做自己想做的事情，国家和军队都已经从地球上消失了，警察和社工大都是机器人，也有一些人类员工，都是把服务社会当成乐趣的志愿者。

这些全是达琳在我病床前跟我絮叨的，巨大的头盔倒是毫不阻碍声音的传播。她每天来查三次房，穿着好像宇航服的行头，从头到脚一丝不露，仿佛我是个烈性传染病患者。她每次只停留五分钟，她身上的定时器会在第 4 分 30 秒提醒她。达琳看上去缺乏耐心，其实非常善解人意。她不知道我到底要问什么，所以尽量把她所能想到的都告诉我。我已经能够眨眼，活动手指，轻微地咳嗽，可舌头还是不能动，除了"啊"发不出别的声音。达琳把双手抱在胸前，皱着眉对不停"啊啊啊"的我说："老兄，你能不能安静点儿？反正都等了五百年了，你就不能再等两天？你的舌头很快就好使了！"

她说得没错。不到两天，我的舌头就好使了——其实不能说好使，只是凑合能使。我迫不及待地问出我的问题，一句简单的话，竟然说得我满头大汗。但达琳听明白了。她沉默了几秒钟，头盔里的那双眼睛黯淡了一些。我紧张得透不过气，以为她要告诉我什么不幸的消息。

"我没听说过你的妻子，不过，H区一共有十六家复苏中心，几乎每天都会有几个冬眠的人醒过来。可这样的速度还远远不够。截至2240年——那一年法律开始禁止对普通人实施冬眠术——地球上一共冷冻了大约两百万人。上帝啊！怎么会有那么多愚蠢的人！丢下完全了解的世界，却对全不了解的未来充满信心！"达琳叹了口气，继续说，"复苏计划是从2350年正式启动的，最早被复苏的人早就已经去世一个多世纪了，可目前还有几十万冬眠者在排队等待复苏。没人能按照合约上的时间醒过来。更何况，你合约上的复苏时间是2218年，那时复苏技术还不够完善，复苏计划根本就还没开始呢！"

也就是说，叶子也许还没醒来，或者比我更早醒过来，甚至早上两个世纪，已经去世多年了？有一句话突然闯进我的脑海："你终于要自由啦！"这是叶子捧着协和医院诊断书对我说的。我心中一阵绞痛，几乎喘不过气来。

"不过，既然你和你妻子是同时冬眠的，也许会在同一个时期醒过来吧，"达琳躲开我的目光，这让我感到不安，她似乎也察觉到了，大手一挥说，"嗨！现在的 CIS，总归是最先进的吧！"

"C……I……S？"我吃力地重复这三个字母，它们听上去很熟悉，是每个曾经希望得到美国绿卡的中国人都很熟悉的缩写。达琳点点头："对，就是 Citizenship and Immigration Service（移民局）。"她做了个鬼脸，"现在没有国界了，移民局只管冬眠复苏的人。"

"那里……也……是……机器……人……和……义工？"

"CIS？那个鬼东西！"达琳停下手头的事，充满鄙夷地说，"那里可没有义工！"

"那……我……"我还没来得及说出我的下一个问题，达琳已经在匆匆往外走了。这几句简单的对话已经耗费了五分钟。复苏中心的一切都严格遵守时间，达琳也不例外。达琳边走边说："至少还得一周。等你出院了，自己去打听吧！"

达琳走后，这房间里又只剩下我自己。天黑之后，U-1058 还会再来一次。但我对那台普通型护理机器人已经不抱任何希望了。

我已经可以小幅度转动头部和活动四肢。这房间并不大，四处都是蓝色的——并非因为屋顶和墙壁是蓝色的。达琳告诉过我，这房间里充满了蓝质——一种密度介于气体和液体之间的蓝色物质。这就是为何我看什么都是雾蒙蒙的。这房间的地板和四壁上有几百万个细微到肉眼无法察觉的喷射口，源源不断地把蓝质喷射出来，通过流体力学和电磁场原理支撑我的身体，把我的血管和脏器维持在最佳角度。这些蓝色物质同时携带着药物和营养，随着呼吸进入我的体内，达琳必须佩戴头盔，因为她不能吸入专门为我准备的蓝质，这的确比吃药片儿或者静脉注射高明多了。

房间侧面的墙壁上有一面镜子，我能看见我自己，正穿着白色病服平躺在半空中，就像魔术师在舞台上用"魔法"吊起来的人。我期待着再次见到达琳，尽管黑人总会让我提心吊胆，我曾在底特律街头被两个黑人抢走20美元。老天！那竟然已经是五百多年前的事情了！想想在我出生的五百年前发生过什么？那该是15世纪，紫禁城建成，永乐皇帝迁都北京，圣女贞德被烧死在十字架上，哥伦布发现了美洲新大陆……五百年到底有多长？到底会发生多大的变化？在这陌生的世界里，我什么都不能确定了。

我摆正了头，闭上眼睛，不想再看到镜子。闭眼让我产生一种幻觉：我看见叶子坐在淡黄色的地毯上，双手捧着支离破碎的手机，眼睛里闪烁着泪光。那是我的手机。几分钟之前，我走进客厅，她慌忙把手机丢在沙发上。我捡起手机，狠狠摔在暗红色地砖上，期盼着那些该死的微信也被一起摔碎——一个叫作索菲亚的女人发来的微信。此人远在上海，我们就只见过寥寥几面，连朋友都算不上。叶子却为此惴惴不安。

叶子虽然是个平凡的女人，她的某些直觉却令人惊叹。我对任何事情都后知后觉，看不见几个月之后，索菲亚丰满性感的身体躺在水泥路面上，像是一条摔死在石头上的鲫鱼，而我自己也将跌入深渊，从此万劫不复。我当时什么都看不见，就只看见委曲求全的叶子，并没有大吵大闹，只是用软弱无助的目光看着我，然后默默地走出房间去。我转过身，把头用力撞在墙上，撞出一串沉闷的钝响。我眼前腾起一片缭乱的碎光。碎光落去之后，我看见窗外的叶子，她拿着一只银色的喷壶，很仔细地为花浇水，身体略微前倾，像是在对着花儿倾诉。她穿着乳白色的睡衣，脚上趿着白色的凉鞋，睡衣原本很宽松，因为扭着身体而绷紧了，把瘦小的腰身勾勒得异常美妙，丝滑的面料在路灯下反射着暧昧的光晕。就连火红的月季也为之倾心，在细密的水珠之下微微颤动。

我知道我在做梦，而且不是一个令人愉悦的梦，但我期待着它继续下去。我想念叶子。在梦以外的地方，我不知道还能不能再见到她。

4.

我是在复苏后的第十三天出院的，又或者说，蓝色的房间明暗交替了二十五次，也不知是真有阳光透进房间，还是另一套电脑程序。

"是的！每次的交替代表日夜的转换！"U-1058 的解释一成不变，却并没真正回答我的问题。达琳的回答就更令人费解。她说："有什么区别呢？"

走向复苏中心大门时，我突然有些紧张，终于又要看见太阳了。五百年后的太阳，会不会有什么不同？

我的担心是多余的，天上并没有太阳。天色很暗，像是拂晓刚过，太阳还没升起，街上没有行人也没有车，建筑好像是某个北欧小镇，简约到性冷淡的地步，一律的两层小楼，白墙小窗；没有霓虹招牌，也没有花里胡哨的装饰，看不出是民居还是商铺。完全看不见科幻电影中那些未来世界的东西，比如高耸入云的超级摩天楼，或者在空中穿梭的悬浮汽车，就只有一个电子钟，孤零零地嵌在对面房子的墙壁上：

2525 年 10 月 6 日，10 点 27 分。

确实是十三天，而且并不是清晨。莫非 H 区靠近北极？接近中午，太阳才刚要升起来，也只有在两极附近才能出现。可是气温却远比极地暖和。我只穿了衬衫和牛仔裤，一点儿也不觉得冷。这是我冬眠前穿的衣服，保存衣服远比保存我容易，需要的只是个抽成真空的"保鲜袋"。我还有一件羽绒服，但这样的温度根本用不上。戒指也还在，因为一直戴在手指上，陪着我冷冻了几百年，但手机和手表都不见了，手机是用不上了，电信公司早就不存在了，手表有点儿遗憾，虽然不值几个钱，但那是叶子送给我的。

今天我没见到达琳，是 U-1058 帮我办的手续。她并没回答任何我的提问，只是反复告诉我，我的"新生顾问"在门外等我。他将协助我适应新的生活，一切问题都可以问他。我对这个名词不能完全理解："新生"，是指新的生命、新的人生，还是新的学生？也许都有一些吧！反正 U-1058 是无法回答这种问题的。

我在复苏中心的大门外站定，茫然地四处张望。我并没看见任何成年人，倒是有个大约六七岁的男孩子朝着我跑过来。我浑身一抖，心脏触电般地收缩。但我迅速恢复了理智：这是五百年后，我儿子早就不在了。这孩子和我没什么关系。

是个亚裔男孩，个头刚到我的腰，脑袋大得出奇，戴着一副很老气的黑框眼镜，看着有些滑稽。我回头看看身后，并没有其他人。然后我听见一个尖细的嗓音，讲着流利的中文："您就是秦朝阳先生吧！对不起，让您久等了！我是您的新生顾问 Chris。"

我赶忙转回脸，见那男孩满脸堆笑，努力向我高高举起右臂，像是在行少先队礼，可他并没佩戴红领巾。过了片刻我才反应过来，他是为了让我在握手时不必弯腰或者下蹲。我非常意外，因为达琳说过，新生顾问算得上是 H 区最值得尊重的工作，我的新生顾问又是最资深的，怎么是个孩子？

"我知道您在想什么，我可不是孩子。"他调皮地朝我挤挤眼睛，这让他看上去更像孩子。他仿佛也意识到了这一点，所以清了清嗓子，可声线还是很尖细："我已经担任新生顾问十三年了，接待了近一千名复苏者！您不相信吗？我可没骗您！是先天性脑垂体功能减退，一种奇怪的病，让身体一直停留在童年。我爸妈对未来的科技寄予太多厚望了！可您看看，我现在也还是这个样子。"他自嘲地撇撇嘴，倒是略有几分大人模样。可转眼他又快活起来，"我今年二十八岁了！当然，不算我冬眠的四百五十一年！不然的话，我也是快四百八十岁的人了！哈哈！"

我和 Chris 握手。他的手很小，手心却炙热，这让我有点激动。这是五百年来，我触摸到的第一个人体。而上一次好像还在不久前，就在皮卡斯医生诊所的门口，叶子紧抓着我的手不肯放，她以为那是最后一次拉我的手。如果她知道我为她安排的并不是安乐死，她还会不会那么温柔和坚定地拉着我？

"我代表荷艾文区——也就是大家常说的 H 区——欢迎您！您一定纳闷，这里为什么叫荷艾文区吧？这个词来自英语里的Heaven——天堂！这里是像天堂一样美好的地方！"

Chris 还在喋喋不休，根本不给我开口的机会。我的舌头也并不给力，说不出中文来，大概是复苏后一直在跟达琳讲英语的缘故。

"我知道您有很多问题。您一定会问我，我为什么会说中文？因为我本来就是在中国出生的！哈哈！虽然我冬眠的时候只有五岁，但那并不妨碍我掌握中文。熟练掌握十种全世界最常用的语言，是每个新生顾问的基本功！毕竟，H 区的移民来自五湖四海！不过，您不必担心语言的问题。您将得到一副万能耳机，能把任何您听到的语言都翻译成您的母语！只要是三十种世界常用语言之一就可以，其实三十种已经绰绰有余了，如果使用的语言在这三十种之外，还能有钱冷冻自己吗？哈哈！"

Chris 大笑几声，机关枪似的继续说下去："我知道您要问的不是这个！我开玩笑呢！您要问的，一定是您存款的银行还在不在吧？很不幸地告诉您，银行和存款都不在了。不过您不用着急，因为大家都一样，谁也没有存款，我们的社会废除了财产私有制，每个人所能占有的所有私人物品，总价值不得超过 10000 世界币，大概相当于您那个时代的 1 万美元吧！这还算是对 H 区网开一面！其他地区每人不能超过5000世界币！不过您放心，一切生活必需品都是政府免费提供的！"

Chris所言让我非常震惊，细想又没什么稀奇，从1500年到2000年的五百年间，人类社会也发生了翻天覆地的变化，生产力越发达，变化速度不就越快吗？但私有制的变化也不是我最关心的，我向皮卡斯医生支付了50万美元，我和叶子名下早就没有任何财产了。我选择的是最高级别的全身冷冻技术。我在皮卡斯医生的诊所里碰到一个西班牙商人，他选择只冷冻头，那样起码能节省一半的费用，据说未来能通过基因技术再造人体，可实际上，五百年后还是没有这种技术。看看达琳就知道了。

"明晚有个迎新聚会，专门为新近复苏的人准备的，每周一次。您真是走运！刚刚出院就赶上了！可以进一步了解新世界，也可以认识其他刚复苏的人，一起聊聊适应新生活的经验！其实没什么难的，只需要一点点耐心，当然也需要一点点努力！总之，这聚会一定会让您受益匪浅的！"Chris还在喋喋不休，看他眉飞色舞的样子，如果是在21世纪，我会怀疑他是个写励志书的，在那个时代，满大街都是年轻狂妄的成功学家。

"我们现在先去您的公寓，离这里不远，我们搭乘穿梭的士，十分钟就到了。也可以步行，大概需要四十分钟时间，所以还是的士更快。哦对了！您一定也想知道……"

我猛然弯下身，双手按住Chris的肩膀，直盯着黑框眼镜里的那双小眼睛，我的胳膊显然比舌头好用，我的耐心已经到了极点。Chris终于停住声音，惊愕地看着我。

我结结巴巴地说下去："我要去……移民局！马上……就去！"

"这恐怕不行呢，这不太符合规矩……"Chris面露难色。

"可我……必须去！"我把手继续放在他肩膀上，多使了些力气，突然，我手心一阵酸麻。我还来不及判断那是什么，Chris已经像条鱼似的从我手下逃开了，我失去了平衡，打了个趔趄，好歹站稳了。

Chris 在两米之外抱歉地看着我："对不起，我不得不躲开您。您的情绪会让您受到伤害。我穿的是防护服，为保护老弱病残特制的，当别人触碰我时，防护服能通过生物电波判断对方的情绪，如果它认为您情绪过于激动，有可能会伤害我，就会释放高电压……对一般人倒是不会造成致命伤害，但至少要昏厥一两个小时，可您刚刚复苏，身体还很虚弱，所以我冒着让您跌倒的危险，必须……"

"Shut up（闭嘴）！"我脱口而出，英语果然更容易说出口，我猜他能听懂英语，就算听不懂，不是还有什么万能耳机吗？

"我必须见到移民局的人！我有很重要的问题要问！性命攸关的！"我越说越流利，舌头好像突然解冻了。

Chris 耸耸肩，也用非常流利的英语回答我："秦先生，是您不明白，移民局并没有人，那只是一个电脑程序！是 H 区中央电脑系统中的一个程序！"

Chris 向着正在发怔的我顽皮地眨眨眼睛，大概是为了缓和气氛，用调侃的语气说："反正有史以来，公务员都喜欢墨守成规，还拖拖拉拉的，还不如都交给电脑来干，至少没办法受贿了。您说是吧？"

5.

我对 H 区的第一印象就是：冷清。从复苏中心到公寓的十几分钟车程，我就只见到两个陌生人，一个坐在小广场的座椅上发呆，另一个极其缓慢地在街上走。两人看上去都很苍老迟缓，至少也有一百岁了，因此我确定他们不是机器人。除此之外，我什么都没看到。

我居住的公寓是一座两层高的白色建筑，和街道上所有的建筑没有区别。公寓的前台有个和U-1058类似的机器人，负责开门、问候我和Chris。那机器人没问我们要去哪个房间，我自己也不清楚我住哪个房间，我没有钥匙，Chris似乎也没有，电梯里也没有按键，Chris在电梯里说出我的名字，电梯就开始缓缓移动。

　　我跟着Chris迈出电梯，也就迈进了我的公寓，并没有楼道的部分，电梯门就是屋门，它在我们身后悄然关闭。这是个不足20平方米的开间，带一间只有马桶没有淋浴的小"浴室"，没有厨房，没有炉灶，也没有微波炉。冰箱是墙壁的一部分——其实并不是冰箱，而是辐射灭菌箱。Chris说，人类不再需要炊具和微波炉，便利店里的食品都是为了解馋而设计的，根本不提供任何营养，营养是通过蓝质供给的。我想问问Chris，没有淋浴怎么洗澡，我都五百多年没洗澡了。可Chris一直滔滔不绝，我没机会打断他。

　　房间正中央是一张沙发，可以随时变成单人床，沙发旁边是整面的落地玻璃窗，我第一次走进这公寓时，至少这落地窗是让我满意的：窗外是高楼林立的都市，远处还有海湾和码头。看样子我的公寓至少在30层以上。但是，等等，我不记得见到过这么高的楼，也不记得外面如此阳光灿烂？Chris摆弄手中的遥控器，落地窗外的景色瞬间变成椰树摇曳的碧海和沙滩。我愣了一秒，随即反应过来，这其实不是窗，只是一面巨大的液晶屏幕。Chris介绍它的功能：有一千五百种景色选择，从沙漠到外太空，也可以变成4D电视——沙发里安装了马达，能配合电视画面小范围运动，就像古代环球影城里的游戏项目一样。Chris既得意又兴奋，像是小孩子在展示最新潮的玩具，可我却感到莫名地失望。Chris大概看出点端倪："H区就这么大点地方，住了五十万人，还有人在陆续复苏……而且每个人的公寓都是完全相同的，很公平。"

"如果……是两个人住呢？"我必须打断 Chris，因为这个问题很重要。叶子其实并不喜欢太大的房间，小一些的更温馨。是我喜欢大房间，喜欢加宽的大床。叶子会在关灯后靠近我，把脸贴在我的肩膀上，把手臂放在我胸前。当我在清晨醒来，我们却分别躺在床的两边，中间隔着整整两个人的距离。

Chris 一脸不解："两个人？我还从来没见过两人住同一套公寓……哦！你是说你的妻子！"Chris 说话速度很快，但思考的速度却似乎总是慢半拍，"您已经给移民局发了电子邮件，很快就会收到答复的！一般不会超过二十四小时！"

我是在复苏中心附近的一家便利店里给移民局发的邮件，每家便利店都有可供收发邮件或视频通话的设备。其实到家发也可以，那扇智能的"窗"就有同样的功能，只是我等不及。这也很令我意外，即便是在 21 世纪，电子通信已经五花八门，没想到五百年后，却又退化成最原始的形式。我并没使用以前的邮箱，谷歌、腾讯什么的早就不存在了，或者该说是彻底公有化了——变成了 H 区信息局——H 区中央电脑系统中的另一个程序。那程序分配给我一个新的账户，没给用户名和密码，我只需看一眼操作台上方的扫描仪，显示屏上立刻出现我的姓名和照片，我说："电子邮件！"邮箱就打开了，我也可以说"视频电话"或者"语音电话"，但那些都是和私人交流用的，Chris 告诉我，和 H 区的任何一个局打交道，电子邮件是唯一的方式。

我的收件箱里已经有一封邮件，是 H 区发来的欢迎邮件，附件是长长的 H 区法律及公共设施说明，足够我读上半个月的。也可以听，等我拿到我的万能耳机之后。那耳机也可以通过语音指令收发邮件。我还将拥有一部"视读器"——通过视觉来交流信息的设备——Chris 的解释有点晦涩，大概就跟 21 世纪的智能手机和平板电脑没什么区别。这两样东西和我的听力、视力相关，因此要等到我的视力和听力彻底恢复之后再为我配置。

我在写给移民局的邮件里提到了叶子的全名、冷冻日期，以及皮卡斯医生和诊所的名字，我询问叶子是否已经复苏，如果没有的话，能否尽快将她复苏。点击发送键的时候，我的指尖在微微颤抖。

"这是一种什么感觉？特别希望见到一个人？"Chris仰头看着我，圆圆的娃娃脸上满是懵懂。他二十八岁了，可他并不懂得爱情，他的脑垂体在出生后就慢慢减退，在青春期前就停止了生长激素和促性腺激素的分泌，他的生理时钟永远停在童年。26世纪的医学技术也没能把他变成真正的成年人。

"就像……你希望见到爸爸妈妈。"我试图解释，但Chris的表情更加迷茫，黑眼镜上仿佛起了一层雾。他琢磨了没多久便放弃了，耸耸肩说："我都不太记得他们了。"

6.

迎新聚会的地点定在一间咖啡馆里。这家咖啡馆的门脸比21世纪的星巴克简陋得多，除了"Coffee"的字样再没别的装饰。既然已经没有私人财产，当然也就不会有私人企业，或者任何企业都不需要了，因此也就不再需要任何广告了。

咖啡馆门口有服务员接待我，当然也是机器人，H区的一切公共服务都由机器人完成。离开复苏中心后的二十四小时里，除了Chris，我还没和任何一位"人类"打过交道。所以，当我走进咖啡馆的一刻，我竟有一点点激动。

咖啡馆的内壁涂成淡绿色，放置着两张圆形小木桌和一张能容纳五六个人的长条桌子，这倒和21世纪没什么区别。

Chris已经到了，他和三个成年人围着长条桌坐着，他比别人矮着一截子，反而更是显眼。咖啡馆里除了这一桌，没有其他客人。Chris 朝我招手，他身边的空位子大概是留给我的。"秦！就等你了！"Chris 用英语说，原来这聚会一共只有这几个人。

Chris 向我介绍其他三位复苏人，都是 Chris 这周内接待过的。他右手边是个姓竹田的日本男人，四十多岁的样子，烫着时髦的鬈发，穿高档修身西服，相貌非常英俊，是典型的东方美男，只是脸色过于苍白，神态忧郁而局促，好像在担心世界末日就要来临了。他起身跟我握手，上半身呈日式的前倾，眼睛避开我的视线。其实自从我走进这间咖啡馆，他就一直在偷看我。他的手又冷又湿，我不知他在担心什么。大概每个来到新时代的人，都会有些要担心的。

坐在竹田斜对面的白人女子看上去也正心烦意乱。她叫曼姬，二十多岁的身材，四十多岁的面孔，大概做了太多次整容，苹果肌果然像两个苹果，突兀地嵌在脸上，干扰着脸部肌肉的运动。她咧嘴朝我做出夸张的笑容，瞬间又收起笑容，把脸一转，迅速而妩媚地瞥了一眼竹田，像是要跟他交流些什么。可她并没得到回应，竹田正把脸别向另一侧，目光怔怔地飘出窗外去。

"你们谁看了那封该死的邮件？就是 H 区发的什么法律及公共设施说明书？"曼姬身边坐着的大胖子抢在 Chris 的介绍前开口。他显然没兴趣也没耐心跟一个陌生的中国人打招呼。他头戴棒球帽，身体像个装得过满的面口袋，眉头紧紧皱着，满脸都是焦虑。这里除了 Chris 每个人都很焦虑，就像在亚马孙雨林里迷了路，永远也走不出去了。

"强尼，我们今天的聚会，就是为了回答你的问题的！但是，让我们一步一步来，好吗？"Chris 笑嘻嘻地对胖子说，好像小孩子在装模作样地玩过家家，"首先，我代表地球公社委员会和 H 区，欢迎大家来到 26 世纪——人类的完美时代！"

"完美时代？他妈的开玩笑吧？"胖子撇了撇嘴，满脸不屑地抢过话头,"不许结婚,不许生孩子,不许组织任何形式的家庭?那封狗屁邮件是不是写错了?还有我的钱呢?真他妈的都没了?"

胖子的话显然很令人感兴趣,竹田和曼姬不约而同地把视线转向 Chris。我当然也感兴趣,不仅仅是感兴趣,而且有些错愕。我还没顾上细读那封邮件。我原以为,那附件里的内容就只和财产有关。

"那只是 H 区的法律,并不是地球法……"Chris 试图纠正强尼,强尼更加恼火:"哦,是啊!真抱歉!我弄错了,是 H 区的法律!那是因为另外七个大区的字典里,根本就没有'结婚''父母''兄弟'这些字眼吧?"

我不明白强尼在说什么,心中却隐隐地有些恐惧。

"别急别急!一会儿我再详细解释!先让我把你们的东西发给你们!"Chris 继续嬉皮笑脸地说着,机器人服务员捧着四个便当大小的盒子走出来。

"这是你们的视读器和万能耳机。"

"不是说,要等我们的视觉和听觉都完全恢复后……"竹田小心翼翼地问,边说边把目光投向桌面,躲避那几双被他的话吸引来的眼睛。

"你们的视觉和听觉都恢复了,包括最新加入的秦先生!"Chris 朝我使劲儿笑了笑。

"可你怎么知道?这几天,我也没去哪里做过检查……"竹田的声音又小了些,目光是吸在桌面上的。

"哈哈!"Chris 笑了两声,好像很快活的样子,"别忘了,我们生活在 26 世纪呢!我们每个人的脑袋里都埋藏着一块芯片,时刻监控身体的状况,在必要时把数据传送给 H 区健康局,所以,任何疾病都会在最早期就被发现,再也不用定期做体检了。这就是人类平均寿命达到一百六十岁的原因!当然,在 H 区要稍微低一些，只有一百二十多岁，那是因为其他七个区的人口，基因都是经过精选的！这不是人类伟大的胜利吗？"

"也就是说，就连我们自己身体里的细胞，也要被政府监控吗？"曼姬把鲜红的指甲放在唇角，斜眼看着 Chris。Chris 愣了愣，胖子强尼在一旁冷笑："都成穷光蛋了，是得看紧点！晚上十点半以后就不让出门了呢！"

"是这样的，每天晚上 11 点到凌晨 1 点，H 区将进行空气消毒和过滤，进行这种操作时，需要向空气中释放一些物质，对人体是非常有害的，为了大家的身体着想，政府建议大家在 10 点半以后就不要出门。毕竟，H 区所处的环境比较特殊。"Chris 认认真真地解释。

"什么狗屁环境！"强尼显然很不满意。

"大家对 H 区还很陌生，所以，我们要慢慢了解呢。"Chris 脸上再次呈现巨大的笑容，他也发现了，不论他回答得多认真，胖子强尼总不会满意。

趁他们斗嘴的工夫，我打开盒子。出乎意料，我并没看见类似手机或者平板电脑的东西。我只看见一副微型耳机和一副非常普通的黑框眼镜，就跟 Chris 戴的那副一样。

"这就是你说的那个鬼东西……叫什么来着，视读器？"强尼也在摆弄黑框眼镜，满脸怀疑地问 Chris。Chris 调皮地笑道："戴上吧，戴上你们就知道了！"

7.

透过眼镜看到的世界几乎把我惊呆了！咖啡馆的绿色墙壁被分割成许多方块，每个方块都是一部大约 40 英寸的显示器，吧台的侧面也是显示器，还有长条桌的桌面、小圆桌的桌面，都是显示器。这咖啡馆就像一家电器商店，四处都摆满了电视机，同时播放着相同的画面——八个巨大的汉字：

秦朝阳先生，欢迎你！

我摘掉眼镜，墙壁变回一片无聊的绿色，桌子和柜台也都变回普普通通的木质表面。我再把眼镜戴上，许许多多的显示器就再次出现了。

"这是什么鬼？为什么只显示我的名字？"胖子强尼嘀咕。

"你不认识字吗？明明是我的名字。"曼姬白了强尼一眼，眼神里充满鄙夷。竹田和我都没开口，不过我撞上了他的目光，他赶忙避开了，可我看得出他和我一样，已经弄明白了那些屏幕是怎么回事。

Chris 嘻嘻笑着开口："你们都没说错！你透过眼镜看到的内容，都是专门为你提供的。眼镜采用了最新的偏振解码技术，每一副埋藏在墙壁和桌子里的触摸屏都能够同时通过不同的频率播放 999 个画面。每个画面只能通过专门和那个频率匹配的眼镜观看。所以，每个人都只能看到属于自己的画面，看不到别人的。同样，你们也可以随时随地使用任何一块触摸屏来收发邮件、打视频电话，或使用其他功能。对了，可不止这间咖啡馆里有屏幕哦！"

我们随着 Chris 的手势看向窗外。好家伙！满街都是屏幕！任何一座建筑物的墙壁上都是屏幕！最大的足有两层楼高，几百米外也能看清楚。在暗淡的天色下，众多的屏幕就像一片片霓虹，令人眼花缭乱，好像尖沙咀或者拉斯维加斯的黄昏。每片霓虹都显示着同样的内容："秦朝阳先生，欢迎你！"

拉斯维加斯！我突然想起来，H 区的天空就像是拉斯维加斯赌馆里假造的天空，黯然而阴沉。莫非我头顶的天空也是打了背光的画布？可它看上去很高，比赌馆里的假天高出太多，不可能是假的。

"你确定别人看不到吗？"竹田怯怯地问，"难道不能解调别人的频率，就像万能钥匙一样？技术上似乎并不难……"

"哈哈！"Chris大笑了两声，好像竹田的话非常滑稽，"在26世纪，所有的工厂都是由中央电脑统一管理的，生产视读器的工厂也不例外！只要是法律不容许生产的，技术上再简单也绝不会被生产出来。所以，您的担心实在是太多余啦！"

"这有什么可笑的？还不是机器人的天下？电脑统治了人类？"曼姬一脸不屑，像是为竹田鸣不平，又像是为人类感到绝望。

"不不，电脑只是为人类服务，统治不了人类！是人类为电脑制定法律，法律一旦输入电脑，电脑就会严格执行。"Chris越说越起劲儿，两眼闪闪发光，"26世纪是真正的法治时代，大到太空防卫计划，小到生产什么规格和成分的咖啡豆，都有具体的法律规定，以确保一切都是彻底公正而有益社会的！所以，没有任何工厂会多排放一滴废水、一毫升废气！地球的年平均气温已经比五百年前降低了3.5摄氏度！动物和人类从没像现在这么和睦相处过！这不就是人类曾经的梦想吗？一个彻底公正的完美世界！"

"Bull Shit（牛屎）！"胖子强尼又骂了句粗口，"彻底公正？法律是谁定的？谁说了算？"

"地球公社委员会——地球最高的权力组织，也是完全民主的组织！'地球公社'四个字就充分证明了这最高权力组织是来自人民，而且完全地忠诚于人民。"Chris骄傲地说。

"忠诚于人民？屁！掌了权的人就不再是人民了！"强尼满脸的鄙夷，"千万别提民选这件事哈！选举制度有多虚伪？找一群最容易被洗脑的傻逼来投票，这种低级游戏我见太多啦！"

"正因如此，地球公社委员会的成员并不通过选举，而是随机抽选！"Chris更加信心十足，两眼闪闪放光，"地球公社委员会由12位委员组成，从全体成年公民中随机抽选，每半年抽选一次，就由这12名委员针对法律或社会议题进行投票。当今的社会大众，思想觉悟、知识结构和智力水平都非常接近，随机抽选也不会影响地球公社委员会的整体水准，还能确保绝对的公平！现在的社会没有领袖或者政客，是真正的民主社会！"

"谁能保证，委员们都完全凭良心投票？"曼姬满脸狐疑地说。

"测谎仪能保证。"Chris似乎早有准备，他肯定不是第一次主持这种聚会了，"没人能对26世纪的测谎仪撒谎。超级计算机完全可以设计出精准的问题，没人能钻空子。而且，任何一位成年公民都有权向地球公社委员会提出申请，复议某个问题，或者修改某条法律。电脑会按照申请给委员们设计问题，然后在测谎仪的监督下，由委员们进行投票。就这么简单！而且事实证明，绝大多数议题都是全票通过或者全票否决的！完全符合社会大众的意愿！"

"哈！真好笑！那我能不能提出一个申请，要求他们把我的钱和珠宝都还给我？"强尼大声说。曼姬忍无可忍地翻了翻白眼，像是厌恶到了极点。

"真抱歉，您那个时代的货币和珠宝，现在都没有价值了。以前货币和珠宝都是用来作为物质交换的筹码的，废除了私有制之后，物质交换不再需要筹码。我们的世界，已经不需要钱了！"

"那世界币是怎么回事？"曼姬插嘴问。

"世界币只是一种计算单位，并不是真实存在的货币。电脑系统通过这个单位，计算每个人所拥有的个人物品的总价值，并把这个价值限制在法律规定的范围内，以避免浪费。电脑会监控你带回家的物品，当总价值达到上限，你就无法从便利店里拿走任何东西，必须先回家用掉一些。"

"这他妈到底是个什么社会？"强尼瞪着眼问。

"这正是今天的聚会要回答的核心问题！只不过不该由我来回答，应该由 H 区的最高领导者波特曼主席来告诉大家！主席先生非常值得尊敬，你们一定会非常喜欢他的！"Chris 充满了激情，就像公司年会上的主持人在为公司老总报幕。

"波特曼先生？不会又是个该死的机器人？"强尼讥讽道。

"当然不是，波特曼先生是人，而且是和我们一样的复苏人！H 区没有现代人，只有复苏人。"Chris 有点着急，"请大家把耳机和视读器都戴上吧！波特曼先生就要讲话了！耳机都设定的英语，都 OK ？"

我们戴上耳机和眼镜，显示屏上的八个大字消失了，取而代之的，是个巨大的人头，许许多多个同样的人头，占据着许许多多块屏幕，是个年过古稀的老人，西服和领带一丝不苟，满脸密布的皱纹里充满了威严和傲慢，果然有点儿领导人的派头。

"不是说，现在的世界是真正的民主，没有统治者……"曼姬的小声嘟囔尚未完成，就被一个苍老的声音粗暴地打断了："荷艾文区不需要民主，因为你们都是病毒！是瘟疫，是现代社会的敌人！"

屏幕上的老人停顿了几秒钟，大概是为了让我们消化刚刚听到的话。至少我是需要这几秒钟的。我在美国生活了六年，获得了博士学位，可还是不敢确定我正确领会了那句话的意思。

屏幕上那张苍老阴沉的脸毫不客气地继续说下去："你们没有听错，新社会并不欢迎你们！之所以必须让你们醒过来，是因为现代人完全尊重合法的契约，你们曾经签署过的冷冻协议救了你们。但是，可怜虫们！别以为醒过来就可以按照以前的样子胡作非为！法律可以拯救你们，也可以惩罚你们！"

我不再质疑自己的英语水平，顿时感到恐惧和错愕，可是又一想，如果 15 世纪出生的人在 21 世纪醒过来，会受到欢迎吗？也许吧！大概会被当成摇钱树送进马戏团、动物园、博物馆……我侧目看看其他几个人，竹田的表情原本就糟糕透顶，所以看不出什么变化，曼姬满不在乎地翻了翻白眼，把血红的指甲放进嘴角，胖子强尼肥胖的嘴唇像鱼一样上下翻开，从里面钻出一个被挤压变形的词："Shit（该死）！"

最令我意外的是 Chris，他惊诧地瞪大了眼睛，脸色有些苍白，似乎正酝酿着什么。趁着波特曼停顿的工夫，Chris 小心翼翼地开口："各位，请不要紧张，波特曼先生的意思是……"

"闭嘴！蠢货！不要打断我！"屏幕里的老头儿恶狠狠地斥责 Chris。Chris 好歹把话咽回肚子里，嘴却忘记了合上，满脸都是畏惧的表情。

"我想警告诸位，不要试图挑战地球法律，也不要试图挑战荷艾文区的规矩，不要试图离开这里，千万别想耍什么花招！现在的时代是完美的，完美到你们根本无法理解的地步！现在的人类纯洁而高尚，和他们相比，你们就像老鼠和蟑螂！也许你们不信，那很正常，老鼠和蟑螂当然无法理解比它们高级一万倍的人类。我本来懒得跟你们解释，但法律要求地球上每个人都要了解地球宪法的基本原则，所以我不得不跟你们在这儿浪费时间。"

老家伙停顿了片刻，清了清嗓子。这让我想起严厉的初中班主任，每当他这样清嗓子，有人就要倒大霉了。

"地球宪法最基本的原则，就是不再容许任何一种私人感情，因为私情是自私、贪婪、凶残的根本原动力。人类为了获得延续后代的权利而作恶多端。男人对权力和财富无比倾心，其实只不过是为了获得更多的交配权，而女人要保护和养育后代，所以更看重交配对象的身价。人类为了繁殖而更加贪婪，掠夺远远超过自己需要的财富，为了保护后代而无比凶残，先是建立了家族的概念，进而扩大成民族、种族，并以此为理由掠夺和屠杀。因此，私情是一切灾难的源头，人类却偏偏要把私情冠以最美妙的幌子：亲情、爱情、友情、民族、国家，全都成了被歌颂的主题。这曾是虚伪的人类为自己找来的最冠冕堂皇的借口，有了这些借口，人类就可以名正言顺地对异族进行掠夺和屠杀，对同族用道义和感情加以束缚和绑架。好在人类终于意识到了罪恶的根源，并对此做了纠正——成功地消灭了私情。这是迄今为止，人类最伟大的成就！"

波特曼在屏幕上侃侃而谈，语言尖锐刻薄，听上去大错特错，可我想不出如何反驳。我莫名地想起在纽约做博士后的某个初冬傍晚，我下班回到在布鲁克林租住的旧公寓，看见叶子面容憔悴地坐在客厅里。她递给我一个信封，信封里有一张字条和一摞我小时候的照片，是我妈偷偷留下的。她本来发誓不来美国，我爸病逝后，她终于决定来一趟，把给我们买房子的首付送来。我说不要，她说：为了不让我来，钱都不要了？我只好不再拒绝。她买了最便宜的机票，转了三次机，飞了三十个小时，就是来送一张旅行支票。她坚持只住一周，拒绝出去旅游，连附近的街边公园都不去，每天在家仔细打扫，像是要把犄角旮旯里藏了半个世纪的霉菌都清扫干净。她不怎么和我们交谈，总是安静地躲在自己房间里，就像她根本不存在，临走把照片和字条藏在枕头底下：不知这辈子还能不能再见，照片留作纪念。叶子呻吟着说："我们还是回北京去吧，不然我要当一辈子罪人。"我丢下唯唯诺诺的叶子，大步走出门去，沿着防火梯跑向头顶的一方飘着细雪的夜空，我似乎听见我妈在背后恶狠狠地吼叫："跑什么跑？楼梯上犯了病，摔死你！"

波特曼的讲话还在继续："为了让你们能够明白地球上到底发生了什么，我添加了一些我的注解，因为地球宪法里根本就不会解释这些，'亲情''爱情'这种词汇在 26 世纪的地球字典里根本就不存在！每个现代人都是在育婴学校出生长大的，超级计算机早就成功破解了人类所有的 DNA 序列，删除掉存在缺陷的基因，把健康的基因随机排列组合，再植入人造胚胎之中，孵化成为婴儿。换句话说，超级计算机在优化自然选择的过程，让人类更高速地向着完美进化，除了基因之外，现代社会也为人类提供最佳成长环境——从小就过集体生活，在完全公正的环境下成长，接受完全一致的价值观教育，彻底杜绝了私情和私欲。跟现代人类相比，你们这些醒过来的家伙就跟爬行动物一样原始和肮脏！你们浑身都是有缺陷的基因，满脑子装着龌龊的思想。你们就是瘟疫，因此必须被隔离！荷艾文区就是专门为你们设计的。出于人道主义的考虑，这里拥有你们需要的一切。我再重复一遍：没有现代人能够进入这里，也没有复苏人能够离开这里！任何试图离开这里的人，都会受到最严厉的惩罚！"

　　波特曼又停顿了几秒，用来强调他刚说的话。

　　"最后，我再次警告你们，恪守荷艾文区的每一条法律！具体规定都在那封邮件的附件里，如果不想惹麻烦的话就耐心读一读。让我把丑话说在前面：如果你费事睡到几百年之后，就是为了来找麻烦的，那么恭喜了，你要对抗的，是比你先进几百年的高科技和一个强大而完美的社会！这个社会可以接纳你，也可以消灭你，就像消灭一只老鼠或蟑螂！各位，好自为之！"

　　波特曼从屏幕上消失了，咖啡馆里鸦雀无声，每个人的表情都凝固了，好像地球停止了转动。

　　不知过了多久，Chris 讪讪地开口："其实，波特曼先生以往的讲话都不是这样的，他就只解释地球宪法的根本点，态度很和善的，也不会使用老鼠、蟑螂这种词语。也许是今天心情不太好……"Chris怯怯地偷看了一眼屏幕，好像生怕波特曼再跳出来。

"所以，现在实行禁欲主义？"曼姬扬起眉毛，把鲜红的指甲从嘴里取出来，又瞥了竹田一眼。竹田像个罪人似的低着头，一语不发。

胖子强尼把两手一扬："真他妈太'完美'了！真不该接受什么冷冻！还不如死在属于我们这些蟑螂和老鼠的时代！"

"不不，"Chris忙不迭地否定，"法律并不限制人类的需求，实际上，法律容许任何人随时满足自己的欲望。在现在的时代，禁欲主义被看成另一种罪恶的根源，因为人类的基础需求是无法去除的，越是限制它、丑化它，就越逼着人类变得更加虚伪，制造各种借口，为了满足欲望而付出更大的代价。相反，如果低级欲望很容易得到满足，也就没人愿意为了实现它们付出巨大代价了。就像在……"Chris想了想，突然指指我，"在秦的那个时代，或者再早一些，地球上有些地方，人民贫穷到没饭吃的地步，有人会为了一块面包而杀人。但如果更美味的食品随处可得，谁又会为了面包而杀人呢？"

"你的意思是说，现在这个时代，男人的'那种'需求，随时都可以得到满足？"胖子强尼调侃着，色眯眯瞥了曼姬一眼。曼姬鄙夷地哼了一声，把脸转向另一个方向。

"当然！随时可以得到满足！"

Chris的回答让所有人吃了一惊，曼姬又把脸转回来，兴奋地瞪着Chris。

"不不不，你们不要误解！"Chris似乎有点儿不好意思，目光闪烁着说，"我的意思是说，性并不是欲望的全部，我们更关注心理需求，为了帮助每一位公民保持身心健康，我们有个连锁机构叫'梵思府'，这附近就有一家，也许你们并没有留意，每家梵思府都二十四小时开放，由心灵导师——高仿真机器人——提供最令人满足的服务！它们是 26 世纪最先进的机器人，非常善解人意的！"Chris 看了曼姬一眼，又怯怯地补充了一句，"而且，这服务对男女是完全平等的！"

"喊！"强尼失望地嗤了一声，"我还以为是什么呢！一群机器人，满足个屁！"

"可是性欲也算是心灵需求吧？就是男人和女人之间的那种事，你懂吗？"曼姬既轻蔑又轻浮地斜瞄着 Chris，几乎是在挑逗他。

"这个嘛……"Chris 脸红了，也不知是因为羞涩还是屈辱，这个永远长不大的孩子当然不明白性是什么，可他很快又摆出一副万事皆通的样子，神秘兮兮地说，"不过 H 区是有些例外的，毕竟，让移民们完全改掉自己的习惯，是很困难也很残忍的事情。所以，H 区通常对移民之间发生的性行为睁一只眼闭一只眼，只要没人举报，没人大吵大闹，一般不会有事的。"

Chris 快速地瞥了我一眼，仿佛是在安慰我，又像是在提醒我。他绷起脸来，一本正经地说："但是 H 区也是地球的一部分，必须遵守地球宪法，禁止任何形式的爱情。毕竟，按照现代人的理念，爱情也是私情的一种，而私情是万恶之源。"

"那友情呢？"竹田嗫嚅地问道。"友情"这个词似乎刺激到了曼姬，她瞪眼看着竹田。竹田没给她目光交接的机会，早把视线又转到地上去了。

"友情是一种相对薄弱的感情。毕竟，有多少人为了友谊去干伤天害理的事情呢？但有时友情和爱情的界限并不清晰，所以我还是提醒大家，对任何亲密的感情都要多加小心。"

胖子强尼又吹了声口哨："我听这意思，就是在 H 区可以找乐子，但是别当真。法律不容许当真！看来，这'完美'的新时代还是有点儿好处的！哈哈！"

曼姬立刻用鼻子哼了一声，就像鄙夷得无以复加。强尼却故意摇头晃脑地冲着她说："所以，再也不用担心，女人像口香糖一样黏在身上甩不掉，非要和你结婚什么的。"

我和叶子的婚礼很简单，我们搭地铁去纽约市政厅，跟着一位身披黑袍的女法官用英语念了誓词，花20美元领了两张结婚证。其实不需要领的，信息记录在政府的电脑系统里，结婚证只具备象征意义，而且20美元是我们一天的伙食费。叶子还是坚持买了两张，都由她保管。仪式之后，我们去了中国城，在一家越南面馆里点了几碟小菜。我们本想叫些朋友和同学，又担心场面实在寒酸。吃完了饭，我们坐地铁回家，她靠在我肩膀上睡着了。我也很疲惫，却一直没睡。我怕坐过了站，怕被人偷窃或抢劫，也怕我们迷了路，一辈子都被困在这不见天日的铁皮罐子里。

"您有一封新邮件！"耳机里的清脆声音突然把我从回忆中唤醒。四周的屏幕上都出现提示：我收到了一封新邮件，是移民局发来的。邮件的内容并不复杂，可我读了好几遍才读明白。

秦朝阳先生，您好！我们收到了您的来信，要求查询暮雪叶女士的情况。我们愉快地通知您，我们将于2525年10月7日晚8时为暮雪叶女士执行复苏术。

地点为第13复苏中心。鉴于您和暮女士以前的特殊关系，我们不反对您在复苏术后亲自到复苏室看望暮女士，这将有助于促进暮女士的激素分泌，以便更快地恢复内分泌和免疫机能。我们发现，她的身体比大部分冬眠复苏者更加虚弱。不过请您注意，我们的建议并不代表荷艾文区的法律认可您和暮女士之前的关系，亦不保护这种关系。我们完全是从暮女士身体的角度考虑的。

叶子找到了？就这么简单？简直难以置信。咖啡厅里的几个人还在议论着什么，我完全听不进去，我心跳过速，说不清是兴奋还是紧张。我自顾自地开口说道："Chris！第13复苏中心在哪儿？"

几人的议论被我打断了。他们大概都在看着我，可我的视野里就只有 Chris。除了那张天真无邪的娃娃脸，我再也没心思看别的。那张脸上正满怀着诧异："很近的，只需大约十五分钟车程。为什么要问这个？"

我浑身上下似乎都在燃烧，顾不上跟 Chris 再解释什么。我极力克制内心的激动，可声音还是不住颤抖："今晚，我要去第13复苏中心。请你告诉我，怎样才能……洗个澡？"

8.

我和叶子在北京的家，是个很旧的二手公寓，我们回北京的第五年买的。关于买房这件事，我妈一直非常着急，被她带到美国又被我们带回北京的旅行支票始终派不上用场。旅行支票还给我妈，首付由我们自己攒。这是叶子坚持的。她从来不用语言表达她的坚持。她用的是一盒盒方便面，一瓶瓶最廉价的雪花膏，还有坚持骑车省下的交通费。我在矿业研究所做研究员的工资，加上她在好几所学校授课的收入，本来可以让我们过得更从容一些。但在那张旅行支票的压力下，叶子决定加快速度。可她毕竟还是没能抢在我妈前头——我妈去世得非常突然，倒在公交车站。脑溢血，非常彻底和痛快，脸上没有多少痛苦，简直就像有所预谋：她的儿子没像她担心的那样犯病死在大街上，她就有义务代劳。不管叶子喜不喜欢，那曾经在中美两地辗转的支票被硬生生塞给她，几年的方便面都白吃了。我妈是个不能输的人，就连死亡也是绝对的胜利。

　　叶子花了一个月，用小刀片把灰白色的地板砖刮成带着水纹的暗红色。我原以为地板本来就是灰色的，可叶子认为，那只是以前刷房子时落下的墙灰。她抚摸着隆起的小腹说：如果是女孩，一定会喜欢在这种颜色的地板上玩耍。

　　我们结婚五年，一直都在尝试要小孩。我妈常常以此攻击叶子，叶子却永无反击的机会——她是在我妈去世三个月后确认自己怀孕的。她身体一直不舒服，查不出病因，这下子终于释然，反过来关注我的不良习惯：我应该少抽烟，少喝酒，少玩手机。手机是重点。我妈和叶子都喜欢偷看我的手机。我妈偷看我和叶子的微信，叶子偷看的，则是我和陌生人的。她总是趁我清晨冲澡的时候偷我的手机。她把牙膏挤在牙刷上，冲进厨房里做早饭，故意制造出不少动静，直到我拧开淋浴。喷头出了毛病，我冲出厕所去找工具，见叶子惊恐地看着我，手机落在淡黄色的地毯上。地毯是我坚持铺的，我不喜欢地板的颜色，暗红里藏着杀气。我赶忙再回到厕所里，让四处乱喷的热水把我包围。

　　H 区公寓的浴室里并没有淋浴喷头。确切地说，这里更像是桑拿室。我赤身裸体地站着，蓝色的蒸汽正从四壁冒出来。26 世纪，洗澡是不需要水的。

　　我记得这蓝色——五百年后我所见到的第一种颜色，来自一种叫作蓝质的细小颗粒。浴室比复苏室狭小简陋，最多不过 2 平方米，还被马桶占据了一半。所以，墙壁释放的蓝质并没把我拖在半空中，只负责把我从内到外地打扫一番，杀死有害的微生物，置换出体表排泄的废物，这是比淋浴更彻底的清洁。蓝质还会为我补充营养和能量。在 26 世纪，吃饭仅仅就是娱乐。蓝质确实改变了人类。我突然想起一种藏在山洞深处的矿石，幽幽地放射着黑蓝的光，好像深蓝色的眸子，性感中隐藏着邪恶。

"洗澡"很快结束了，不过五分钟。我并没浑身湿漉漉的，也没有大汗淋漓，却感觉从未有过的神清气爽。这大概是这间狭窄公寓里难得的一点儿享受，叶子可能也会喜欢。不知我们能不能住在一起。Chris说过，H区对男女的特殊关系睁一只眼闭一只眼，或许我们还能像以前那样生活。

我匆忙地穿起衣服，Chris在公寓大门外等我。他坚持要陪着我一起去第13复苏中心。的士是无人驾驶的，能坐六七个人，但此刻只有我和Chris。

Chris突然问我："你进到复苏室里见她，是要穿隔离服的。为什么还要急着洗澡？"

我哑口无言，半天才找到一个理由："洗澡能让一个人看上去更精神些。"我不能告诉Chris我很紧张，洗澡能让我放松。我没办法让他明白，我到底为什么紧张。

"可她刚醒过来，屋子里又充满了蓝质，看什么都是模模糊糊的，而且我们还戴着头盔……"Chris睁大眼睛看着我。他脸上的童稚触动了我，让我想起我的儿子。我最后一眼看他，他还睡在摇篮里，手放在嘴里，嘴角挂着口水。他只有几个月大，跟一只小动物没什么区别。我哥并不富裕，但还不至于太贫困。我把北京的公寓过户给他。我指望着儿子从小不缺吃穿，不必大富大贵，我希望他得过且过，容易满足，只有这样才会快乐。

车窗外眼花缭乱，许许多多的显示屏连成一片，全部处于待机模式，随机变换各种画面，使这夜色比尖沙咀或者外滩更加绚烂。街上却并没有行人和车辆，天空是一片混沌的黑，在大约两个小时前取代了混沌的蓝。没有月亮或星星，也没有被城市灯火照亮的云。

叶子大概不会喜欢这样的夜空。这就像重度雾霾笼罩的北京。她临睡前总要在窗前站一会儿，把鼻子贴在玻璃上，兴奋地告诉我，今晚是满月，或者她发现了一颗星星。

"如果她醒过来，不认识你了，那怎么办？"Chris 突然又问。这倒是我没想到的。叶子会不会不认识我？她曾在陆家嘴下班的人潮里一眼认出我的背影。2016 年的初春，矿业研究所接受了一项研究任务，需要和上海的一家外企合作。因为这个项目，我需要不停地到上海出差，每次停留一周到半个月，如此持续了一年多。最长的一次，我在陆家嘴附近的一家酒店公寓里住了两个月。我坚持每个周末都回北京和叶子共度，可她还是偷偷跑到上海来，为了给我一个惊喜。那是 3 月底，一个周二的傍晚，下了一天的细雨并没有要停的意思，我站在二号线地铁口，逆着湍急的人流，迎接一个令我着魔的女人。我根本不知道叶子就在马路另一侧，隔着层层车流，看着我和别人拥抱。

我迎接的是索菲亚·李——她意大利护照上的名字。我后来才知道，她大概不止一本护照，也不止一个姓名。她就职于一家曾经和矿业所合作过的外企，我们并没有直接的工作关系。我们是在街边的麦当劳里认识的。她没带足零钱，我替她垫付了两块钱。为了把钱还给我，她加了我的微信。我们熟识之后，她常常在我单位门外等我下班，顺便认识了我的领导——一位副所长。我曾经参加这位副所长带领的勘探队，在土耳其东南部的大山里长途跋涉。我的专业是机器人技术，本来不该参加勘探队的，是我的英语为我开了绿灯。我们在一个山洞里发现了一种深蓝色的矿石，确切地说是我发现的，大概因为癫痫发作时的梦境让我对山洞情有独钟，总想进去看个究竟。我并不在意那些深蓝色的石头，副所长比我更感兴趣，他小心翼翼地收集起来，准备千里迢迢带回北京，他还把洞壁上古怪的原始文字用纸拓了下来，然后用锤子把石壁敲烂。副所长显然很有先见之明，在那次勘探的一年后，有人对那些原始文字产生了兴趣，没过多久，副所长让我把一个信封交给索菲亚。索菲亚在意大利长大，身材高大丰满，皮肤被地中海的阳光晒成棕色。我给她信封的那晚，她丰盈的西式身体被东方式的旗袍包裹着，我们干杯，却并没喝酒。精致的下巴和粗犷的胸部向我倾斜，浓厚的玫瑰香气扑面而来，她的眼睛闪烁着深蓝色的光晕，就像那些被我发现的石头。我暗暗警告自己，逢场作戏而已，我们只是各取所需。她用我完成她的交易，我用她满足对自由的幻想。

那天晚上，当两人都精疲力竭之后，索菲亚放开我的身体，从枕头下面拿出那信封，从信封里抽出一张叠好的纸片。我闭上眼睛，不想见到那上面的图案，但是早就晚了，早在山洞里，我就已经见过了。当我再睁开眼睛，索菲亚正用两根手指夹着一个磁盘大小的黑色三角。她说：我把秘密藏在这里面了，你知道怎么打开它吗？我再次闭上眼睛：不，我不想知道。我拒绝再次睁开眼睛，内心涌起巨大的恐惧。她用纤细的手指抚摸我的胸膛。她的肌肤炽热如火，手指却冰凉得像条蛇。她在我耳边低吟：你就是钥匙。为了纪念你发现了那神奇的石头。

"现在有一种药，能够使人忘记另一个人。" Chris 在无人驾驶的的士上告诉我。

"为什么要忘记另一个人？" 我心不在焉地回答，立刻就意识到这是一个愚蠢的问题。就算是在 21 世纪，这种药也该很畅销吧？有很多人都想要忘记另一个人的。

"因为思念是一种病。" Chris 喃喃道。我还以为他在复述哪首流行歌的歌词，可他的表情很认真，丝毫没有开玩笑的意思："依赖性心理紊乱症，简称'乱心症'，典型症状就是对某人过度的思念和依赖。在 26 世纪，乱心症被看成是一种极为罕见的严重疾病，是需要立刻治疗的。"

Chris 的话让我很惊异，又觉得合情合理。恋爱的感觉难道不是病态的吗？对一个陌生人突然产生了巨大依赖，患得患失，满心猜忌，对毫无意义的细枝末节胡乱分析，甚至丧失正常的生活和工作能力，这不是妄想症和强迫症又是什么？我想起南京西路的老弄堂，索菲亚丰腴的背影正走远，她穿着改良的红色旗袍，红成了一团火，在我心里灼烧。她是从电影里走出来的，又走回电影里去了，把我尴尬地留在现实中，承受连电影编剧都编不出的可怕代价。如果在那个细雨纷飞的春天，有这么一种良药，我一定会迫不及待地把它吞下去。

"我真的不明白，"Chris 压低了声音，尽管车上除了我们再没别人，"尽管乱心症在其他七个区很罕见，可偶尔还是会发生。既然人类已经没有婚姻和家庭，从小就过着完全平等的生活，而且任何需求都会随时得到满足，甚至就连基因都是经过筛选的，导致脆弱多情的基因都被去掉了，怎么还会有人得上这种病？"

我沉默着，不知道答案。我虽然身处 26 世纪，大脑和心脏却是 20 世纪的产品。在那个时代，人类并不怎么了解自己，不知道情感是怎么回事，所以生产不出医治情感的良药。我反问："这种药的原理是什么？很灵吗？"

"还算有效吧！有点儿像你们的时代，针对癌症发明的靶向治疗。这种药针对患者特定的脑细胞，就像对电脑的某个记忆区进行格式化，只不过人脑不是电脑，所以这药是无法立刻见效的，需要服用一个疗程，有人需要更长的时间。据说也有一些病人，服用多久都没用，需要一直住在康复中心里。"

"住在康复中心里？要被限制自由？"

"是的。"Chris 点点头，凑近我的耳朵，"据说，这种病传染！"

是啊！我怎么没想到呢！思念是会传染的。既是传染病，就需要尽早诊断和隔离吧！

"可这病怎么诊断呢？怎么发现病人？"我想象着警察在街上设卡，用某种先进的仪器扫描经过的行人，就像疫情流行时，机场扫描旅客的体温一样。

"这很简单啊！生病的人自然会去医院的。医生会问一些问题，听了病人的回答，自然就能确诊，记得吧？没人能在26世纪的测谎仪面前撒谎的。"

Chris的回答简单而合理，却又是我没料到的。是啊，如果所有人都把思念当成疾病，被相思折磨的人自然是会主动就医的。就像21世纪的人，发烧了也会想到去医院，但那时人类把爱情和亲情描绘得非常伟大，自然不会想要发明一种药，去消灭最美好的东西。就像叶子，就算她内心隐藏着再多的委屈，也绝不会吞下一片药来忘记我。

可是U-1058说过，有些人复苏后会暂时失去记忆。叶子会不会也暂时不记得我了？即便她仍记得我，等她身体完全恢复，会不会有人强迫我们服用那种药，彼此忘记对方？

车窗外缭乱的屏幕让我烦躁。我摘下被称作"视读器"的眼镜，四周一下子都黑了，街道是黑的，房屋也是黑的，只能隐隐看出些形状，看不见任何一扇亮着灯的窗户，沉闷得像是一头钻进了坟墓里。我连忙再戴上"视读器"，眼前再度繁华一片。巨大的"梵思府"霓虹迎面而来，给人招摇过市的感觉，就像21世纪的励志书封面。我仰头去看夜空，还是那一片混沌的黑。

"天上为什么没有星星或月亮？"我问Chris，再次想起拉斯维加斯赌馆里的天空。

"因为那不是真的天空，是人造的。H区是修建在地下的，距离地面好几千米呢！"Chris调皮地朝着我眨眼睛，像是故意吊我的胃口。我的确惊愕极了，原来名字源自"天堂"的H区，其实是深埋在地下的？老鼠、蟑螂、瘟疫一般的复苏人，是被永久囚禁在几千米深的地洞里？

"你知道，从地表每下降 100 米，温度就会升高两三度，如果深入 1000 米以下，温度会增加到人类难以生存的程度。另外，气压、引力、有害气体等也都是不利因素，所以，为了最大限度地节省能源和保护 H 区居民的健康，设计师在选址时费了不少心思呢！"Chris 兴致勃勃地讲解着，"这里的海拔其实比海平面还高一些呢！而且，我们头顶上的'天空'有 3000 米高！这样既能保证充足的氧气，又能减少穴顶的重量，一举两得！这个设计很天才吧？猜猜看，我们头顶是什么？"

我没来得及摇头，Chris 已迫不及待地说出答案："是冈底斯 - 念青唐古拉山脉！"

我腹中一阵不适，像是吃了不能消化的东西。我和叶子的后半生都必须生活在青藏高原以下三四千米深的洞穴里，这辈子再也看不见真正的天空了。

9.

第 13 复苏中心和为我实施复苏术的第 4 复苏中心没什么区别。

接待我和 Chris 的是一位非常英俊的亚裔男人——只是看上去而已，他讲着标准的中文，嗓音低沉悦耳，更像是新闻播音员，它自我介绍说：我是 U-2102。

U-2102 带着我和 Chris 穿过走廊。我原以为控制住了情绪，此刻却越走越紧张，U-2102 走得实在太慢，又或者是走廊太长，让我感觉窒息。人类已没有婚姻和爱情，我和叶子以后会怎么样？

U-2102 终于把我们带进一个房间，它关门太重，让我打了个寒战。这台机器人的质量似乎不及 U-1058，动作和表情都过于僵硬。它的设计师大概也知道设计上的缺陷，故意在它嘴角做了一颗很小的痣，盼望着能拉近和真人的距离，当它讲话时，那颗小痣就随着嘴角移动。

"秦先生，暮雪叶女士再过十五分钟就会醒过来，我们会根据她的身体状况，决定何时请您进去，大约会是在半小时后。现在，请您和 Chris 先生换好屏蔽服。"U-2102 把两套厚重的屏蔽服和两个巨大的头盔放在我们面前，转身出门去，又是重重的关门声，我的心脏紧跟着一抽。

Chris 不厌其烦地向我解释屏蔽服的功能——阻止为叶子调配的蓝质气体进入我们体内。其实达琳早就告诉过我的。这东西并不好穿，或者是我太紧张，穿好时已是满头大汗。Chris 不让我戴上头盔，戴上就要开始供氧，等 U-2102 来了再戴不迟。Chris 看上去比我更加兴奋，忍不住向我坦白：他实在太想见到我和叶子重逢的情景了！他知道"久别重逢"这个成语，可他长这么大还没亲眼见到过。

"你会跟她说的第一句话是什么？"Chris 兴冲冲地问我，问题很简单，可我想不出答案。我该跟叶子说什么？你好吗？你还记得我吗？你知道现在是哪一年？你知道吗，现在的人类已经消灭了爱情、婚姻、家庭……我只好反问 Chris："会不会强迫我们去喝那种忘记彼此的药？"

Chris 摇了摇头，我松了一口气，他却恶作剧般地笑起来："哈哈！那药根本不是用嘴来喝的！只通过胃肠道来吸收药物是多么原始低效，简直就是……就是钻木取火！"

Chris 的确知道不少成语，说不定比我知道得还多。可我顾不上欣赏他的中文造诣，他的回答让我心里不踏实。我喃喃道："可我不想忘记她！"

"严格地说，并不是忘记对方是谁，而是忘记自己对对方的感觉。"Chris 试图安慰我，"H 区和别的区规定不同。这里主要是通过你们体内的健康探测器所发出的信号，来确定是不是需要进行测谎，然后再根据测谎结果，决定是否用药。这完全是出于对身心健康的考虑。如果健康探测器不报警，大概没人会在意这件事。据说 H 区有不少'地下情侣'，被强制执行乱心症治疗的人并不多。不过我只是听说而已，并不认识任何这样的情侣。"Chris 冲我做了个鬼脸，神神秘秘地说："以后就会认识一对了！"

我点点头，但是并没觉得太好受，在没见到叶子之前，我是好受不了的。

"说说看，等她出院了，你打算和她做些什么？"Chris 忍不住又开始发问，"应该有很多令人兴奋的计划吧？你觉得她会想要做什么？"

我摇摇头，心情越发忐忑，也不知我体内那块小芯片到底是如何评价"身心健康"的，我心慌得这么厉害，也许它正在发出报警信号呢。

"不过，你也才刚刚出院不久，对 H 区还完全不了解。"Chris 自顾自往下说，"可以去艺术馆、科技馆、历史馆……梵思府就算了！那大概不是夫妻一起去的地方！"

叶子想去哪儿呢？一定不是这些地方。她就只想回到我的小公寓里，和我一起躺在床上，像以前那样互相拥抱着。自从她确诊，我们常常抱在一起，不论白天还是夜晚，不说话，什么都不做，就只是感受彼此的体温。

楼道里响起脚步声，Chris 示意我戴上头盔。他不仅比我更兴奋，也比我更灵巧，大脑袋瞬间就在头盔里了。我的动作要笨拙得多，屏蔽服几乎让我变成了残废。

果然是 U-2102 走进屋来，又一声巨大的关门声之后，它面无表情地说："你们可以摘掉头盔，脱掉屏蔽服了。"

"为什么？"Chris 抢步上前，就像正在复苏的是他的亲人，不是我的。

我也想往前迈步，我想挤到 Chris 前面去，可我两腿发软，迈不动步子，我正被突如其来的巨大恐惧吞噬。

"复苏操作没有成功，暮雪叶女士的身体实在太虚弱了，她在复苏过程中去世了，我非常遗憾。"U-2102 脸上并没有遗憾，声音里也没有遗憾，它浑身上下只有电路和合成材料，没有神经和血管，我身体里却有无数的神经和血管，在瞬间痉挛、充胀、爆裂！

"可是，复苏术的成功概率一直很高……"Chris 还在说着什么，我的耳朵却正在失聪，我的大脑正在失去一切控制，我铆足力气，一把推开 Chris。Chris 惊叫了一声，从我眼前消失了。

我终于站在 U-2102 面前，直视着那机器人空洞的双眼，我正要开口，突然感觉到一股酸麻从手腕飞速上升。我瞬间反应过来：是 Chris 身穿的保护服向我释放了高电压，可我还奇迹般站立着，电压造成的巨大伤害，被我失控的大脑硬生生延迟了至少一秒钟。我听见我对那机器人说："带我见她！我现在就要……"

然后，我什么都不知道了。

我醒来时，正躺在自己公寓的床上，Chris 的防护服所产生的三千伏高电压让我昏厥了 46 分 27 秒，这是 Chris 告诉我的，是他指挥着 U-2102 把我运回公寓的。植入我大脑的芯片并未向 H 区健康局报警，可他还是很体贴地一直等着我醒过来。

Chris 告诉我，叶子的遗体已经火化了。按照地球法的规定，出于卫生和环保的考虑，所有遗体都必须在去世后三十分钟内火化。在没有家庭、亲人、爱人的世界里，没人需要对一具遗体多看一眼，H 区也不能例外。我和叶子的婚姻是五百多年前的法律约定，那种法律早被废除了，如今我和她没有任何关系。Chris 建议我使用治疗乱心症的特效药物，十四天一个疗程。

Chris 依然啰里啰唆，不过小心翼翼的，他虽然不懂爱情，可他毕竟是人类——以前的人类。他大概以为我会因为见不到叶子的遗体而歇斯底里，可我没有，除了麻木我什么也感觉不到，也许是被电击的结果。怪不得在五百多年前，电击曾被精神科普遍应用。我平静地对 Chris 说："我想一个人待会儿。"

"好吧，"Chris 有点儿不情不愿，迟疑了片刻，郑重地说，"秦先生，我一直非常敬重您，为了对妻子的爱，冒这么大的险去冬眠……可是，我能不能问您一个问题？"

Chris 一本正经地看着我，这小大人儿严肃得有点儿可笑。我点点头，有什么所谓？世上还有什么有所谓的事情吗？

"您……有孩子吗？"

尽管我正麻木不仁，这问题还是刺痛了我。可我明白 Chris 为什么要这么问。他是被父母冬眠的，而我冬眠了我自己，我和他的父母一样，抛弃了自己的孩子。

我点了点头，说："我是迫不得已的。"

我闭上眼，眼前出现一张照片，那照片是被塞进我家门缝的，那时叶子已经住院，家里就只有我和出生不久的儿子。照片上，索菲亚横卧在一摊殷红的鲜血里。我在同一天接到一通电话，一个陌生的声音对我说：她已经暴露了，所以你也暴露了，线索必须到此为止。我们让你选择：你主动消失，或者我们动手。相信你一定不希望你的妻儿受到伤害。

我宁可他们从来没给过我选择，宁可他们就像对待索菲亚那样，冷不丁地把我从 30 层推下去，让我来不及恐惧和悲伤。

"我把药放在床头了，记住一天一瓶。等一个疗程之后再做测谎。如果现在就测，我担心他们会让你住到康复中心里去。"Chris 在临走前叮嘱我。他是为了我好。我想以我现在的样子，大概算得上是重度"乱心症"患者了。我本想感谢他，可实在没有力气，只想闭着眼不说话。他沉默了片刻，又喃喃道："要是有一种药，能让人把忘记的再想起来就好了。"

　　Chris一共留下十四瓶白色粉末。每天在"淋浴"前，把一瓶白色粉末倒入"浴室"门把手下方的小盒子里，药就会随着"洗澡"时释放的蓝色蒸汽进入我的身体，把我的"乱心症"一点点清理掉。

　　Chris走后，疼痛突然来袭，说不清来自哪个部位，却疼得难以忍受。我挣扎着下床，才发现自己虚弱无比。我勉强脱光了衣服，拿着一瓶白色粉末走进浴室，关上门，拉开门把手下面的小盒子。这一连串动作非常艰难，下一步却简单得不得了，就像往洗衣机里倒洗衣粉，然后按下按钮，疼痛就会消失，某些记忆也会消失，我会浑身舒适。

　　可我没力气完成这最简单的操作。

　　我靠着墙壁坐下来，把盛着白色粉末的小瓶子放在灰色的地板上。我仿佛听见一阵刺耳的声音，叶子正趴在地面上用刀认真刮着，也不知刮了多久，那声音突然停止了，我听见叶子说：我看见你了，在陆家嘴。我一阵恶心，转身走进卧室，面朝着空空的大床发呆，背后响起慌张的窸窣声，叶子跟进屋里来，低声下气地说：对不起，我不是故意监视你，也不想让你难堪。明明是我对不起她，她却主动道歉，用金箍棒画下无形的圈。我突然有一种冲动，想要夺路而逃，冲到大街上去。永远不会有人理解，从小到大，我是多么渴望自由。

　　可我并没有冲到大街上去，我转身抱住叶子，把嘴唇抵在她额前，她则用纤细的胳膊环住我的腰，用鼻梁摩挲我的下巴，当我们争吵之后，当我们小别重逢，当我们看完一部悲伤的电影，总是这样彼此拥抱着。我仿佛听见她在我耳边说：你终于要自由了！

我用胳膊抱住双腿，努力闭紧双眼，把嘴轻轻抵在膝盖上，想象着叶子光滑而温暖的前额。这是 26 世纪，完美的人类新世纪，可我一无所有，没有朋友，也没有敌人，没有财富，也没有债务，没有渴望，也没有满足，我失去了我的过去，未来也就不再有意义，我已经失去了一切。

一瞬间，我突然明白了什么是自由。那是一样我根本享受不起的东西。

我挣扎着站起身，把那瓶白色粉末倒进马桶里。从今天开始，我需要扮演一个从乱心症完全康复的人，也许并不像想象中那么困难，也许根本就办不到。但有一件事我非常肯定：我不能把叶子从我心里赶走。

永远也不能。

第二章　新生顾问　Chris

2046 年　在北京出生
2051 年　在洛杉矶被冷冻
2502 年　在 H 区复苏

1.

H 区一共有 100 平方公里，生活着大约五十万人。我本以为这是非常拥挤的，可复苏人秦朝阳告诉我，在他曾经生活过的城市，一个不到 10 平方公里的居民小区就能容纳七十万人口。我问他那是哪里，他回答北京，中国的首都。他大概以为我不知道那座几百年前的城市，其实北京现在也还叫北京，在第三区的正中央。只不过面积是五百年前的十分之一，总人口不到一百万。自从二百八十年前最后一个自然受孕的婴儿诞生，地球上的新生人口数量被严格控制，目前全球总人口已下降到了两亿五千万，还不及三百年前的三十分之一。人类生活的都市在渐渐萎缩，把大片的土地还给自然。

其实，我脑子里储备的知识比秦朝阳脑子里的起码多出十倍。我毕竟接受过 26 世纪的集体学校教育，尽管我并没真的走进任何一所学校——学校是由我公寓里的显示屏代劳的，但教学效果仍是 21 世纪的任何学校也比不上的。

我对北京并不陌生，起码没有别人以为的那么陌生。不仅仅因为我接受过八年的集体教育，还因为我就出生在北京。我是五岁开始冬眠的，那一年我父母确认我患有先天性脑垂体功能减退症——自出生后脑垂体分泌渐渐减弱，预计在青春期前彻底停止分泌，很可能活不过十五岁，也有可能出现各种畸形，这种病花多少钱都没办法治愈。

大家都以为我不记得五岁之前的事情，其实我记得很多。这大概就是上天给我的一点儿补偿——一个记忆力非凡的大脑。我记得北京那时的样子：北京有密集的摩天楼，高度是按照环数逐步升高的，100层以上的楼都在五环之外，一直到八环，八环路是在北京第四次扩大面积后开通的，我当年就听大人们议论过这些，在四百五十年后的历史课上又温习了一遍。

我是在南郊的北京大兴机场上的飞机，飞往洛杉矶接受冷冻术。当时全球有二十二个国家都能实施冷冻术，当然也包括中国，但只有三个国家的法律容许给一个并非垂死的人实施这种操作。我父母偏爱洛杉矶，因为他们都是拍电影的。我爸是导演，我妈是明星，他们热爱好莱坞，但并没陪我一起去，就只送我到机场。送行的还有许多媒体记者，让我爸妈意外而难堪，所以连车都没下，在后座上一左一右亲了我的两颊，简单地完成了和我的永别。我妈说：Chris，记住，妈妈爱你！说完把鲜红的指甲伸到大墨镜底下去。我爸对我说：等你长大了，一定比你爸帅！他也没摘墨镜，嘴咧得大大的。他平时都很严肃，脸上难得有笑容。我对这些都没太在意。我还以为又是像以前那样跟着姨妈坐飞机去看医生，一共去过十七个国家，我早就习以为常了，反正有姨妈和维尼熊陪着我。

我下了车，闪光灯立刻闪得我睁不开眼，进了机场就好了，他们其实对我爸妈更感兴趣。在机场大厅里，姨妈让我回头再看看妈妈，以前她从没让我这样做过。我回头，门外都是记者，连车都看不清楚，更别说车里的爸妈了。我把头转回来，看见姨妈正把手放在眼睛上。她没戴墨镜，所以我看清了，有一滴眼泪正从指缝里流下来。

2.

我猜我给 H 区带来了一点小麻烦——他们还从来没接待过这么小的复苏者。医学技术并不是问题，问题是该如何对待一个幼儿——在不承认家庭和婚姻的世界里，总不能让谁收养我。H 区并没有婴儿或儿童，没有为孩子准备的集体学校。他们大概曾经探讨过要不要让我离开 H 区，和其他区的孩子们一起在育婴学校里成长，成为复苏人里的特例。他们给我做了许多次测谎实验，来判断我对五百年前的人类到底有多了解。五岁的我当然不太明白那些实验的目的，而且，我对没有姨妈和维尼熊的世界充满了恐惧，所以，我要不就默不作声，要不就大哭大闹。他们告诉我，如果我好好回答，不仅能得到奖励，还能成为第一个离开 H 区的复苏人。我坚持只要维尼熊和姨妈，他们立刻就失望了。

他们承诺给我一个玩具熊，所以我开始很努力地回答问题，甚至连问题是什么都没听到，就拼命地说了许多话。多年后我才知道，对于我絮絮叨叨说的那些连我自己也不记得的话，测谎仪给出了一连串超高的分数，那是天底下最诚实的回答都难以达到的高分。五岁的我当然不知道这样的高分能带给一个复苏人怎样的好处，可我到底还是养成了啰里啰嗦的坏习惯，在 26 世纪的 H 区恰巧不是一个坏习惯。

然而，我那些不着边际的回答和超级优异的测谎分数还是没能让我离开 H 区。2502 年 9 月当选的十二位地球公社委员会委员，曾为了一个五岁的复苏人能不能离开 H 区而投票。我不知多少人投了赞成票，也许根本没人赞成，反正结果是不能。但他们把我公寓的电视接通了第六区的某所育婴学校。那所学校在洛杉矶，因为我就是在洛杉矶被冷冻的。之后的八年，我就像幽灵般地和那所学校里的学生们一起生活。我跟着他们上课，参加他们的游戏，看他们因为争吵或者欢笑而接受惩罚，只不过，他们并不知道我的存在。八年之后，他们各自选择自己想过的生活，我则接到 H 区给我的通知书，让我成为 H 区的五名新生顾问之一。他们认为，尽管我尚不能满足离开 H 区的标准，但毕竟是所有复苏人里最接近现代人的。

新生顾问是 H 区里最优越的工作。因为拥有特权。这当然不是每个复苏人都能体验的。想要保持优越于其他人的地位，最好的方法并非保持沉默，沉默反而会引起别人的警惕，废话连篇就安全得多。

H 区绝大多数复苏人都是"分析师"——每天工作八个小时，每周工作七天，工作地点就是自己的公寓。公寓里可以变成沙发的床并不是普通的床，而是一台功率强大的电磁波发射和接收机，工作者们是不是躺在床上并不重要，只要是在公寓的任何角落，都逃不出它的控制。每晚 11 点整，工作者们开始"睡眠"——在电脑的引导下，进入一系列事先安排好的"梦境"。在"梦境"中回答电脑提出的问题，提出自己的假设，头脑风暴，随机产生任何电脑需要的设想，然后通过"梦话"的方式说出来，或者通过脑电波成形术"演绎"出画面，再由电脑收集整理。

在 26 世纪，机器人可以完成任何无需创造力的体力劳动。但人工智能始终无法替代人类的思维，无法进行许多看似随机却蕴藏着微妙逻辑的思想跳跃，比如当我看到我的玩具熊，脑子里会无端地冒出女性的红色手指甲。电脑能够通过我对母亲的回忆解释这种跳跃，但无法解释我想到的为何是红色手指甲，而不是母亲的墨镜，或者硕大的时装帽。这一点连我自己都不知道。正因如此，电脑也就不知道。电脑顶多只能学习人类主观上认识到的逻辑联系，无法学习人类不自知的潜意识。有专门研究大脑的专家综合分析了 22 世纪的一万名志愿者，发现他们当中的大部分人，即便是在清醒时，也有超过一半的时间是在做他们自己都无法解释的"胡思乱想"。比如在面对电脑专心工作时突然想到了少年时的一次旅行，在激烈辩论时莫名其妙地想起一个多年不见的朋友。

所以 H 区那些"分析师"的功能，就是在不自知的情形下，按照电脑提供的"刺激"产生思想。这些"刺激"也许是一个哲学论题，也许是宇宙空间站遇到的设计难题，也许是某个危险分子对测谎仪的回答。复苏者的反应未必都有实际意义，电脑也无法完全精准地收集人类的思想，只能对脑电波分析后得出一些语言和图案。这些"答案"常常支离破碎，就像偷听一个人的梦呓。但不论"答案"是否有意义，都是电脑怎么计算也得不出来的。复苏者们带着几个世纪的陈旧思想和五花八门的人生经历，就像古墓里发掘出来的陪葬品，也许藏着致命病毒，却又有可能价值连城。复苏者们被隔离在 H 区，源源不断地向新世界贡献着灵感和创造性思维。其他七个区的现代人类只凭兴趣爱好工作，难免需要复苏人的补充。复苏人已经是社会的负担，每年消耗掉大量的社会资源。能有一些贡献就好，哪怕只是一点。这也让 H 区的管理者更有面子些。

当然，这些被称为"分析师"的复苏者并不清楚自己做了什么。他们只知道自己公寓里的床是具有"科学助眠功能"的——一项有助于健康睡眠的伟大发明。他们那些被刻意激发的梦境和梦呓，在第二天一早就变得支离破碎，完全不得要领。这是被电脑干扰过的。早上 7 点，他们在次声波的干扰下醒过来。那是人类听不见的波段，却能够唤醒大脑神经。他们感觉精力充沛，整夜的"工作"并没影响睡眠质量,至少不会严重影响,顶多有些轻微的头晕。因此,"分析师"们没人会失眠,也没人知道自己参与了什么项目,只知道每晚必定在 11 点入睡,不论他在不在床上。一觉就必定睡到 7 点,一分钟不多,一分钟不少。这是科学助眠系统在帮助他们获得最佳睡眠。他们就像奶牛被人挤着奶,却并不知道人类到底在对它们做些什么。

但我不是奶牛。我很清楚自己工作的意义,因为我的工作都是在清醒时完成的。夜里没人收集我的思想,我可以整夜都做着由大脑自主挑选的梦,也可以干脆不做梦或者失眠,有时连着失眠很多天,整夜开着电视。我有特殊的授权,可以看到几百年前人类拍摄的影视节目。H 区的其他人则不成,这世界上绝大多数人都不成。当私情连同犯罪一起走向灭绝,人类讲了上万年的故事也跟着灭绝了。我有时也不看任何节目,就只是不停变换"窗外的风景",从旧金山的金门大桥到撒哈拉大沙漠,再从亚马孙的热带雨林到蒙古的大草原。有些地方是我曾经去过的,姨妈带着我,记忆里的天空和大海似乎并没有屏幕上的这么蓝。

就这么连续失眠好几天,也并不让我感觉疲惫,天亮后我继续接待复苏者,让他们接受新世界的规则,甘愿成为 H 区奉公守法的好公民。有时夜里也需要加班,这其实更适合我。我是最资深的新生顾问,也是最值得信任的,毕竟连测谎仪都相信我和其他复苏人不一样。在私情方面,我既没经验又没荷尔蒙,21 世纪的严重生理缺陷却成为 26 世纪的巨大优势。大概正因如此,我接待的复苏者总是最棘手的。2525 年 9 月第三个星期的四位复苏人也不例外:来自加拿大的强尼、来自日本的竹田夏、来自美国的曼姬和来自中国的秦朝阳。

这几个复苏人躺在复苏中心昏睡的日子里,H 区社安局收集了他们的脑电波,破解成一些支离破碎的语言和图案,让某些

"分析师"在深夜睡梦中"分析"一番，得出了令人不安的结论。社安局并没向我透露细节，就只说他们都是危险分子，特意叮嘱我一定要随时穿着社安局发给我的保护服。那件衣服我穿了很多年，从来没派上过用场，见到秦朝阳不到五分钟，它居然第一次发挥了效力——秦朝阳把双手狠狠压在我肩头，在人与人极少肢体接触的 26 世纪，这被视作极具攻击性的危险动作。我完全明白H 区的领导人波特曼为什么会在迎新演讲中一反常态，那是为了给这几个危险分子来个下马威。我的故作惊讶是为了配合他，顺便给他骂我的机会，这样才更容易获得危险分子的信任。

但在我看来，秦朝阳似乎没什么值得担心的，他只接受了一个疗程的乱心症治疗就基本康复了。他的生理指标一切正常，没有任何抑郁或者焦虑的迹象。更为重要的是，他的测谎结果也很不错，几个关键问题都顺利通过。以下是其中几个对答：

你后悔来到 26 世纪吗？

不后悔。

你怀念你的时代吗？

有时怀念。

最怀念什么？

啤酒和汉堡包。

如果你能回到你的时代去取一样东西带回来，那将是什么？

自行车。

为什么？

我对新世界很好奇，想四处看看。但走路有点慢，的士得预约。

你记得暮雪叶吗？

记得。

你经常想起她吗?

是的。

你还爱着她吗?

什么是爱?

你不知道什么是爱?

不知道。

你希望每时每刻都跟她在一起吗?

不。

如果你走进一间房间,里面都是人,你能立刻判断
出她在不在吗?

不能。

你害怕让她伤心难过吗?

不。

这世界上有没有一个人能够让你心甘情愿付出生命?

有。

那个人是不是暮雪叶?

不是。

3.

对于秦朝阳的回答,测谎仪给出了令我意外的高分,特别是
最后几个问题。

这段录像我反复观看了好几遍,整张屏幕都是秦朝阳的脸部
特写。他看不见显示屏后藏着的摄像头,所以目光肆无忌惮地正
对着我,眼睛里没有一丝的波澜。我还以为他很爱他的妻子,而
且超出了通常的程度,在人体复苏术根本还没被发明的 21 世纪,
哪个健康人会为了陪伴患有绝症的妻子而冷冻自己? 这和远古的

殉葬有什么区别？

秦朝阳殉葬了自己，为了能和妻子继续一起生活下去，成功的可能性还不到万分之一。这到底需要多深的爱情？在他离开复苏中心后的二十四小时里，我曾不止一次地试探过他，他的每个表情、每个动作、每一句话，都在不断地告诉我，他的心里全是他的妻子，那是在浩瀚无垠的宇宙里，在翻天覆地的五百年之后，他所唯一关心的事情。

但自从我把他送回公寓，把治疗乱心症的特效药留给他，一切就都变了。他用了两周时间把自己关在公寓里，不出门也不希望任何人到访。两周之后，他精神抖擞地走出公寓，跟着我去健康中心做诊断，测谎结果就是那次得到的。他就像是换了个人，两颊有了红晕，头发精心梳理过，目光平静得没有一丝涟漪。

说实话我有点失望，后悔曾把药剂留给他。当然那并非我的主意，那是 H 区社安局的命令，我并没料到药效竟然这么好。我原以为，秦朝阳至少需要三个疗程或者更久，这期间会因为内心的痛苦而喋喋不休，这样就可以给我更多的机会来了解"私情"——人与人之间所能产生的依恋。尽管这个词在 H 区是禁忌，在其他七个区根本不再被使用，可我还是很想多知道一些。毕竟在我降生的 21 世纪，感情曾是人们最热衷的话题。

在我童年短暂的记忆里，"感情"就像一幅转瞬即逝的画面，我来不及细看，心中充满好奇。可我没法儿找人打听，那样太嚣张，要冒太大的风险。我没法到街上交几个朋友，一起去喝啤酒吃汉堡，顺便向他们打听打听私情。我根本不能主动跟谁提起这个词。一旦有谁从我嘴里听到这个词，说不定会举报我，让我丢掉 H 区最值得羡慕的工作，然后像奶牛似的每晚被人从大脑里往外挤思想。

秦朝阳本来是个绝佳的机会，因为他是 H 区给我的任务，我有责任设法了解他的乱心症病情，以此判断他到底会不会给社会带来危害，所以我可以和他公开谈论私情。但他康复得太快了，或者是 H 区社安局和我的感觉都出了差错——秦朝阳本来就没那么爱他的妻子。

H 区社安局在波特曼的领导下，应该不会出错的。波特曼表面得过且过、无所事事，可但凡了解三百年前人类历史的人就会知道，他曾经是多么野心勃勃和冷酷无情。当然，现在确切地了解三百年前历史的人并没有几个，从古至今，真正确切地了解历史的人从来就没有几个。我在 H 区的职能特殊，有机会接触别人接触不到的资料，也就有机会得知别人不知道的秘密，比如 H 区的"分析师"是如何工作的，康复中心里那些永远康复不了的人都去了哪里，还有 H 区其实并不像表面这么太平，有些人一心想着溜出去，这也正是 H 区社安局最为担心的。社安局并没跟我直说，但我猜他们正尝试着把秦朝阳和这股涌动的暗流联系在一起，尽管他看上去构不成任何威胁。这也不是完全没可能的，按照大数据原理，一只亚马孙雨林里的蝴蝶，根本不需要知道龙卷风是怎么回事。

所以我又得到了新的命令：进一步考察秦朝阳。可我怎么"进一步"呢？各种迹象表明，秦朝阳已经从乱心症康复，忘了他对妻子的感情。假如我还不厌其烦地提起过去，岂不是显得莫名其妙？假如他是个表演高手，并没真的忘记他的妻子，那么他第一个要隐瞒的人肯定就是我。想到此处，我突然有了灵感。我把我的计划向 H 区社安局做了汇报，立刻得到了批准。一个小时之后，我和秦朝阳进行了视频通话。我用我最擅长的热切而无脑的语气告诉他："你被选中了！"

"被选中什么了？"他一脸迷惑，这正是我预期的，我把激情再提高一个级别，"被选中担任 H 区的新生顾问了！H 区本来只有五位新生顾问，你是第六位！"

"新生顾问？我可不会十种语言。"他脸上只有不解，并没有快乐。他当然不觉得快乐，因为他还不知道新生顾问在 H 区的特殊地位。

"那是小问题，很容易掌握的。你从乱心症康复的速度，还有你的测谎得分，都证明你是 H 区里最适合干这种活儿的人！"

"哪种活儿？"他仍旧一脸迷茫。

"帮助其他复苏人调整心理，适应新的生活！你会接受三个月的培训，然后是一年的实习，在实习期内，你不需要接待新复苏的人，只需帮助遭受心理问题困扰的现有居民，这比让刚醒过来的人了解和适应 26 世纪要容易得多！而且，我还会帮助你的！"

我当然会帮助他，手把手地帮他。我需要了解每一个细节，我还为他准备了绝佳的工具——几瓶每个复苏人都无法抗拒的"诱惑"。蓝质能治愈复苏人身上的绝症，却改变不了他们的恶习，就算秦朝阳对心理咨询一无所知，也一定能让他的"病人"得到满足。不仅如此，就连他在实习期内用来"练手"的目标，我都已经帮他选好了——就是跟他在同一周复苏的三人：来自加拿大的强尼、来自美国的曼姬和来自日本的竹田夏——三个同样被认为有危险的复苏人。H 区社安局希望通过他们的交流，进一步掌握他们的思想，尤其是将要为别人指点迷津的秦朝阳。社安局同意我的看法：一个人心理最不设防的时候，就是当他自认为是在教导别人的时候。

"可我为什么要当新生顾问呢？"屏幕上的秦朝阳满脸懵懂，就像第一次吸烟的少年问：谁想吸这种令人作呕的东西呢？

"因为那是 H 区里最令人尊敬的头衔！"我的回答充满了正能量，但还不足以让他完全理解，所以我又说，"因为你需要给各种不同的人做心理辅导，所以，你可以查阅许多不对普通居民开放的数据和资料，会比 H 区的五十万复苏人都懂得更多。"

尽管我有 H 区社安局给予的特许，也只能告诉他这么多，有关分析师之类的事情当然是不能提的，也不能透露他公寓里那张床的真实功能。H 区的确有人不需要承担分析师的工作，比如我和另外四名新生顾问，但是从今天起，有一个新生顾问也会被每晚扫描大脑了。

"街上那些'梵思府'不就是为大家提供心灵安慰的吗？为什么还需要心理辅导呢？"

秦朝阳的这个问题还真让我有点儿尴尬，难道他还从没光顾过梵思府？他有那么单纯吗？我说："你说'梵思府'啊……怎么说呢，这么说吧！'梵思府'这个词其实是来自古英文'fast food'，快餐，也就是快速的心灵慰藉服务，就好像……就好像在你的时代，身体不舒服，去按摩店做个按摩，可是想要根治的话，还是要去医院。梵思府就像按摩店，而新生顾问就像医院，明白了吗？"

秦朝阳勉强点点头，似懂非懂的，还好他没继续追问，换了个问题："你刚才说 H 区有五十万人口？可他们都在哪儿？为什么街上根本见不到几个人？"

我遗憾地摇摇头说："H 区就是这样的。这里没有电影院或剧场，没提供多少让陌生人彼此接触的机会。公寓里的 4D 大屏幕能够满足一切视听和娱乐需求，每天洗蓝质浴、使用科学助眠系统，没人需要运动健身，博物馆倒是有，但需要提前预约，严格按照预约时间进场，按照规定路线参观和离场，所以全程几乎碰不上其他参观者；咖啡馆也是需要提前预约的，根本不向散客开放。H 区唯一不用预约的场所是便利店，但便利店不是非去不可的。你可以通过公寓里的触摸屏下单，电梯会送来日用品和食物。因此，除了去梵思府获取'心灵慰藉'，人们并不怎么出门，反正出去也碰不到谁。而且，H区也不提供公开的通信录，除非你直接把自己的通信ID给别人，别人也不可能得到你的联系方式，更不可能知道你的地址。其实，就连你也不知道自己的具体地址，送人们回家的电梯是沉入地下的，没人知道自己住在地下第几层，地下一共有几层，也没人知道有多少部电梯在同时运转。但电梯每次只服务一个人，所以没人会在电梯里碰到邻居。总而言之，这里不太容易交朋友。"

"可为什么要这样设置呢？"

"保持社交距离——这个概念是从21世纪初期的一场全球大瘟疫之后开始流行的，那时你已经冬眠了。经历了那场瘟疫之后，人类终于发现，科技再发达也还是无法彻底战胜病毒，道高一尺，魔高一丈，人类永远也躲不开大自然的惩罚。当然这只是表面的原因，更深层的原因是：保持社交距离，会迫使人与人的交流更加依赖网络，这样更方便监控——毕竟，有些人心里最怕的并不是自然灾害，而是自己的同类。"

我把声音压得很低，故意做出神秘的表情，因为我在透露另一个有关H区的"秘密"。H区社安局并没特许我透露这条信息，不过也没有禁止。我总得多说点什么，好让秦朝阳相信，他因为拥有特殊能力而得到了特殊的信任。我甚至在考虑给他弄一辆他那个时代的自行车，让他随便在H区里转悠，充分感受到自由，反正在社安局的"安排"下，他也不可能碰到谁，不会有任何风险。说不定我还会当他的"导游"，带着他四处转转，然后不经意地告诉他，哪里的监控和监听比较密集，哪里能多少保留一点儿隐私，比如艺术馆后面的大草地。我得让他信任我。一个绝佳的局，就是除了动机和结果，其他什么都是真的。

"所以，我也不会再有朋友了吗？"秦朝阳很认真地问我。他眼睛里有些什么一闪而过，还是被我发现了——是失望。这倒引起了我的兴趣：也许，我对他的结论下得太早了？

"我就是你的朋友！"我微笑着回答他，其实这句话是有一部分真实性的，我很想通过他多了解一些私情，哪怕冒一点风险，我是那种不肯善罢甘休的人。

秦朝阳也笑了笑，笑容有点儿勉强。也许他还在考虑要不要做个新生顾问。他其实根本就没有选择的自由。

"我要是你，就一定会同意做个新生顾问。至少能看到许多以前的书和电影。你知道，这世界上的绝大多数人都是看不到那些的，因为里面有私情。想想吧，没有小说也没有电影的世界，而且，朋友又不会太多……"

秦朝阳眼中闪过一道光，我再接再厉，朝他挤挤眼说："告诉你一个秘密：H区会对为它服务的人，更信任，也更关照的。"

他点了点头，大概是同意了。我长出一口气，这是我必须得到的结果。

"秦，我有个问题问你。"我冷不丁地发问，并不是心血来潮，这是H区社安局分配给我的问题之一，需要趁着对方不设防的时候问的，"如果你可以向一位已故的人问一个问题，你会问谁？"

秦朝阳一怔，然后回答："我妈。"

不需要测谎仪我也看得出，这个答案是诚实的。他没说"妻子"，社安局大概要失望了。我倒是没失望，正相反，我莫名地紧张起来。

"问她什么？"我小心翼翼说出问题的下一半，其实有了上一个答案，H区社安局是不太需要继续问下去的。可我想知道。

"问问她，如果她知道我选择了冬眠，会怎么想。"秦朝阳把目光从镜头前转开。他正坐在地下几千米的一间不足20平方米的开间里，却仿佛是在眺望着遥远的天边。

这个答案让我有些迷茫。听上去到底还是和他的妻子有关，他是为了妻子而冬眠的。可为什么要问他的母亲？母亲对他的婚姻曾经产生过什么影响？一个母亲，应该如何参与儿子的人生呢？

这问题就像幽灵般一直纠缠着我。

"你妈妈一定很爱你吧？"我为自己脱口而出的问题吃了一惊，这完全不在计划之中。我希望监听我们对话的电脑程序并没有重点记录这一句，毕竟，我并没提到秦朝阳的妻子。

秦朝阳沉默了，好像这个问题很难回答。许久之后，他摇了摇头。

如果我也能向妈妈提一个问题，我很想问一问，她把鲜红的手指甲伸到墨镜底下，到底是在做些什么。当然了，在完美的 26 世纪，这个问题只能深藏在我心里，永远也不会说出来。

第三章　超级大亨　强尼

2093 年　在巴土联邦出生
2148 年　在温哥华被冷冻
2525 年　在 H 区复苏

1.

　　我之所以接受 Chris 的建议，去找那个姓秦的中国人"咨询"，纯粹是因为该死的 H 区实在无聊得让人发狂，复苏了两个月，我见过的活人一共不超过二十个，而且大多半死不活，老得像是在砖缝里嵌了一百年的烟屁股。我曾在公寓附近的小广场上见到一个，我们交谈了两句，他就已经上气不接下气。他说他跟我同岁，可看上去至少比我老五十岁。他说 H 区以前也算热闹，但突然有一天，人就都不见了。他大概是老年痴呆，或者干脆是疯子。无聊很容易让人痴呆或者精神失常。

　　所以我得给自己找点事干，尽管我一点儿也不在乎什么狗屁心理健康。我活了五十五岁，赚了 500 亿美元，养过一个老婆和七个情人，凭的可不是他妈的心理健康。我要是心理一直很健康，哪来的钱冷冻我自己？早在三百多年前就因为肺癌见上帝了。不，也许根本活不到得上肺癌——根本抽不起上等古巴雪茄，喝不起上等的法国白兰地，也得不上那些花柳病，说不定根本到不了美洲，早死在巴土联邦的贫民窟里了。

我一共见过秦两次，都是在那间倒霉的"迎新聚会"的咖啡馆里。

第一次还挺有意思，秦并没像别的心理医生那样问这问那。他既不高高在上也不小心翼翼，我们就只是有一句没一句地闲扯，就像在长途火车上邂逅的两个无聊旅客。他和我以前见过的中国男人不太一样——我曾在太平洋里买了个小岛，在岛上盖了两座度假酒店，VIP客人里有一大半是中国人，秦和他们不同，他不聊生意，不聊高尔夫，也不聊红酒。他并不唠叨自己的过去，也并不急着打听别人的过去。他似乎只对历史感兴趣，像个穷酸的书呆子。但他不可能是穷人——穷人哪有钱冷冻自己？尤其是在他那个年代。也许正是这个引起了我的兴趣。

他比我早出生了一百一十年，所以并不知道21世纪最后几十年的重大变革。所谓的"极端宗教"和与其有关的组织最终都被消灭，也顺便消灭了千百万无辜的人，就像癌瘤切除手术，总会切掉更多的健康细胞，其实也未必能够挽救生命。欧盟彻底解体了，欧洲分裂成几个阵营，世界地图上曾经最令人头疼的地区组成了一个新的国家——巴土联邦。它就像是发达国家共同制造的大号垃圾桶，把全世界的麻烦都塞在里面。原本被恐怖组织严重骚扰的地区，变成了军阀、土匪和牛仔们混战的战场，其实不论信仰和肤色有何不同，为权力和金钱而战，谁也不会比谁更仁慈。而我呢，就出生在这个崭新的大号垃圾桶里。

"也就是说，恐怖主义消失了？"秦似乎对这个变故挺感兴趣，所以用提问打断了我，他看上去很认真，也有点儿幼稚，这倒是和度假村里的中国客人有点像，他们周游世界，喜欢对世界政治长篇大论，但知道的其实少得可怜。我大笑："哈哈！当然不是了！恐怖主义不只是杀人放火，有些事情比杀人放火更残酷！这个世界，只要有人，就有恐怖主义！"

秦沉默了，眉头微微皱着，像是不太开心，又像是在潜心思考。这家伙其实长得不错，鼻梁和颧骨都比一般东方男人略高，下巴也更饱满，就是皮肤过于苍白，大概很讨东方女人的喜欢吧！西方女人大概不会对他太感兴趣，她们骨子里充满野性，期待着被更凶猛的野兽驯服，东方的英俊男人往往太温和，多少有点娘娘腔，心思又太细，常常过于悲观，就像秦现在的样子。

我其实就是随口一说。我对恐怖主义可没什么兴趣，不明白为什么有人愿意花时间去研究那个。世界上到处充满了恐怖，到处也都藏着乐子，这非常合理，就像夜空里要么全是星星，要么一颗也没有。我曾在巴士联邦的监狱里待了五年，就只弄明白了一件事——这世界根本就没有是非对错，只有弱肉强食，和原始森林没什么区别。我一离开那所监狱，就立刻想尽办法登上开往美洲的难民船，并不是逃跑，我是去厮杀的，要么吃掉别人，要么被别人吃掉。

"你有过多少女人？"我直截了当地打断秦的思绪。我就是来解闷的。这才是我喜欢的话题。

"怎样才算是'有过'？"秦反问我，问得很随意，好像并不关心答案。这让我有点儿扫兴："爱过的，上过的，随便你！"

他懵懂地看着我，我对自己的答案也不太满意，所以稍加修正："爱过也上过的！这样差不多了吧？"

秦脸上的表情舒展了些，像是对这个定义挺满意。他很认真地告诉我："两个。"

我差点儿笑出声来。两个？真的不比那个小太监——中国人是这么叫的吧？那个没法儿跟女人上床的Chris——强多少。他到底是在撒谎，还是真的有什么问题？这也配给我做心理咨询？我给他咨询咨询还差不多！我干脆反客为主："不会吧！这么少？你是只有十五岁，还是那里有什么问题？"我故意往他"那里"瞥了一眼，看上去好像不小，可他还是懵懂地问："哪里？"

这对话开始有点儿无聊了，我们的大脑似乎比肤色更加不同。可我还能忍，毕竟在这鬼地方实在难得见到个人影儿，我说的是真人，不是机器人，尽管有些机器人真他妈的比活人还像活人！尤其是梵思府里的那些——真他妈过瘾！比我以为的过瘾多了！哈哈！

但机器人毕竟不是人。我以前一直以为，除了做爱我根本不需要任何人，现在竟然上赶着和一个心不在焉的黄种男人闲扯。我得给他提提神："哎！你去过梵思府了吗？新世界还是他妈的有点儿好处！"

秦摇摇头，并不像有什么兴趣。这让我更失望。我本以为 H 区里不会有谁没去过梵思府，但眼前这位真的不好说。他到底是不是男人？他脸上确实有胡茬，喉结也很突出，嗓音也很浑厚，他不可能不需要时不时地"解决"一下。

我添油加醋地说："梵思府可过瘾了！里面的那些心灵导师——哈哈，随你挑！不光是高矮胖瘦，也可以角色扮演哦！"

我故意停下来看他的反应。他果然抬了抬眉毛："角色扮演？"

"对！可以选择警察护士什么的，也可以选择情人、老婆！"

"老婆？"秦重复我刚刚出口的词。我就知道他对这个有兴趣！我更来劲儿了："对啊！老婆式的'慰藉'！会像老婆一样地伺候你，时不时还埋怨几句！真他妈绝了！"

我故意做出陶醉的表情，其实并没那么令人陶醉。头几次的确够爽，去得多了就越来越不够劲儿，那些"美女"的动作多少有些僵硬，手感也是千篇一律，尽管体温和皮肤硬度都可以设定，但问题就在于此：一切都是由你事先设定的！就连脾气都是事先设定的！就算像老婆那样唠唠叨叨，甚至大声嚷嚷两句，你也知道那既不是真心，也不是假意，根本就没心也没意，只不过是在执行程序。我试探她们的底线：先是冷嘲热讽，然后是破口大骂，再然后干脆动手，虽然能听到呻吟或者尖叫声，但声音里并没有痛苦，当然也没有快乐。我朝着粉嫩的大腿内侧狠狠咬下去，留下两排深深的牙印儿，可我并没见到血，甚至没有瘀青。最令人不爽的是，我没感受到挣扎，那种经历着疼痛和恐惧，最好还掺着一点儿陶醉的挣扎，就像拉斯维加斯的那些小婊子，尽管她们只是为了钱，可她们能见血，能见眼泪，偶尔还能还你一个嘴巴。

秦似乎又开始懵懂了，就像听不懂我说的，或者听懂了但不确信。这表情真令人扫兴，让我没法儿谈起拉斯维加斯的小婊子们，我老婆就曾经是她们当中的一员。我四十岁靠着走私大麻发了小财，赌运跟着财运旺盛起来。那个拉丁小婊子把大胸脯挤在牌桌边上，好像两只挤变了形的大气球，随时有可能爆炸。她把染成金色的手指甲放在她肥厚的金色嘴唇上，她的眼神热烈得像是要把我烤熟了。那目光刚刚从我的背包转移到我脸上，背包里有我刚刚塞进去的价值 20 万美元的筹码，其实我也知道那小妖精图的是什么，她嘴唇上闪烁的金光，是从她心里溢出来的。

我立刻把她当成目标，我很想折磨这个没有信仰的贪婪女人，折磨她的肉体和灵魂，就像捣碎一筐烂草莓，让它们彻底变质发酵，我要让她一天比一天更贪婪，并以此激励我的野心，让我有动力赚更多的钱，以便更加肆无忌惮地虐待她，让她越来越恨我，也越来越舍不得离开我，把自己关在用金子铸造的笼子里，一辈子也得不到自由。我对此很有信心，没人逃得出自己为自己建造的牢笼。可是没过多久，我的野心就超过了她的贪心，我需要更多的女人，看着她们的贪婪膨胀，丢掉人格和自尊，心甘情愿受我的折磨，就像我心甘情愿受这个物欲世界的折磨。这他妈的比跟机器人上床快乐一万倍！

可眼下这个混蛋的世界！禁止私情我举双手赞同，可废除私有制？那就等于废除了我受折磨和折磨人的一切可能！这样的世界有什么意思？千万别误解我，我并不稀罕我曾经拥有的财富，也根本没指望那些财富能一直留到现在。我的敌人无处不在，谁都想摧毁强尼家族，从我手中夺走一切，其中最危险的要数马吉德家族，我们的祖宗源自同一座大山，曾经拥有同样的信仰，正因为曾以兄弟相称，翻脸时才更要斩尽杀绝，所以我从不认为离开了我，强尼家族还能继续维护财富。早在冬眠之前，我就做好了打算：醒过来发现自己是穷光蛋。可我并不怕做一个穷光蛋，因为我知道怎么从穷光蛋再变成亿万富翁，我早就盼着从头再来，跟财富比起来，我更热爱这个过程，可世界居然一下子变了，变得和我眼前这个比温开水更加无聊的中国人一样！

　　我瞬间做了个决定：我想打破这个世界，或者打破别的什么，下次我得带着家伙来，最好是根棒球棒，锤子也行，不知道 26 世纪在哪儿能弄到这些，我想狠狠地冲着秦的脑壳来上几下，看看他脑子里到底装着什么，到底是脑浆还是温开水？又或者像一只气球，"砰"的一声之后，里面什么都没有？这些其实都不是重点，我更好奇的是，如果我真做了这些，到底会发生什么？会判处我死刑，还是终身监禁？ 26 世纪的监狱是什么样子的？

　　这可真有意思，是该死的 26 世纪最有意思的事儿了。

2.

　　第二次见秦，我并没打破他的脑袋，因为我没找到棒球棒或者锤子，倒是他带来一件更好的东西——一瓶威士忌。

　　天哪，威士忌！我还以为这玩意儿在 26 世纪早就灭绝了呢！我现在不但不想揍秦，反而想拥抱他，亲几口都没问题！这可是我在 26 世纪见到过的最美妙的东西，要是能再来点儿大麻就更好了！大麻真是个好东西，把 22 世纪的地球分割成一小块一小块，这一块是合法的，那一块是非法的，只要胆子足够大，在这些小块之间搬运它们，发财简直就是举手之劳。

第一口威士忌入喉，我差点儿没激动得哭出来："这他妈是哪儿来的？"

我不太记得上回哭是什么时候，好像是二十岁那年，在伊斯坦布尔读大二。我是被便衣警察从宿舍里抓走的，根本没人认真地审讯我，就直接把我关在一间黑屋子里，关了整整两个月。与其说那是屋子，不如说是个壁柜，躺都躺不直，只能站着或者坐着，没有灯，没有窗户，没有室友，只有在送餐的时候，门上的小拉窗会飞快地一闪，证明我的眼睛还没失明。当我被人带出那该死的壁柜，第一眼看见阳光，我哭了。起先我以为是眼睛不适应光线，后来才知道，不适应的不只是眼睛，还有灵魂。

二十岁之前，我的灵魂生长在泥潭深处，幻想着长得够高就能获得阳光，我跟着同学们在政府门前静坐，要求获得言论和信仰的自由。巴士联邦政府打着禁止邪教的幌子禁止了一切非"主流"思想，从美国进口的信息安全技术成为监控思想和言论的武器，举国上下推崇着所谓"正能量"，其实并非真理而是睁眼说瞎话的能力。沙漠里某个信奉"邪恶宗教"的部落绞死了两个探头探脑的记者，网上虽然众说纷纭，真正关心的人并不多。但是不久后古老部落食用狗肉的照片流传开来，加上遇害记者和爱犬的合影，立刻就使社会沸腾了。两条人命加上虐狗，这才真的激怒了全世界。政府派军队入侵部落，遭到顽固抵抗，军队随即用导弹铲除了部落。全世界欢欣鼓舞，热烈庆祝正义再次获胜。当然也有小道消息传出来：部落的领地蕴藏着一种能够提取蓝质的矿石，而村民们严格遵循古训，绝不把土地出让给外国人，不许外人掠夺古老而神圣的石头，不让这些石头去拯救世界上受苦的人们。这些消息再次激怒了世界，并非因为消息的内容，而是因为出现了消息，就像谁都知道马路下面是阴沟，有人却偏偏要把阴沟刨开，让臭气冒出来。各路公知大声疾呼：美好的心灵自然能把一件事看美，而丑陋的心灵就只能把同一件事看丑。阴沟里发出微弱的辩解：但事实是他们想要掠夺我们的石头。更嘹亮的"正义"之声立刻反驳：愚昧的人哪能看得见"事实"？我们拥护爱和正能量，不能容忍愚昧和落后！我们要拯救的其实是你们，谁稀罕那些蓝色的石头？

那时蓝质的确尚未引起世界的关注，尽管科学家们很兴奋——一种并未被列进元素周期表的新元素被发现，有可能成为任何物质的安全载体，不过必须要发明一种从蓝质矿石中提炼高纯蓝质的技术。这些表述过于专业而且不确定，并不能激发政客们的兴趣，他们关心的是巴土联邦的一些古老的部落传说——蓝质能够毁灭人类。几个大国政府不约而同封锁了有关蓝质矿石的传说，连报纸边角的小报道也不见了。

曾有哲学家认为推动人类发展和变革的是生产力，其实并不完全精确，给人类带来巨大变革的，应该是对资源的抢夺，生产力只不过推波助澜。远古的时代抢夺土地和水，后来是煤矿和石油，再后来是阳光和空气。到了22世纪，是蓝质。有科学家猜测，蓝质将是地球上最为邪恶的资源，将剧毒溶解其中，可在几小时内谋杀数百万人，而且不会对肉体以外的任何东西造成损坏。当然也有人提出质疑：蓝质既然那么神奇，总该比古老原始的毒气室更加强大。我其实不该说蓝质的坏话，毕竟，是那玩意儿让我成了亿万富翁。

不过我倒是真没想到，在四百年后蓝质并没被用来杀人，而是用来救死扶伤。人类正向着正确的方向发展？我可没那么乐观。人类的"方向"从来都是自私和贪婪，只不过越来越擅长虚伪和掩饰。蓝质表面上用来救死扶伤，但也许只要一声令下，随时可以变成杀人武器，从任何一间公寓的浴室里冒出来，就像携带营养素一样携带着剧毒，大概比四百年前的屠杀方便得多。人类是隐藏在伪善面具下的野兽，不论兔子还是狼，骨子里都一样。如果给兔子一口利齿，它也会毫不犹豫地咬断狼的脖子。巴士联邦有个十五岁女孩，她的部落遭到血洗，幸存者只有她和在外地上学的哥哥。导弹击中村庄时，她正在山谷里放羊——那部落就是不肯放弃这些古老的生活方式，不肯用神圣的石头交换金钱和奢侈的生活，顽固得宁可和敌人同归于尽。几个星期之后，有人交给女孩一个装满炸药的背包。她背着背包冲进一座教堂，炸死了几十个正在做礼拜的人，当然也包括她自己。

如果给秦一包炸药呢？给这个比温开水更无聊的中国人？这念头一闪而过，我自己都觉得无聊透顶，这些胆小如鼠、摇摆不定的黄种人既不配使用炸药，也不配成为浪费炸药的目标。看看这位秦先生吧！我只不过问他威士忌是从哪儿弄来的，这就让他左右为难了？

"酒是我老婆的，可她死了。"秦终于开口了，不过还算平静。我仰头大笑："这他妈的有什么稀奇？都过了好几百年了，谁的老婆还活着？"

我老婆肯定是死了，可我不知道她怎么死的。在我被冷冻的两年前，她就已经不知去向。她偷走了2亿美元，还带走了五岁的女儿，她以为这样就能报复我，其实我根本不在乎钱和女儿。我坚信贱也是一种基因。我老婆是婊子，她的女儿、女儿的女儿，骨子里永远都是婊子，令人遗憾的是，那些未来婊子的血管里也流着我的血。我宁可趁她们还没变成婊子之前，就跟她们断绝一切关系。可我不想便宜了那个贱人，不想让她过得太舒服，所以我雇了最好的私人侦探，我本想找到她，再给她脖子上来一刀，可是后来我弄明白了，原来她跟着一个被我解雇的司机跑路了，所以我决定什么都不做了。那司机是个吃喝嫖赌样样不少的恶棍，那个贱人的未来，比死残酷多了。

"人类生存的目的，到底是报复，还是救赎？"秦又说了一句，真是莫名其妙。我提到过报复吗？我大概喝多了，分不清哪些是我脑子里的，哪些是我说出口的，可那又有什么关系？我都四百年没沾过酒了，而且那些他妈的——不，亲爱的——蓝质，不是已经把我从里到外都收拾干净了？我反问他："你是圣人吗？你指望着死了能上天堂？"

即便是在 22 世纪，有关天堂和地狱的宗教也已经过时了，当时盛行的是支持转世轮回和灵魂共振的信仰，教派五花八门，把什么量子物理、精神学、灵魂学都扯上关系，在我看就是换个法子骗人。转世轮回有什么新鲜？这说法不是已经存在好几千年了？信仰就像个爱慕虚荣的老太婆，总是不停地换上最时髦的衣服。可惜二十岁的我并不明白这道理，是巴土联邦监狱和拉斯维加斯教育了我。我在拉斯维加斯碰上一个熟人，是当年被导弹铲平的部落的长老，我本以为他早跟他的村民们一起去了天堂，可他却端坐在赌桌前豪赌，当年是他领导着村民们吊死了两个冒充记者的勘探工程师，因此为政府提供了动用导弹的理由。我立刻明白了一切：村民们为了捍卫信仰和传统而丧命，但对于部落长老而言，那只是一个交易。那天我感到无比释然，解决了我心中最大的痛楚：背着炸药包冲进教堂的女孩只是愚昧，并不是英雄，因此我也并不是狗熊。其实对于世界上的大多数人来说，狗熊和英雄到底有什么区别呢？

我重返巴土联邦，走遍了隐藏在深山和沙漠里的部落，人们还和当年一样顽固，不愿意让生意人踏上故土。我当然不会用枪炮和炸弹对付他们，我用古老而有效的工具——带度假村的"赌场"。我用卖大麻赚的钱，在几个部落附近修建了一种带特殊功能的度假酒店，向各个部落的成年男人发出邀请。

保守的村民当然不接受传统的赌博方式，所以我使用全新的方式——金融交易。我发给他们本金，让他们购买我发行的"股票"，并且让他们赚上几笔，同时教会他们各种新鲜的金融术语和概念，让他们以为，赚钱是因为掌握了先进的金融知识，然后我再让他们赔，搭配各种金融事件，让赚钱和赔钱相互交替，有些事件是我制造的，有些是搭顺风车。当然，这需要优秀的剧本和巨大的资本支撑。赌馆老板都懂得，赚钱的秘诀就是让赌徒自以为是行家。我让那些部落的大部分人都以为自己是炒股行家，不停地在股市获得"胜利"，最终却背负了巨大的债务。这并不是我发明的手段，自从人类发明了"金融"，建立了第一家股票交易所，这种把戏就开始了，只不过，我把它发展得登峰造极。两年之后，我顺利得到了那几个部落的蓝质开采权。我如法炮制，在更多地区修建"金融度假酒店"，并以此获得了大半个巴土联邦的开采权，部落的村民都住在城郊的高层公寓里，拿着土地补偿金去"金融度假酒店"里挥霍。他们的孩子要么也成为"炒股行家"，要么远走他乡。

我和那些曾经试图用导弹解决问题的家伙做起了生意，让他们为了从我这里争抢蓝质矿石而彼此成为仇敌，巴土联邦则渐渐成为富庶而安定的国家。我投资了各种公益事业，成为总统的座上宾，还被写进小学课本里。我的财富和声望都急剧上升，超过了这片土地上任何一个人。我心安理得地享受雪茄、白兰地和女人，享受仇人们对我毕恭毕敬，俯首帖耳，任我随意地奚落。这才是复仇的最高境界！我的人生是完美的，除了某些很深的夜里，我会突然见到她——我十五岁的妹妹，她背着沉重的背包站在我的床头，轻声呼唤着我："哥哥！哥哥！我要到教堂去了！他们说，在那里我就能跟爸爸妈妈重逢了！"

我拼命撕扯她的背包："不要去！他们骗你的！"她却后退两步挣脱了我，然后冲着我微笑："哥哥，没关系的！我不是胆小鬼！和全家人、全村人在一起，我们不怕！"她的微笑变成鄙夷的冷笑。

我惊醒过来，浑身湿透，阵阵地发冷。我把睡衣睡裤连同枕头被单都扔进壁炉里，裹着黑烟的火苗子像是血红的长舌头，从壁炉里直舔出来，把滚烫的口涎甩到我脸上。可我还是冷，彻骨地冷，仿佛刚刚从冰窟窿里爬出来。

"我他妈的到底该下地狱还是上天堂？"我问秦。

"有什么区别吗？"秦耸耸肩，脸上浮现出一点儿轻蔑，就好像他没问过愚蠢的问题似的。这是黄种人的反败为胜吗？他们向来不愿意正面冲突，就喜欢关上家门大骂一通，最好再砸几样自己的家当，不得不打开门时，就摆出一副智者的微笑，说一句塞翁失马，焉知非福？又或者：三十年河东，三十年河西！跟我做过生意的中国人差不多都如此。我可等不了三十年，我也不相信轮回，我要把这辈子彻底过痛快了。我想秦也一样，不然干吗不安心等死，偏偏费那么多事冷冻自己？所以，真理就是今朝有酒今朝醉！真理就是威士忌！

我高高举起酒杯："来！为你死去的妻子干杯！"

秦扬起一侧眉毛，像是在提问，我主动解答："是她让我们喝到了威士忌，不是吗？"

秦恍然大悟，表情有些尴尬。他大概也喝多了，目光涣散，反而多了些人情味儿。我把杯子举得更高："管他老婆不老婆！干脆，为了女人干杯！真正的女人！"

"我在 H 区见过的真正的女人，就只有曼姬。"秦的回答真是让人扫兴。

我使劲儿撇着嘴说:"曼姬?"

"是啊,曼姬。她也来找我咨询过一次。"他好像不明白我的意思。

"你的意思是说,那个丑八怪老女人?"我就只在那倒霉的迎新聚会上见过她,一看就是个十足的婊子,可她连做婊子的资本也快没有了。

"她曾经非常成功,得过两次奥斯卡。"

秦朝阳的话让我有点儿意外,而且还莫名地有点儿燥热——难怪那么骚!看得出年轻时也是个美女,可惜在脸上动了太多刀,比梵思府里的机器人更不像人,她可是真人啊!我都四百多年没上过真人了!要是在四百年前,对这种整容过度的半老徐娘,我都懒得多看一眼!可是现在……妈的!

我不想再聊那个女人,所以压低了声音,凑近秦的耳朵:"你哪天跟我去趟梵思府?不去太可惜了!一定让你意想不到!"

正如我所料,秦没什么反应。女人和性真的无法激起他的好奇?我就喜欢迎难而上:"你猜有个机器婊子在高潮的时候跟我说什么?她说:'你是一头奶牛!他们要挤干你的奶!'她说完就咬住我的那个!可真他妈爽啊!在那个节骨眼上……你明白我的意思吗?"

"奶牛?"秦终于表现出好奇了。

"是啊!那是个最新型号的,叫什么来着?对了,心灵导师!可真他妈能装蒜!你猜怎么着?还是你们东亚人的模样!老实说长相一般,不过与众不同,而且净说些稀奇古怪的话,听上去让人热血沸腾!对了!我用眼镜儿——哦,该叫什么器?妈的管它叫什么,我给那机器婊子拍了照!我发给你看看!"

秦果然没反对,所以这家伙也是道貌岸然,我兴致勃勃地戴上小太监给的眼镜,用桌面上的触摸屏把照片发给秦。我挑了一张表情特骚却又不太暴露的，这大概更符合秦的口味。现在在我的视野里，桌面、柜台、墙壁、窗外其他建筑的墙壁上，到处都是一个穿着白色制服、化着浓妆、搔首弄姿的亚裔女护士。

秦也直勾勾盯着桌面。当然，他看的是属于他的界面，不过，他的界面和我的界面上应该显示着同一张照片。他的脸色变了，呼吸急促起来，这家伙多久没"解决"了？看张照片儿就冲动成这样？

可是突然间，秦从椅子滑落到地板上，紧握双拳，浑身战栗，眼球上翻，嘴角泛起白沫。我大吃一惊，猜他是犯了某种病，羊角风之类。可我不知道该怎么帮助他。我不是善人，不大关心他的死活，可我不想让他死在我眼前。26世纪的蓝质蒸汽难道还治不好这种病？蓝质终究不是万能的，鬼知道我身上的癌细胞是不是真的清理干净了。我最近常常头晕，有时也会有点儿头痛，不知是不是脑瘤。不过，我脑子里植入的芯片似乎并没报警，谁知道那玩意儿到底管不管用？

好在秦的急症就只发作了不到一分钟。他从地板上站起来，坐回座椅上，就像落水的人好不容易爬上了岸。

"哈哈！"我仰头大笑，"你他妈的是不是想女人想疯了？看见个婊子就他妈激动得犯病！"

"她不是婊子，她是叶子。"

秦直勾勾瞪着我，看上去就像心智失常。我猜他是真的醉了，或者疯了。我回答："你说什么呢？那婊子还有名字？它只是个机器人！"

"她不是婊子！她是叶子！"他又大声重复了一遍，眼神突然变得凶狠，他就像是一只被逼急了的兔子，有没有利齿都打算咬人。

我老婆带着我女儿跟那个混蛋司机私奔的前一晚，我狠狠打了她一个耳光，把她打翻在全世界最昂贵的大理石地板上，原因很简单：更昂贵的水晶酒杯上印着她的口红，没有擦干净。当时桑德拉——我的女儿——就站在她身边。她只有五岁，这种场面却早就见怪不怪了。我从那五岁女孩子的眼睛里看到过同样的目光——一只想咬人的兔子。

我常常试图忘记那目光，忘记我曾经有过一个叫桑德拉的女儿。我安慰自己：她、还有她的女儿、女儿的女儿，全都是婊子！但这想法并没让我好受多少，所以我狠命地喝酒、抽雪茄，直到自己的肺变成一块石头。

然后，我就可以顺理成章地离开那个世界了。

第四章　好莱坞巨星　曼姬

2170 年　在曼谷出生
2219 年　在纽约冬眠
2525 年　在 H 区复苏

1.

我去找秦做心理咨询，完全是看在 Chris 的面子上。

新到一个地盘，自然要看人脸色行事，更何况是三百年后的新世界。以前别人都说我是好莱坞最转的，可我并不是最傻的，既然能得到转的资本，我自然懂得该怎么做人。

Chris 的个头比别人矮，不等于他的权力比别人少，一个哪儿都没发育的小太监，竟然能成为六个新生顾问里最红的，绝对不应该被轻视。就像一个身材矮小的将军，或者一个容貌丑陋的超模，这种人不但无所畏惧，还能让别人不按常理出牌，所以威力无边。

大概是演员的职业让我的舌头超乎常人，复苏后的第二天就能顺畅地说话，这让我从护士那里得到更多的消息，比如新生顾问是 H 区的精英，而 Chris 又是精英里的精英，是最受地球公社委员会信任的复苏人。"迎新聚会"时，看见屏幕上那个被称作"荷艾文区主席"的老家伙开口骂他，我更加坚信无疑：他是老家伙的臂膀，在配合大 boss 演一出戏。而且这孩子白白净净，满脸喜气，看着还挺招人喜欢的。

好吧，我承认，正如八卦杂志说过的，我的"性趣"有点儿"跑偏"。大概是好莱坞的"硬汉"见得太多，实在让人倒胃口——表面越硬，骨子里就越是软蛋，裤裆里多半也是软的，好莱坞没几个真男人。所以，还不如干脆找个奶油小白脸，软的也无所谓，至少表里如一。

虽然要给 Chris 面子，但面子不是丢给童子军的旧衣服，面子是顶值钱的东西，所以得懂得抬价，欲擒故纵。我让 Chris 依次在我脸上见到为难、烦躁、畏惧、磨不开面子，最后才勉强让步，勉强得有点儿羞涩，有点儿暧昧，都是为了他。这些我都演得出来。

我本来就是演员，而且曾经非常成功，自从二十二岁第一次试镜，我就再没停止过表演。不管有没有摄像机，只要有人，我就在演。在我亲妈面前我一样演，让她心甘情愿地不再认我，不再管我要一分钱，我总不能让记者们发现我有那样一个妈。对此我一点儿歉意都没有，就像她对我也从来没有过歉意。她未经我的同意，就把我生在曼谷的贫民窟里，连我爸是谁她都不知道。她每天都跟不同的男人睡觉，不知道他们的姓名，也弄不清他们的国籍，只要给钱就行，她只收美元和人民币——22 世纪最坚挺的两种货币。她用男人们给的钱去换烈酒和大麻，根本顾不上她的女儿。我是被一大群像她这样的女人共同"抚养"大的——吃她们丢在垃圾桶里的干面包，舔空酸奶罐子。

所以，我当然懂得该怎么做人——绝不是"成功者"们告诉你的那些。他们知道只有蠢货才听他们啰嗦，所以放心大胆地胡说八道。比如，他们叫嚣着让女人自尊和独立，不要试图诱惑或者依赖男人，可他们其实是想让女人放弃最有力的武器，永远被男人踩在脚下。我才不会上他们的当，上这个虚伪的人类社会的当!

Chris 离开我公寓时表情腼腆含蓄，完全不是刚来时那一副满满"正能量"的样子。我轻捏他的圆脸蛋，说他像我的弟弟。他脸红了，唯唯诺诺地和我告别。我就知道，这个五岁就被冷冻的孩子一直思念着家人，也许还惦记着点儿别的。谁知道呢？他毕竟也是个男人。

其实我根本就没弟弟。我妈虽然贱，可她不傻，我的出生已经让她吃尽苦头，同样的错误不会犯两次。我倒是有个比我小七天的妹妹，当然不是亲的，我妈也不具备那种功能。她叫曼迪，是另一个像我妈一样的女人生的。自打我记事，曼迪就和我在一起，我们就像两只小老鼠，在下水道和垃圾堆里出双入对，一同对付饥饿、流氓、色鬼、警察，还有瘟疫，经历一场场属于我们的"战斗"。每当这种时候，我们的妈妈们根本就不知在哪。我们就只有彼此，直到我们十八岁那年——曼迪死于难产。她知道孩子的父亲是谁，是个醉醺醺的清莱人。她其实比我干净多了，我每晚都跟两个以上的男人发生关系，可她一辈子只发生过那么一次。她在餐厅里打工，收入还不到我的五分之一，连她自己都养活不了，还怀着上大学之类的不切实际的梦想。那晚她到我上班的酒吧来找我，被那个清莱人盯上了。酒吧里明明都是婊子，占满了一吧台，穿着小短裙跳舞，那胖子却偏偏看上了一个正派姑娘，在酒吧的后巷强奸了她。我当时并不在场，不然我会拿着刀冲上去，那样的话，在我和曼迪之间，先死的也许就不是她了。

我当时正在陪一个日本游客，他把站在吧台上跳舞的我带回他的酒店，后来成了我的常客。几个月后的一天晚上，我们在床上翻滚时听到了电视播报的新闻：拖了四十年的强尼家族破产案终于有了结果：美国法庭宣布，巴土联邦政府曾接受强尼家族竞争对手的贿赂，使用不公正的手段导致强尼家族破产。行贿的是个姓马吉德的家族，拥有非常保守和正派的声望，据说还是某种古老宗教的秘密信徒。可见贿赂也是基本人性，与道德、传统和信仰都没什么关系。律师邀请散落在世界各地的强尼家族成员们和他取得联系，以获得巴土联邦的补偿。我靠着一笔补偿款去了美国。命运就是这么奇妙和不公，在同一个瞬间把谁踩进地狱，又把谁捧上了天堂。

其实我并不讨厌心理咨询。我当年花在那上面的钱，是全好莱坞最多的。在 23 世纪，找催眠师催催眠，看看自己的前世来生，本来就是件时髦的事，尤其是在好莱坞这种充满伪艺术家的地方，简直就跟找中国人针灸或者找泰国人按摩一样普遍。我几乎看遍了好莱坞所有有声望的男催眠师和心理医生，也看到过起码几十种完全不同的前世和来生，当然都是骗人的，只不过是催眠师耍的花招，但这并不重要，我完全不关心我的前世，甚至也不大关心来生，我关心的是心理医生的其他病人——制片人、导演、编剧，还有别的大明星。让一个医生违背职业操守，透露其他病人的隐私，其实并不像听上去那么困难。只要那个医生是个色眯眯的老男人，当然有时候也得花钱——跑车、游艇，都是些既不实用又容易贬值的东西，可男人喜欢。所以我总能得到大导演的重要角色，或者让另一个明星得不到那种角色。

我在好莱坞的第一个男朋友就是心理医生，虽然只是三流的，可他恰巧给一个曾经也只算是三流的导演做过心理辅导，那导演的前妻也是个三流小明星，跟另一个二流摄影师跑了，给三流导演留下了难以愈合的伤痕。后来导演发愤图强，不知怎么就变成了一流的。一流导演受邀执导一部超级巨作，为该片寻找女主角——一个出卖了爱情的坏女人。那时根本不入流的我，从心理医生男友那里得知了导演的秘密，收集了导演前妻的一切能找到的视频，反复观看，仔细研究，直到一颦一笑都模仿得惟妙惟肖。

我还在自己脸上照着那前妻动了点儿小手脚。那就是我整容历程的起点，其实并不是为了美，可后来还是一发不可收拾。

别人都以为那导演睡了我，才选我做女主角。导演的确睡了我，但不是在他决定用我之前，而是在电影杀青之后。不仅睡了我，还成了我的第一任丈夫。那时我还太年轻幼稚，以为女人可以靠着男人成就自己，其实男人最不想成就的就是自己的女人。我离了婚，把更多功夫花在催眠师和心理医生身上，于是我成就了自己。

所以我很了解心理医生。秦根本就算不上心理医生，连最基本的技能都没有。这让我非常好奇，为什么 Chris 非要让他给我做辅导？我也同样好奇，除了我，他还给谁做辅导？第一个问题不能直接问，所以我从第二个问题开始：

"除了我，你还有哪些病人？"

"我没有病人，就只有几个聊天的伙伴。"

秦的表情挺谦卑，看上去并不让人讨厌。我更喜欢略为自卑的男人，可我周围的男人都喜欢拼命地炫耀自信，要么无知，要么弱智。我说的是曾经，现在我周围除了 Chris 没有男人，如今又多了一个秦，两个都有点儿牵强。

"好吧，除了我，你还有哪些聊伴儿？"我顺着他变换问法。男人都很固执，尤其在女人面前，当我心情好的时候，我并不在意顺着男人。

"嗯……有你、强尼，还有竹田君。"秦认认真真地回答，好像生怕从三个人里遗漏了谁。这答案并不令我感觉意外，却多少有点异样。秦按照日本人的习惯，在竹田后面加了"君"，听上去让我有点激动，仿佛一下子回到了三百年前。其实，在迎新聚会上我就认出了竹田，他比当年苍老，但看上去依然紧张而怯懦，脸色依旧那么苍白。你们知道我喜欢这种男人。

我不知竹田是不是也认出了我。他一直躲避我的目光，没有要打招呼的意思，但这并不等于他故意假装不认识我。三百年前的他就是这样的：躲避每个陌生人的目光。天才作家不都是自闭症患者？至少不擅长和人相处吧。所以三百年之后，认不出我也不能怪他，我们本来也没见过几面，虽说那时我是好莱坞最耀眼的明星，可竹田就是这样一种人：别人给他留下的印象，和名利这些都没什么关系。

　　所以我记得他，但他多半不记得我，至少不记得我不化妆的样子，用23世纪的美颜技术处理过的电影画面，自然和实际情况大相径庭。可我们毕竟又见面了，在三百年之后，这是什么概率？不，这不是概率，是命中注定。

　　"看来你医术很高明呢！他们两个都有什么问题，需要找你咨询？"

　　我凑近秦一些，以确保让他闻见我抹的香水，我还尽量压低了声音，那样听上去更性感些。我对那个死胖子强尼当然没兴趣，除非给我把刀，让我在他身上戳几个窟窿，就算让我解解恨，可我不能就只打听竹田。

　　"你又有什么问题，需要找我咨询？"秦反问我。他是个狡猾的男人，不过，我应付得了："还有什么？寂寞呗！人是群居动物，可现在难得碰到个人，碰到了也是老得快见上帝的。哦对了，我有个建议……"

　　我凑得更近些。他像是一块木头，可毕竟不是木头，他虽然不动声色，我还是能闻见他身上散发出的荷尔蒙，那是被我的香水味刺激的。我微微侧着脸，好让我嘴里的热气喷到他耳垂上："把你的'聊伴儿'们凑一起，聚聚？"

　　秦微微侧了侧身，虽然只有极小的幅度，还是让我很有挫败感。我首先想到的就是：我真的老了，早不比当年。我是五十五岁冬眠的，所以我现在的生理年龄是五十五岁。一遍遍的整容手术只不过是为镜头维持着一个脸的模子，好让化妆师把粉底和油彩像粉刷墙壁一样刷上去，对于镜头以外的没有浓妆和灯光的脸，整容却是事与愿违。到后来，就连对镜头也没什么好处了。相信我，在 23 世纪，整容绝不是一件容易的事。女人们为了证明自己的独立和内涵，连化妆都不太好意思，可我就喜欢跟她们反着来。男人强迫女人漂亮的时代过去了，现在他们强迫女人不漂亮，可我偏偏喜欢让自己看上去美艳绝伦，我喜欢看男人们垂涎欲滴的表情。

我后退一大步，拉开我和秦的距离，把我的尴尬表演成厌恶。男人最不能忍受被女人厌恶。可秦对我夸张的撤退动作无动于衷，他说："可这不符合规定，让咨询者彼此见到对方。"

"可我们本来就都认识啊。"我故意把"见过"说成是"认识"。我没上过大学，可我知道文字游戏有多重要，特别是对于虚伪的人类。

"地球法律并不鼓励私人聚会。"

"但 H 区法律也并不禁止。我们为什么不按照我们习惯的方式生活呢？"

"我猜你希望的，也并不是大家在一起聚会。"秦突然冒出一句。

我暗暗吃惊：难道他看穿了我？我盯着秦的眼睛，想从里面找出些什么。可我什么都没找到，都说眼睛能说话，可秦的眼睛正沉默着。秦的眼睛挺好看，在黄种人里算是大的，略微凹陷，显得冷静和睿智。竹田的眼睛更漂亮，东方式的细长，眼角微微上挑，有点挑逗，但并不机灵。竹田的可爱之处也正是不够机灵。

我吃了一惊：我的思想怎么又开了小差，跑到竹田那里去了？自从听到"竹田"这个名字，变傻的其实是我自己。H 区的日子实在是太寂寞了，寂寞得能让人发疯，连着几周看不见一个人，好不容易看见了，飞奔着过去搭个讪，对方却老得都快咽气了。据说 H 区也曾经热闹过，可突然有一天就冷清了。我复苏得可真不是时候！

秦很有耐心地和我对视，似笑非笑的。我突然间恍然大悟：竹田一定认出了我，而且跟秦提过我！

"那你愿意帮我吗？"我从没这么坦诚地跟一个男人提出自己的需求。我一直以为这样很愚蠢，但此时我正热血沸腾，难以压抑心中的激动。

"帮你什么？"秦的眼睛里终于有了一些含义，可我读不懂。我索性继续直截了当下去："帮我见见他。"

秦反问："你能不能也帮我一件事？"

我立刻理解了他的意思，不禁心中暗喜。只要他提条件，我的愿望就有机会实现。而且这是 26 世纪，我人老色衰，既没资源也没资产，还怕失去什么呢？

可我故意皱起眉头，让脸色显得阴沉一些。我一辈子都在跟男人讨价还价，这方面我可不是新手。我故作防备地问："什么事？"

"我有一辆自行车，挺旧的，一点儿不时髦，可它有个后座。"秦抱歉地笑了笑，"你想不想坐在后座上？"

这算是什么条件？反正对我没什么损失，而且我最近总有点头晕，出去转转说不定有好处。再说坐自行车这件事听上去挺有意思：自行车在 23 世纪其实很普遍，在许多人口泛滥的大都市是重要的交通工具。不过，带后座的自行车？我似乎只在非常古老的黑白电影里见到过，围着头巾的女演员坐在自行车后座上，把头靠在男演员脊背上。我和曼迪总是趁着清洁工扔垃圾从后门偷偷溜进电影院，那些日子可真是令人怀念。

我相信 H 区的每个复苏人都在怀念着冬眠以前的世界，可惜冬眠是张单程车票，谁也回不去了。

2.

我和秦每次碰面之后不久，Chris 都会出现在我公寓大门外。

他总是客客气气等在路边，尽管他完全可以直接乘电梯进到我房间里来——我猜只要他愿意，就能进到任何一个复苏人的公寓里。有一次我邀请 Chris 到我公寓里喝一杯，偷偷观察他进屋后的动作和表情，我的直觉告诉我，他大概已经进来过不止一次了。他让我想起一个叫维恩的中央情报局的探长。我四十四岁那年，维恩出现在我的花园里，我还以为是他的三维全息投影，那年头全息投影通信正时髦，一个大活人站在你面前跟你交谈，可你摸不着他。不过维恩并没使用那新鲜玩意儿，他亲自跑了一趟。

那是南加州最常见的那种阳光明媚的午后，我刚起床不久，在院子里喝着咖啡，看见维恩微笑着朝我走来。我的院子有贝弗利山最高的围墙，安装了非常先进的安保系统，我还有十二名保安和六只猎犬，分成三组，昼夜巡逻。可他还是在光天化日之下进来了，没经过门房，也没触发报警系统。他礼貌地跟我打招呼，然后亮出他的徽章，他说税务局有几个问题要问我。我当然知道他不是为了查税来的。两个月前，我开始跟一个俄国大亨约会，他的企业从巴土联邦采购蓝质，然后卖给俄罗斯政府，都是通过黑市完成的，正常渠道早被美国人垄断了。

俄国大亨仇恨美国人，但喜欢美国电影，他从不离开俄罗斯，所以总是派私人飞机来洛杉矶接上我，飞到他在波罗的海的别墅去跟他约会，或者到圣彼得堡去陪他参加夏宫里的聚会。

我和探长开门见山："不要用税务局威胁我，如果我愿意为中情局效劳，那也是凭着爱国的责任心。可你觉得，一个女戏子，应该为了爱国冒多大的风险？"维恩嘲讽地微笑："你的祖国不该是巴土联邦吗？"

我故作惊讶，心中却暗暗窃喜：看来就连中情局都不知道我的秘密。我说我的外公的确生在巴土联邦，可他二十多岁就移民加拿大了。维恩继续保持着挑衅的笑容："所以是蓝质让你们发了家，现在，总可以为蓝质做点什么吧？"我冷笑着回答："你不会不知道，我母亲和外婆都被他抛弃了吧？"维恩说："可毕竟因为他，巴土联邦赔偿了你20万美元。"我冷笑道："给老头儿刷马桶的人挣得都比那个多！"维恩说："但足以让你从泰国来到美国，脱胎换骨，让别人永远忘记你的过去。"我听出他不但嘲讽我，而且还有意威胁，所以气急败坏道："一堆愚蠢的蓝色石头，在谁手里有什么区别？"维恩却微笑着冲我挤挤眼："在上帝手里是救助，在魔鬼手里是屠杀，在你手里，就是名和利。"

维恩和我的亲密关系维持了五年零一个月，是我所有的两性关系中第二长久的，仅次于俄国大亨——在中情局的命令下，我和俄国大亨的关系维持了五年零三个月。我和这两个男人的关系是同时结束的，维恩假扮乘务员登上大亨的私人飞机，成功复制了大亨的电脑硬盘并发送给中情局，可最终还是暴露了。他单枪匹马占领了驾驶室，把飞机撞在高加索山上。维恩是我所有的情人里唯一配得上"硬汉"一词的，我的"跑偏"似乎就从那时开始，所有好莱坞的"硬汉"都让我恶心。

Chris似乎很乐意到我公寓里喝一杯。我也说不清，他到底是为了喝一杯才频繁地找我打听秦，还是为了打听秦才找我喝一杯。

"怎么样？秦的咨询有帮助吗？"Chris脸上洋溢着和问题一样无聊的笑容。

"指哪方面？"

"任何方面。"

我懒得继续回答无聊的问题，所以只耸耸肩。他诡笑着问："坐自行车兜风很开心吧？"

　　我猜是秦告诉他的。Chris 大概也会问秦类似的问题：你跟曼姬聊得怎么样？当然除了跟秦打听，他还有别的办法监视我的行踪——H 区到处都是触摸屏，触摸屏难道不能被用作监控？23 世纪许多高级酒店的液晶屏幕后面都藏着摄像头，更何况现在是 26 世纪。秦骑车带着我去大草地边上的艺术馆，那是距市中心最遥远的一座建筑，一路上我们没看见任何人，但这不等于 Chris 看不见我们，艺术馆的墙壁就是一面巨大无比的屏幕，戴上丑陋无比的视读器就能看到的。

　　"很开心啊！所以，以后我们还会经常这样做的。"我故意扬扬眉毛，冲 Chris 挤挤眼，表示我对秦有点意思。我果然在 Chris 脸上看到一丝不自在，这正是我想要的。

　　"你们都聊了些什么？"Chris 问得不大自然。

　　"没聊什么。他不大喜欢说话。"

　　这是实话。秦骑车带着我在大草地边的小径上来回了一趟，除了向我发号施令，根本没提到别的事情。就连对他的任务——去梵思府里找一款新型机器人——也没多加解释。要不是指望着能再见到竹田，我才不会跟秦多浪费一分钟。不过，秦交给我的任务听上去还挺刺激。

　　"他没提起他的妻子？"

　　"没有。他为什么要提那个？"

　　Chris 并没回答，突然转变话题："你最近常去梵思府？"

　　"对啊，我常去。女人去梵思府不犯法吧？"

　　"当然不！"Chris 频频摆手，瞬间恢复了新生顾问的认真和虚伪，"地球宪法规定男女完全平等。女性和男性同样享有……享有接受心灵慰藉的权利。"

看他装腔作势的样子，我忍不住笑出声来，这个小太监可真有意思，他知道梵思府所提供的服务到底是什么吗？

"可你最近在梵思府点的心灵导师……都是女人？"

就知道我的一举一动都逃不过他的眼睛！我故意用文字游戏逗他："我点的是人吗？我还以为都是机器人呢！"

"当然，都是机器人。可是……"Chris 一时语塞，他的窘态让我来了兴致。

"哈哈，傻孩子！你肯定不知道，在好莱坞的电影圈子里，有时候年轻女孩儿在老女人群里更吃香，就像年轻男孩儿在老男人群里也很吃香。"

"可是你的记录里没说你是 Lesbian（女同）啊？"Chris 问得可真认真，这简直好笑极了。

我摇头道："我当然不是了。不过，我不介意偶尔变换口味。而且……"我故意卖了个关子，"玩这个，本来就是好莱坞的身份象征。"

Chris 皱眉道："两周之内光顾 H 区所有的梵思府，看上去可不是偶尔变换口味。"

Chris 说得没错。两周之内，我光顾了 H 区全部二十家梵思府，点了二十个由梵思府推荐的最新款"心灵导师"，全都是同一副长相，跟秦发给我的照片上一样。他为什么要对这么不起眼的一款机器人感兴趣？这款机器人真的算不上漂亮，顶多是恬静，东方女性的常见特征，实在没什么特别之处。只不过，它们在即将高潮时的呻吟有点儿诡异——是当我即将高潮时发出的呻吟。机器人当然不会高潮。我的其实也是假的，我又不是拉拉，不可能每天对着女人高潮好几次。可我会表演，表演高潮是每个女星必备的技能——不只是在摄影机前。我很快就发现了那些机器人的程序套路，所以到后来每次都用不了十分钟：我刚一脱衣服就开始呻吟，然后尖叫，再呻吟，再尖叫，这样重复两三次，它们也开始呻吟和尖叫，然后说出同一句话："你是一头奶牛！他们要挤干你的奶！"

我撇撇嘴，表示对 Chris 的问题感到厌倦。我冷不丁地凑近Chris，压低声音："奶牛是怎么回事？"

我是真的很好奇，不然不会连着光顾 H 区所有的梵思府。我觉得我像是侦探，无聊的日子突然有了点儿新意。其实秦就只求我"去两三家看看"。我本以为他有什么难以启齿的特别爱好，可听到那些心灵导师叫什么"奶牛"，我倒觉得也许另有文章。我猜秦知道些什么，可他不肯告诉我。

"什么？奶牛？" Chris 一脸的迷惑。这表情让我扫兴。我不想就这么放弃："别演戏了！你一定知道！"

"我知道什么？到底是怎么回事？" Chris 睁大了眼睛，好像真的一无所知。也是，连喉结都没长出来的小太监怎么会去梵思府？我无奈地摇头："算了，没什么。"

"曼姬，告诉我，到底是怎么回事呢？"轮到 Chris 紧追不放。我故意表现得意兴阑珊，有一搭没一搭地回答："它们都在'那个'的时候提起奶牛。那些机器人婊子，你明白我的意思吗？"

Chris 似懂非懂地点点头，又问："它们怎么说的？"

"它们说我是奶牛，有人要挤干我的奶。它们为什么要这么说？"

"哦！" Chris 像是在认真思考，"它们都对你说相同的话倒是正常，毕竟执行的都是相同的程序，也许是你说了什么，或者是你的什么动作表情，让程序得到了某种计算结果：提到奶牛会让你兴奋。你知道，程序的唯一目的就是让你得到生理满足，除此之外，那些话根本没任何其他的意义。我猜你肯定会说，满足这种事电脑也能算出来？相信我，人其实并没那么复杂，说到底，只是一些生物电磁波公式和统计学模型而已……"

"行了行了！"我忙不迭地打断 Chris，"就算是吧！"

我知道不是因为那个，可我不想反驳。我知道有些男人好这口儿，可我又不是男人，而且我可不打算给小太监上性爱课，那不是对牛弹琴吗？

"听到它们叫你奶牛，你感觉兴奋了吧？"Chris 却还不肯罢休，看上去可笑极了。我白了他一眼，可他显然没有会意，还是固执地重复着："应该兴奋才对的。你肯定兴奋了吧？"

"Chris！"我提高声音，拉长了脸，"一位绅士是不该问一位女士该怎么让她在做爱的时候兴奋的！"

Chris 果然被我唬住了，几乎是大惊失色："哦！对不起，我……"

"该用实际行动弄清楚。"我冲他做个鬼脸，用指尖在他额头轻轻一点。男人都喜欢涂得鲜红的指甲，这小太监似乎也不例外——他瞬间涨红了脸，半天才吞吞吐吐地开口："你……你也问过秦……奶牛的问题？"

小太监果然也是男人。这就对了，我就是想让他吃醋。我痛快地回答："当然喽！可他说不知道。"

"哦。"Chris 似乎松了一口气，可又有点沮丧。他是我的小猎物，正一步步走进圈套。我故意凑近他，压低了声音，尽管这公寓里只有我们俩："说真的，他是不是有问题？"

Chris 不解地仰起头："谁？秦？"

我点点头："对啊，为什么让他给我做心理咨询？"

"他正在接受新生顾问的培训，心理咨询是很重要的一个训练环节。"

"选他做新生顾问？新生顾问不是 H 区最重要的职位吗？"

"他有这方面的天赋。"Chris 低头去看自己的手指甲。我知道他没说实话，他骗不过我的眼睛。我说："得了吧！他一点儿没那种天赋！而且你们也没打算好好训练他，因为他根本不懂心理咨询。说真的，你们是不是在试探他什么？"

"他这么告诉你的？"Chris 满脸惊讶，这证明我的猜测是对的。我冲着 Chris 摆摆手，故意显摆我细长的手指头："他才不会跟我说什么呢！说了我也不信。"我用食指在空中画了个圈，然后在他的小下巴上轻轻一点，"要是你说的，我就信。"

Chris 立刻满脸羞涩，我的指甲对他似乎很有魔力。他压低了声音，小心翼翼凑近我："你可别跟别人说！H 区社安局认为，秦是个危险分子！"

这倒真让我吃了一惊："他怎么危险了？"

"我也不知道电脑是怎么得出这个结果的。我只知道，他的妻子去世了，他应该是很伤心。"

"哈！"我放肆地笑出声来，"这也危险？对了，26 世纪不允许人对人产生任何感情，对吧？"我朝 Chris 挤挤眼，"可就算伤心欲绝又能怎样？他除了对自己危险，还能对谁危险？"

"私情是可以传染的。"Chris 有点窘，这令我扬扬自得：我正对着 H 区最受信任的新生顾问先生挤眉弄眼，企图让他吃醋，并且小有所成。我大概比秦更危险。

"那怎么还给他一辆自行车，让他到处乱跑？不是该关进精神病院吗？哦，你们叫啥来着？康复中心？"

"因为他经过了一个疗程的乱心症治疗，测谎结果表示，他已经恢复健康了！不过，他之前的情况的确挺糟糕的。正因他的妻子得了绝症，他才陪着妻子一起冬眠的。可他顺利复苏，他妻子却死了……"

"一起冬眠？好痴情啊！哈哈！"

我再次放肆地笑，心却猛地一颤，像是被一道电流击中，正中靶心——那里有一个男人的脸，模模糊糊的，说不清到底是维恩还是竹田。其实也许并不模糊，我只是不想仔细去看。我是不是也该被关进康复中心？

"所以社安局还是对他不放心。所以……"Chris 低下头去，"对不起，我的确是在利用你……"

"小傻瓜！"我用指尖轻轻抵在 Chris 的嘴唇上，甜腻腻地微笑，"我很开心对你有用处。时间过得这么快，不然也是浪费掉。"

这倒是真的，时间过得真快！一天转眼就过去了。大概是我老了。都说人越老，时间过得越快，我都快四百岁了。我把指尖从 Chris 的嘴唇挪到他下巴上，他的皮肤并没有看上去那么光滑。我曾对着维恩做过同样的动作——用手指抵住他的嘴唇，我说：嘘……不能怪你！是我自掘坟墓，你给了我一线生机。我是俄国大亨所有的情人中唯一一个活下来的，为中情局工作反而延长了我的生命。我把指尖轻轻从维恩的嘴唇移到下巴上，那上面有新生的胡茬，很短却很坚硬，充满男性的生机。我说：向我保证，完事了，你得回来。我指的是他两天后的任务，他将化装成机师登上俄国大亨的私人飞机。他点点头，像野兽似的将我搂进怀里。我没再吭声，就只是安静地把脸贴在他毛茸茸的胸脯上，男性荷尔蒙正从每个毛孔里冒出来，可我却平静得出奇，丝毫没感到蠢蠢的欲望。我细心体味着他的体温，试图努力忘记他的工作，忘记总有一天会杀掉我的俄国特工们。我其实并没指望着维恩遵守诺言，我知道真正的男人不会在乎对女人的承诺，在他们的重要性列表里，女人永远排不到前面，更何况我这样一个婊子。

3.

H 区永远不出太阳，也从不刮风下雨，温度总是恒定在华氏75 度，而且难得见到人影，这都是 H 区让我最不能忍受的地方。

我现在天天头晕，不知和这温温吞吞的天气有没有关系。

我喜欢艳阳高照，也喜欢雷雨交加，我喜欢不停变换的风景和天气。以前我有五处别墅，分别在太平洋、大西洋、印度洋、地中海和波罗的海边上。我对大海情有独钟，特别是暴雨将至，大海在乌云下汹涌翻滚，无数道闪电把天和海连成一片，我把摇滚乐开到最大，脱光衣服坐在窗前，让夹杂着雨点的狂风吹到我身上。我以前从来没想到，我竟然能在一个温温吞吞的大地洞里过日子。对了，地洞的事儿是秦告诉我的，第二次坐他的自行车后座，他的话稍微多了些，大概是为了从我这里交换更多的消息。

我本来不太喜欢这个安静的中国人，倒不是不喜欢黄种男人，更不是不喜欢安静的男人，恰恰相反，这两样都让我着迷，看看竹田就知道了。可秦的安静里总藏着些让我不自在的东西，大概是狡猾？其实狡猾也不算什么。能够有资格来到 H 区的人哪个不狡猾？但他的狡猾并不在语言，而是在沉默。这是我所不熟悉的，让我无所适从，就像一拳打进空气里，没有呻吟也没有回击。我讨厌这种失控的感觉。

可自从听 Chris 讲起秦的妻子，我对秦的感觉略有不同了，算不上产生好感，顶多是增添了好奇。虽然我扮演过很多痴情女人，可我根本不相信那回事，起码我自己不是。我知道电影都是怎么产生的，绝大多数剧本就跟垃圾快餐没什么区别——都是照着刺激味蕾的目标去的，才不管对身体到底有没有好处。在 23 世纪，复苏术虽日渐成熟，却仍不算可靠，越来越多的人选择冬眠，但夫妻共同冬眠的情况是极罕见的，除非两人都得了绝症。倒是有一对儿私奔的印度中学生，试图冒充成年人去冬眠，曾经闹得沸沸扬扬。小孩子自然把爱情看得很神圣，成年人可没那么痴情，至少，富到能冬眠的成年人没那么痴情的。所以我很想知道秦到底是怎么想的——和妻子冬眠？在他那个时代——大概是 21 世纪？复苏术还完全没影子吧？冬眠应该和自杀差不多。

我在自行车后座上直截了当地问："你真的那么爱你的老婆？"

他继续往前骑，并没立刻回答我的问题，我能听见他均匀的呼吸声，和车轮转动的声音一样富有韵律。我们始终以这种怪异的姿势谈话——他背对着我蹬着车，我侧身坐在后座上，看着宽阔的"大草地"——我们都这么称呼这片草地，它像个圆环，环绕着H区。大草地对面是一条河，虽然不宽，但河水非常蓝，蓝得不像是真的。河的另一侧是松林，树种得很密，并不粗壮高大，大概是因为缺乏阳光，再远处就看不见了，我猜就该是石壁了——地洞的石壁，H区不就是个大地洞吗？

我明白为什么秦要把自行车骑到这大草地边缘的小径上：这里是整个H区唯一能够和触摸屏保持距离的地方——附近就只有艺术馆墙壁上的那一大块，现在距离我们大概有几十米远。我们把耳麦和眼镜（视读器）都留在小径的起点，这样即便我们还在视觉监控范围内——我相信我们永远都在监控范围内——只要交谈的声音不大，也许不会被监听到。当然秦还有一道防护——自行车，他不仅用蹬车的噪声干扰监听，也顺便用这个古老的交通工具防备着我——当我们谈话时，我不太方便看到他的脸，这就是他的狡猾。

我等得有点儿不耐烦，所以找出刻薄的问题来刺激他："既然那么痴情，干吗还整天想着梵思府里的机器人？"

"因为那机器人和我的妻子很像。"秦的声音来自我的斜后方，我忍不住扭头去看他。他的话实在令人费解。我勉强能看见他的侧脸，几乎没有任何表情，这个姿势可真别扭，我的屁股又坐得生疼，大腿也早麻了。以前那些老电影里的女演员可真辛苦，坐着这种东西还要眉目传情。秦大概感受到了我的疑惑，解释说："是相貌。一模一样。"

"你是在开玩笑吗？"

"不。我说的是真的。我发给你的那张照片上的机器人，和我妻子一模一样，所以，我想让你帮我确认一下。"

我想问他为什么不自己去，但话到嘴边又被我咽了回去，如果秦真是个痴情的人，心中怀念着亡妻，他怎能忍受见到和自己妻子一模一样的机器婊子？她们不但不认识他，而且还要下贱地跟他调情，就连我这么放荡的女人，都无法想象这是多么残酷。是谁对秦做出这么可怕的事情？这辈子我见过许多的嫉妒、许多的仇恨、许多的报复、许多的置人于死地，可我还从没见过如此腹黑的报复，简直像个冷酷至极的黑色幽默。我突然开始同情秦了。不过除了同情，我也更加好奇：他到底隐藏着什么秘密？H区到底有什么秘密？

"你有仇人吗？"我扭着身子问他。我保持着别扭的姿势，为了不错过他的表情。他摇了摇头，像个机器人。不，机器人都比他更生动。自行车狠狠颠了一下，我的屁股和大腿几乎要分家了。我索性跳下自行车，反正他骑得也很慢，然而双腿的麻木让我措手不及，我一屁股跌倒在地。

秦停住车子，双脚撑着地，扭头看着我，并没有要来搀扶我的意思。我只好等着酸麻缓解了，自己从地上爬起来。我都不记得这辈子发生过这种事情：我身边明明有个男人，他却不愿意扶我起来，不愿意顺便在我身上抓两把。为了对他进行报复，我立刻把"奶牛"的事情告诉他，然后满怀讥讽地问："为什么她们都要在'那个'的时候提到奶牛？你老婆和奶牛有什么关系吗？"

"奶牛？"他皱起眉头，看不出是不是受到了冒犯，几秒钟之后，他果断地摇头，"不，我妻子和奶牛没关系，大概是你和奶牛有关系。"

我怒火中烧，真想给他一巴掌，好歹忍住了。

"是吗？我在你眼里像是一头奶牛？你想喝牛奶吗？"我放荡地扭动腰肢。男人眼中的女人都是贱的，不论你穿什么衣服，做什么动作，不如干脆让他们满意。满意之后，他们就会因为傲慢而更加不堪一击。秦果然开始卖弄小聪明："你晚上睡得好吗？"

"当然！H区有谁睡得不好吗？"

说实话，我其实有点儿讨厌所谓的科学助眠系统。我习惯在黎明前睡觉，中午才起床，几十年都这么生活，但复苏后的第一周我就发现，我的生物钟发生了神奇的变化：我居然能在午夜之前入睡！具体几点不知道，因为我根本没打算要睡，可莫名其妙地就失去了意识。第二天清晨醒来，我总是发现自己正坐在沙发上，浑身腰酸背痛。这让我有点儿郁闷，好像被剥夺了熬夜的自由。我故意深夜在客厅里跳健美操，好让自己不再莫名其妙地入睡，可第二天早上，我发现我躺在客厅的地板上，浑身疼得都快散架了。我决定更坚决地抵抗助眠系统——深夜留在大街上，干脆不回家，但第二天早上，我发现我还是躺在公寓的沙发上，浑身的酸疼变本加厉，而且毫无力气，头晕眼花，就好像又冬眠了一回似的，连着几天都站不起来。Chris对此的解释是：H区每晚11点进行空气清洁，清洁剂使我昏厥在大街上，我大脑里的芯片向H区健康局报了警，有机器人把我搬回公寓里。他说这很危险，希望我千万不要再尝试在室外待到10点半以后。然后我就消停了，每晚早早躺在床上，这样第二天醒来才不会四肢酸痛，不过脑袋还是发昏，隐隐作痛。我猜是我不适应每晚八小时猪一样的睡眠。毕竟我人生的前五十年，平均每晚顶多睡四五个小时，还要靠着酒精和安眠药。可这跟奶牛有什么关系？

秦突然把脸凑近我，这让我有点儿吃惊。我都几乎以为他对女人不感兴趣了。

他的嘴唇并没触碰我的脸，只是停留在距离我耳垂不到一寸的地方:"大概每个人都睡得很好,跟奶牛似的。"

"你什么意思?"

"不知道。"秦摇摇头,眼神却并不是"不知道",而是"你猜猜看",不用猜我也知道他在想些什么,所以我故意很贱地骂了一句:"讨厌!发神经啊!"我了解男人,他们都自认为逻辑严谨,可当他们用下半身思考的时候,和逻辑没半毛钱关系,就像秦朝阳现在这副德行。

秦朝阳却突然把脸转开,双手扶着车把,回头看了我一眼,意思是:上车吧,谈话到此结束了。我感到一阵失落,当然不能表现出来,若无其事地问他:"我什么时候能见到竹田?"

这才是我的根本目的,不然干吗要跟他浪费时间?我的屁股还在隐隐作痛,大腿才刚刚恢复自如,反正哪儿也看不见太阳,有什么好兜风的?

秦却摇摇头,就那么轻描淡写地说:"他不愿意赴约。"

这下子我可真的恼了:"你耍我?这是我们说好的!"

"我们说好的是,你帮我去梵思府,我帮你约竹田君。可我们并没说好,你一定会在梵思府里发现什么,而我必须要让竹田君答应赴约,对吧?"

秦耸耸肩,简直是个无赖!好吧,其实没那么严重,他只不过是个无聊透顶的东方男人,这种人天生缺乏表情,既不浪漫也没有幽默感,所以就连"无赖"的特征都配不上。是他在骗我,还是竹田真的不想见我?我强迫自己冷静,摆出一副无所谓的样子说:"他为什么不愿意赴约?"

"他说和你再见面是错误的。"

"他是个骗子!"我突然激动起来,难以抑制。

"那我就不清楚了。"秦摇摇头,非常无动于衷,就像在告诉我,他不知道会不会下雨。谁都知道 H 区从来就不会下雨,可我不知道竹田为什么不想见我。难道三百零七年前的那个风雪交加的圣诞之夜，在阿尔卑斯山谷的小旅馆里所发生的一切，真的只是一场骗局？

我当然明白男女之间十有八九只有骗局，我可以毫不含糊地说，这世界上99.9999%的人都没有我见过的爱情骗局多。但竹田并不是沾着世俗气息的普通男人，那年他三十六岁，却天真得像是昨天才出生的。我们缩在柔软的老式大沙发里，闻着布料和木头发霉的气息，我把一只手搭在他肩头，他浑身的肌肉立刻绷紧了，体温却跟着升高了，这还是喝下半瓶伏特加之后。我用另一只手抹去窗玻璃上的雾气，窗外一片漆黑，他的脸浮现在窗玻璃上，瘦削苍白，像是飘浮在空气中的幽灵，是个很美的幽灵，完全符合空气中弥漫的朽木气息。他就像是那古老旅店的主人，在那里生活了几百年，而我才是刚刚到来的不速之客。

那是我入住小旅馆的第二晚，我完全想不到，他会半醉着出现在旅馆的前厅里。我根本没想到任何人会在暴雪之夜突然走进来。我刚刚喝掉了半瓶白葡萄酒，浑身轻飘飘地倚在旧沙发里，在脑子里一张一张地播放男人的脸，就像在一张一张地翻开一副扑克牌，我正巧翻到一张东方男人的脸，苍白清瘦，妩媚细长的眼睛里流露着忧郁不安的光。两周之前，我在片场遇上他，他是正在拍摄的谍战电影的原著作者，一个名不见经传的小作者。导演对编剧和剧本均不满意，希望在现场做一些修改，所以把他请了来。是我主动和他打的招呼，我习惯了和片场出现的每个人打招呼，即便是最红的时候也一样。

这辈子我曾去过数不尽的片场，跟数不尽的人打过招呼，竹田是唯一一个没给我笑脸的，所以我把他记牢了，并且读了他的作品。于是我明白了为什么一个无名的小作者拒绝对奥斯卡影后微笑——他的灵魂不属于这颗星球。我向几个大制片人推荐了他的书，他们都很诧异，那个默默无闻的年轻人到底给了我什么好处？我从不做赔本买卖，好莱坞没人不知道这个。他们当然不知道我在23世纪的时间就剩下不到二十天，我已经不在乎任何人对我还能有什么好处。童话里的守财奴会攥着金币死去，我想即便那是真的，也绝不是为了金币本身。只有快死的人才知道，死亡对一个人的改变会有多大。

两周之前，一架俄罗斯的超大型民航客机在巴士联邦上空被武装分子击落，全机六百人无一幸免。我宁可是其中一员，可惜我不是。死亡并不可怕，只要不让你提前知道。我面对的不是死亡，可能这更糟糕，不然我绝不会把最后的时间浪费在阿尔卑斯山的小旅店里。

我不在乎提前进入无限孤独的新生活，我只想找个没人能打扰我的地方思考。思考其实是一件非常疯狂的事，要在与世隔绝的地方才能尽兴。我本打算多想想维恩，可白葡萄酒让我改了主意，我该发掘一下生命里曾经出现过的其他人，幻想着我能跟他们发生些什么。正当我想到竹田的时候，他推开小旅馆的大门，摇晃着走进来，带进一股令人神清气爽的寒气。

最近的火车站距离这里十几公里，最晚的一班列车是在两个多小时前经过的，而计程车早在入冬后就从这小镇绝迹了。自从大雪开始阻塞道路，没多少人愿意到这深山老林里来。托环保主义者的福，像计程飞行器之类的新型交通工具根本不被容许进入阿尔卑斯山绝大部分领空，更高的高空就更安静——俄罗斯和北约持续一年多的太空冲突已经把欧洲上空的定点卫星打掉了一大半，所以这阿尔卑斯山上的小镇没有手机信号，也没有任何其他能和外界联系的方式。在黑夜徒步穿越暴风雪肆虐的森林是有生命危险的。竹田徒步走了十几公里，裤腿已经湿到了膝盖，要不是靠着伏特加，他说不定会在半路冻死。在2218年的圣诞之夜，我们是这旅馆里仅有的两个住客。两个孤独的旅行者在万里之外不期而遇，看上去确实像一场阴谋。但除了中情局没人知道我的行踪，就连经纪人和贴身助理也不知道，他们本来坚决反对这趟行程，但我说：你们总得让我在离开这个世界前自由一回，我都五年没得到过任何自由了。

我猜竹田并没有认出我，所以他丝毫也不惊讶，但多少有一点忐忑的样子。我都不明白，在深山老林里和一个孤独的中年女人聊天，他有什么可忐忑的。我很快发现，那是他脸部固有的样子，和此时的内心感受无关。人的相貌是和长期的表情习惯紧密相关的。这个年轻的亚洲男人一定常常在担心和恐惧，这让我联想到他的文字，细腻敏感，甚至有些神经质。他的每本书都在讲述同一个故事：他给自己建立了一座城堡，把自己藏在里面，可外面总有不少居心叵测的人，想要突破城堡闯进去。我就喜欢突破这种为了隐藏灵魂而修建的城堡，用不着飞机大炮，最好像个小偷似的溜进去。

深山老林里的小旅馆是个好的起点，喝不完的伏特加就更是帮了大忙。我们从旅馆的小吧台一直喝到我房间的大床上，我逼着他发誓不把我告诉他的事情告诉别人，然后迫不及待地把许多不可告人的秘密都告诉他，直到他和我一样脱光了衣服，相互拥抱着感受对方的体温。出卖自己的秘密是打开城堡大门的钥匙，发誓什么的当然只是小孩游戏，反正我很快就要离开 23 世纪，等我一觉醒来——如果我还能醒来的话，任何我认识的人就都不存在了。他当然已经知道了我是谁，喝了那么多伏特加，知不知道也都无所谓了。我把我曾经的情人一个一个地讲给他听，把甜蜜背后隐藏的故事告诉他，我告诉他俄国大亨之所以找上我，是为了通过我和美国国防部长搭上关系。我和一些政要的花边新闻总是刊登在世界各地的三流小报上，没多少人会把三流小报的八卦新闻当真，可有时候只有三流小报才敢说些实话。

俄国大亨想跟美国政府做一笔生意。按照巴士联邦古老的宗教传说，通过某种神秘的"配方"，就能把蓝质变成毁灭人类的武器，但获得"配方"的密码却不知藏在哪里。人们就是这么迷信，放着先进的科学不顾，总是要去听信古老的传说。俄国大亨要用自己掌握的线索交换合法销售蓝质的资格。白宫表面上答应了这笔交易，背地里却启动了一个叫作"蓝宝石"的项目：他们很想得到俄国大亨手里的线索，可绝不想让一个俄国人通过销售蓝质而控制世界。

公平这回事永远只对普通人起作用，在精英政客的世界里，输赢才更重要。我曾经发过誓不向任何人透露此事，但这会儿我什么都不在乎了。除此之外，还有一些其他不为人知的内幕，我也索性都说了出来。天色已经微明，竹田闭眼躺在我身边，皮肤白皙得简直不能算是黄种人。他的鼻息很均匀，对我讲的故事毫无反应，我都不知道他是不是还醒着。我猜他睡着了，所以我提到了维恩。我本来没打算提的，那是我留给自己的记忆，只留给自己，不给别人。

秦把一只脚踩在脚蹬子上，我知道他打算打道回府了。可我偏偏不上车，抱起双臂，眺望远处的那条河。碧蓝的河水似乎拥有神奇的力量，让我平静下来。我问："那条河怎么那么蓝？"

"河里不是水，是蓝质。"秦的表情很严肃，就像他刚刚说出了一件很重大的事，比竹田是不是骗子这件事重要一万倍。我不以为然，随便应付了一句："为什么是蓝质？"

"那是 H 区储存蓝质的储备池，就像自来水厂。但是，"秦再次压低了声音，好像又有秘密要透露似的，"那条河还有别的用处。"

"哦？什么用处？"我知道他在故意吊我的胃口，而且他成功了。H区的秘密实在是有意思，或者是我太无聊了。

秦不回答，就只看着我诡笑。这还真不太像他该有的表情。我突然明白了他的意思，把耳朵凑近他。

"他们在培训我的时候告诉过我，没人能在H区自杀，没法跳楼，没法卧轨，没有瓦斯或汽油，也没有毒药，无人驾驶的计程车绝不会撞到你，就连那条河也没法跳：还没等你走到河边呢，就会晕倒的。"

"为什么？"我越来越感兴趣了。

"河里的蓝质含有高浓度的安眠成分，河边飘浮的蓝质蒸汽就足以让你深度麻醉了。"

"可这是为什么呢？为什么要让靠近它的人……"问题问了一半，我已经恍然大悟。秦向我点点头。那条环绕H区的蓝质之河，是为了防止复苏人离开H区的，H区就是个集中营。正如那叫作波特曼的老家伙所说：我们是老鼠和蟑螂，是瘟疫携带者，必须被永久地隔离。中情局千里迢迢地——不，该说是千载迢迢地把我送到集中营里来了。

对此我其实早有预感。冬眠的前一夜，我大吵大闹地拒绝服用为冬眠做准备的药物，中情局的一位副局长亲自来看望我。托尼是个秃顶的中年人，或者因为秃顶才像是中年人，他皮笑肉不笑，内心深不可测。他让我感到非常不安，尖声喊着我改了主意，不想冬眠了。托尼说俄国大亨虽然已经死了，可俄国政府不想善罢甘休，冬眠是保护我的唯一方法。我说我宁可被俄国间谍杀了，也不想到一个完全陌生的世界去。托尼说这不是你说了算的，他向维恩做过保证，要保护我。托尼说这话的时候，脸上带着调侃和讥讽。我立刻明白了他的意思，仿佛被人在心上捅了一刀。维恩并不真的在乎我，不然的话，他就活着回来了。

我尽量压低了声音，把嘴凑到秦的耳边："H区有人想逃跑，对吗？"

秦皱了皱眉，低声问我何出此言。我看出他对这个话题也感兴趣，打算跟他卖卖关子，也许能做成一笔小交易："不只是有人想跑，而且，有人在煽动大家逃跑。"

"是谁告诉你的？"秦的目光里带着挑衅，我猜他想到了Chris。还能有谁呢？谁能在H区随便见到陌生人？可Chris为什么会告诉我这些？看来，秦也知道我的本事。我不知应该愤怒还是自豪。就像我说的，男人眼睛里的女人都是下贱的，电影明星就更下贱。只不过，我的本事还没大到那个程度，Chris什么都没告诉过我。我突然不想卖关子了，我就只想报复秦。

"是你老婆！哈哈！"我放声大笑，才不管用死人泄愤厚不厚道，"请原谅我说得不准确，是梵思府里的那些长得像你老婆的机器婊子。"

秦的眼睛里果然生起一团怒火，可他居然忍住了，他比看上去更有风度。这倒让我有了一点歉意，所以认真地解释："那些机器人除了提到奶牛，还说了一些奇怪的话。有一个问我在海边和山顶吹风是什么感觉，还有一个问我，记不记得暴雨后的彩虹。这难道不是在挑唆大家离开H区，到外面的世界去吗？"

秦若有所思地点头，把头停留在微微下垂的位置，怔怔地凝视着地面。我在他眼睛里发现了一丝忧伤，这莫名地感染了我。我问："说真的，你想到外面去吗？"

他抬头看看我，一本正经地说："竹田君听说你要见他，好像有点紧张。不过，我可以再试试。"

我默默地点点头，心中莫名地失落。其实，竹田见不见我又能如何？他是不是骗子又能如何？这世界谁没骗过人呢？

我仿佛又见到三百年前的那一幕——夕阳正穿过阿尔卑斯山浓密的树林照进小旅馆的房间，竹田那苍白的、没有瑕疵的脸迎着阳光。我凝视着那张完美的脸喃喃着：你是不是在骗我？他摇摇头，目光一如既往地紧张而忧郁。伏特加的效力已经消失了，忐忑也就变本加厉。他就像一只暴露在阳光下的小老鼠。其实我知道自己问了一个多么愚蠢的问题，没人会对这种邂逅当真的，竹田当然也不会，他连自己和这个世界的邂逅都不打算当真呢！可我偏偏要逗逗他。我吓唬他说：我可是认真的。你要是骗我，我就杀了你。

　　我的口气很强硬，甚至带着恐吓的意味。其实我只是想逗逗这个紧张过度的孩子。我从没想过会再见到他。第二天我就返回纽约，在布鲁克林的一座极其隐蔽的地下诊所里，被秘密地冻成了一具不会呼吸的僵尸。在变成僵尸前的一刻，我并没想到竹田，甚至也没想到维恩，没想到那副"扑克牌"里的任何一张。我更没想到人类的命运。有人说第三次世界大战就要爆发了，可这跟我一点关系都没有。在我的意识被彻底击碎之前，我想起了三十六年前的曼谷，我低下头，像个害羞的纯情少女一样，把我花了5万泰铢买来的出生证明递给从美国来的律师，然后轻声告诉他：我就是曼迪，我的外祖父是强尼集团的创始人，可他抛弃了我的外祖母和我的母亲。

　　八年后，当我加入美国国籍时，我把名字改为曼姬，那名字听上去更贱一些，自然就更容易红。而且，我的确很想摆脱曼迪那个名字，它就像幽灵一样，在每个深夜跑来纠缠着我。

第五章　神经质作家　竹田

2183 年　在香港出生
2224 年　在日内瓦冬眠
2525 年　在 H 区复苏

1.

我以前从来没看过心理医生，以后也同样不打算看，尽管曾有不少人认为，我的确应该看看。

我睡了快三百年，来到一个完全陌生的世界，指望着这里没人认识我，我也不想认识任何人，有什么必要去看心理医生呢？

然而令人失望的是，这个新世界竟然并没有那么陌生！我并不讨厌秦朝阳，甚至对他有些好感，偶尔跟他闲聊几句也无妨，但 Chris 让我去找他咨询，倒是真让人发愁，我不想把内心的秘密告诉别人，更不想告诉一个把我当成病人的人。

所以，我拒绝去找秦朝阳，现在的日子还算称心——极少见到陌生人，偶尔见到一两个，也是几乎走不动路的老人，我现在不需要和任何人打招呼，没有垃圾短信和垃圾邮件，没有推销或欺诈电话，不用担心有人拐弯抹角地打听我，也不用担心有狂热的粉丝要跟我同归于尽。吃饭、看戏、做爱……任何事情都不需要他人的参与——我是说真人，机器人我不太在乎，它们也不会有什么非分之想。大概没人会给机器人的程序里写进孤独、嫉妒和欲望吧？我想不会的。

可真的不会吗？我又有点不确定，万一哪个机器人工程师心里隐藏着不可告人的罪恶呢？我有点儿含糊。26 世纪一共有多少机器人工程师？怎么也得成千上万吧？有几个变态大概也不稀奇。就算没有变态的机器人工程师，也难免会有其他变态的家伙买通了他们，在机器人身上做手脚，比如增加监视或者监听功能什么的，自从 21 世纪的数字信息革命，每个人都变得越来越透明，科技发展到 26 世纪，谁还能有隐私吗？

我决定不再去有机器人的地方。便利店本来就不需要去，梵思府就更不能了。酷似阿波罗神的"心灵导师"脱掉黑色紧身背心，露出八块腹肌，色眯眯地靠过来，突然叫我"可怜的小奶牛"！我可真不好这一口。如果是叫宝贝、心肝、老婆什么的倒是还能理解。可，奶牛？是不是被人植入了病毒？

我索性连公寓都不出了，因为大门口也有机器人，那家伙的笑容有些问题，它每次看见我，脸总是先一僵，然后才笑出来。为什么要先僵一下？是不是在运行什么被植入的木马程序？我可不想再让它看见我。

Chris 给我打了无数视频电话，又亲自跑来找了我两趟，也真不嫌麻烦。26 世纪也真是奇怪，通信方式竟然严重退化，不只 23 世纪时髦的三维全息投影通信技术消失了，就连最基本的智能手机、物联网什么的也都没有了，只剩下电子邮件和视频通话，还得依靠丑陋的"视读器"和各种建筑物的墙壁，越发让人觉得没有隐私。

Chris 对我的"建议"简直就是强迫，可他越是坚持，我就越觉得可疑——他不会是别有用心吧？是不是被谁买通了？这想法让我不寒而栗。完全有可能！那个老女人！她是怎么买通 Chris 的？

虽然 26 世纪没有私人资产，可难说还有没有其他形式的利益交换，金钱本来就不是有些人最热衷的，三百年前巴土联邦有个影视公司的老板，非要自己写小说，掏钱印出十万册，再花钱把书都买走，然后让自己的公司把小说拍成电影，再花几千万做假票房，找媒体和大腕们大肆嚷嚷，嚷着嚷着连自己都信以为真，在全球发行图书和电影，到国外去继续买榜和买票房，竟然就成了著名作家，还得了巴土最高文学奖，后来还当选了巴土联邦的文化部长。这世界上的大部分人都认为，他一直在花冤枉钱，换取既无聊又无用的东西。我就不这么认为。

我从没去过巴土联邦，不过这不妨碍我理解某些巴土人的价值观。到了 23 世纪，世界上大部分国家和地区都已经在财富、文化和价值观方面统一到了非常无聊的地步，只有巴土联邦这片曾被战火常年摧残的落后地区，还存在着一些落后于世界的"古老奇葩"。巴土联邦因为大规模开发蓝质矿而迅速致富，全世界都喜欢盯着那片土地，抱着嘲讽的心态，就像看一个乡巴佬暴发户。好多作家都喜欢写巴土联邦的故事，就好像在那里才有扭曲的人性和需要救赎的灵魂。有人去巴土联邦住上几个月或者几年，通过做慈善或者嫖娼发掘震撼灵魂的故事，也有人拼命考察自己的家谱，希望祖上能跟那里扯上点关系。我既不想去那里生活，也找不出曾在那里生活过的祖先，我的祖辈世世代代都没离开过东亚。具体是哪儿就不能说了，那是我最大的秘密。反正我跟巴土联邦八竿子打不着，直到我结交了一个巴土联邦的"富二代"——阿德。

他叫科里·马吉德，阿德是我给他起的名字。

我们是在香港兰桂坊的某间酒吧里认识的，那酒吧有三百年历史，三百年都在帮着男人认识男人。我其实对洋人没什么兴趣，更不用说留着大胡子的。可他对细皮嫩肉的东方男人很感兴趣。

当然对我感兴趣的也不止他一个。那年我二十五岁，整天四处风流，青春让我备受瞩目，我还以为自己真是世间尤物，其实说到底只是别人理想中的泄欲工具，就像海参鱼翅也被称作世间尤物，无非就是让人吃掉然后变成一坨屎。我常常让自己显得非常清高，其实有时选择"炮友"也只凭一时兴起，比如一件凸显肌肉的 T恤、一款撩人的香水，或者只是一个诱人的微笑。但无论如何不会是阿德，他总是穿着过于严实也过于宽松的衣服，下巴被胡子遮得太严实，他看上去似乎从来没笑过，眼睛里隐隐有些寒冷的光。他甚至都不是酒吧里的客人，只不过从门外经过，我恰巧半醉着从酒吧走出来，他就一直尾随着我。我借着酒兴，停住脚和他打招呼，他紧张得就像个中学生，其实他比我大八岁。我顿时心生怜悯，心想一个三十多岁的成年人怎能如此单纯青涩，我邀请他回酒吧去喝一杯，他断然拒绝了，然后磨磨叽叽地问我，能不能去别的地方喝一杯。

他带我去了半岛酒店，叫了一瓶顶级香槟，价格够我在酒吧里消费一个月的。他告诫我以后不要再去那间酒吧，一本正经得像个严肃而过时的家长，我并没立刻领悟，过了片刻才明白过来，惊诧得哑口无言。我无法相信，在 23 世纪还存在如此腐朽落伍的偏见。我尝试着说服他，就像说服那些歧视妇女或者虐待动物的家伙，他却粗暴地让我住口，眼睛里充满了蛮不讲理的愤怒。我恍然大悟：他跟着我走过五个街口，又花好几百美元请我喝香槟，绝不是为了把一个陌生人从邪恶中拯救出来。他内心正经历着巨大的煎熬，害怕自己误入歧途，极力抵抗恶魔的召唤。我在历史课上听说过有关巴土地区的事情，虽然所谓的邪恶宗教早在一百多年前就被消灭，但人们心中的古老信仰却根深蒂固，被征服的人民把信仰悄然转入地下，让它在灵魂的更深处生根发芽。那时的我过于年轻，不能理解信仰对于人类的真正意义。我当时正热衷于各种公益和环保事业，坚信地球上的动植物都应该享有同等权利和尊严，更何况是人类中没有恶意的少数群体。于是我坚持和阿德交换了电话号码，并固执地要求再次见到他。我信心十足地决定，我要改变他的思想，拯救他被愚昧禁锢的心灵。现在回想起来，真正愚昧的人其实是我。

Chris 通知我务必去一趟康复中心，并不是去看秦朝阳，他说埋在我脑子里的芯片向 H 区健康局报了警。我问他我的身体出了什么问题，他说正因为不知出了什么问题，才需要去一趟康复中心。

我开始不安，不知道在 26 世纪是不是还有绝症？科技并没有使人类长生不老，街上偶尔见到的人，都是垂危的老人，又或者是临死的病人？我开始关注自己的身体，发现我的确有点问题，比如经常头晕，后脑隐隐作痛。我现在每天都睡足八个小时，再没失眠过，为什么还会头晕？以前我习惯深夜写作，常常写到凌晨三四点，然后用酒精让自己入睡，第二天七八点就醒过来，偶尔还整夜失眠，大脑被如此蹂躏了十几年，也没现在这种昏沉麻木的感觉。我真的出了什么毛病？

于是，我用公寓墙壁上的电子钟自测了脉搏，这就让我更担心了！一分钟三十一次！无论如何也不该少于六十次的！过了十分钟，我又测了一回，略微快了一些，三十五次，可还是太慢！我在公寓里原地跳了一百下，差点把我自己跳断了气，心脏几乎要跳出喉咙来了，可竟然只有每分钟八十九次！按理说这么拼命地运动，怎么也该超过一百四十次吧？

而且没过五分钟呢，又降到四十次了……我的心脏到底出了什么毛病？是不是冬眠后遗症？我是不是快死了？

第二天一早，我决定还是去一趟康复中心。我仔细琢磨该为出门做些什么准备，其实根本没什么可准备的：室外温度恒定，不需要带伞也不需要涂防晒霜。但我想要一顶帽子和一副墨镜。我当然知道这些都没用，街上根本也没一个人影，跟踪我简直易如反掌。不过话说回来，如果真的有人跟踪我，也一定很容易被我发现的。我稍微安心了一些，鼓足勇气走出公寓大门。

可我居然错了，街上竟然挤满了人！也许我有点儿夸张，大概没有周末的兰桂坊那么拥挤。但请原谅一个刚刚冬眠了快三百年，醒来以后的几个月里一共也没见过几个活人的家伙，在看到满街行人时的惊愕！

街上真的有行人，而且不止十个八个，步履匆忙的也有，溜溜达达的也有，在街边的店铺进进出出。街边什么时候出现了这么多店铺？本来不是只有一排低矮的没有任何标志的白色房屋吗？怎么冒出这么多霓虹招牌？服装店、百货店、水果店，马路对面居然还有一家炸鸡店？马路上这许多人好像也不太像机器人，我看见一个起码一百岁的老太太正驾驶着残疾人代步车，谁会把机器人设计成这个样子？而且，有好几个路过公寓大门的行人都斜着眼警惕地看我，就像是在提防小偷，又像是在琢磨：这是谁？会不会就是那个……

我连忙掉头逃回公寓楼，钻进电梯，回到我的房间，坐进我的沙发，可浑身还是在不住地战栗。

我立刻跟 Chris 视频通话，紧张得有点语无伦次，Chris 并没解释街上是怎么回事，就只让我洗个蓝质浴，然后小睡一会儿，他半个小时后到。

我是被门铃的"叮咚"声吵醒的，Chris 站在门口，关切地看着我。我看看表，才睡了二十分钟，可我浑身虚弱，头昏脑涨，后脑又在隐隐作痛，就像昏迷了好几天。我把刚刚的经历又说了一遍，Chris 摇摇头，表情有点儿严肃："一定是你的幻觉。我们必须立刻到康复中心去。"

我不得不跟着 Chris 走进电梯，可我根本不相信他说的。幻觉？是说我在做白日梦？我承认我很脆弱，而且有些神经质，但我并不是疯子。幻视、幻听，那些可是精神分裂的症状。Chris 不是刚刚从街上来吗？难道他没看见那些行人？我的担心加剧了：难道真的是我的幻觉？我是不是真的正和 Chris 一起站在电梯里？

电梯缓缓移动，弄不清向上还是向下。除了 Chris，我还从没在电梯里见到过别人，但我发现过一根染成金色的长发，发根是黑色的，肯定不是我的头发。我还闻到过别人的香水味，虽然非常淡，隐隐约约的，但我相信我闻到了。难道那些都是幻觉？

走出公寓的一刻，我的心狠狠一沉：街上空无一人，没有任何霓虹招牌，马路对面没有炸鸡店，也没有别的店铺，街道就像我曾经见过上百次的样子，冷冷清清，死气沉沉。

我感觉我彻底崩溃了。

2.

秦朝阳喜欢转笔。他的手指纤细灵巧，一支笔上下翻飞，拼命对抗着地球引力。这是一项古老的技能，我生活的时代已经很少有人需要笔了，任何信息都是通过口述或者键盘输入的，身份认证则依靠生物识别技术，签字什么的也早就成为历史了。

秦朝阳话不多，也并不鼓励我多说，也不知道这种有一句没一句的谈话算不算心理咨询，反正我只是执行康复中心的建议，也没指望着秦朝阳真能治疗我。康复中心认为我的生理机能一切正常，每天洗蓝质浴也不可能不正常，但是蓝质解决不了心理问题，所以我需要找专家进行心理咨询。

"是因为一个人吗？"秦朝阳心不在焉地问。咖啡馆里光线昏暗，只有一盏小台灯亮着，灯泡藏在暗红色的灯罩下面，在桌面投下一个不大的光圈，像个圆形的小舞台，我俩就是躲在黑暗中的观众。他是故意弄成这样的，不过让我觉得踏实。

"对不起，我不太明白，您是说……什么人？"我其实明白他的意思，不过不想坦白心中的秘密，就算是为了应付 Chris 和康复中心而透露一点儿，也不能这么容易就说出来，不然的话，他的医术高明在哪儿？

"曼姬想见见你。"

秦朝阳直截了当，根本不想兜圈子。我大吃一惊：他知道我和曼姬的事？知道多少？我试探着回答："不是您想象的那样。"

我们的对话听上去很有跳跃性，其实很有逻辑联系。不管他知道多少，也不能完全了解事实，因为旁人不可能做到彻底公正和客观，人们早习惯了按照自己希望的去听，去看，去想，秦朝阳自然也不例外。

"我什么都没想，只是转达她的话。"秦朝阳面无表情地回答，他是在告诉我，他不关心我们之间的事情。我才不信呢！他一定从曼姬口中听到了什么，正盼望得到我的补充呢！我偏不让他得逞，至少不能这么容易。我躲闪着他的目光说："再见面是错误的，就这么简单。"

"好的，我转告她。"秦朝阳点点头，脸上没任何多余的表情。

他的平静激怒了我。作为心理医生，他怎能如此怠慢病人？至少应该做出些感兴趣的样子吧？这就像走进餐厅用餐，侍者却对你爱搭不理。这是我最难以容忍的！我好歹也是个作家，而且曾经出版过 23 世纪最畅销的作品，我曾是街头巷尾的谈资，我的大幅照片曾出现在各国报纸的头版，我的每个住处的门外都藏着记者，也许还有其他身份更为秘密的人。作为一个苦写了十几年的小说作者，一夜成名需要付出多大代价？

三百零六年前，圣诞前夕的清晨，托尼那个光秃秃的大脑袋突然出现在我公寓的客厅里。尽管那并非真人，只是托尼的三维全息投影，可我并没得到通话申请，更没有给予授权，他就这么为所欲为地冒出来了。当然，突破私人公寓的防火墙，对中情局显然是小菜一碟。

　　我本以为中情局早就把我忘了。托尼微笑着摊开双臂：我们怎能忘记你呢？这么多年都在暗中保护着你。其实他们只不过给了我一本日本护照，上面印着假的姓名和出生地，让我能避开想要找我复仇的人。他突然出现，肯定不是来保护我的。他说曼姬正要秘密前往阿尔卑斯山度假，中情局希望我去见见她。我说我没兴趣，他说：这可不是一个感恩的人应该说的话。我辩解：我和曼姬就只在片场见过两面，她是超级巨星，根本不会留意我这无名小卒。托尼回答：如果我们没有证据证明她对你有特殊好感，我们也绝不可能找你来帮忙。而且，又不是让你白帮。这句话令我心生厌恶，可是没有勇气发作。托尼抓住时机，意味深长地补充了一句：我知道你写了好多年，也写了很多本有意思的书，可就是运气不太好，现在机会终于来了。

　　前半生默默无闻，受尽别人的轻视，在中年突然大红大紫，这种人尤其忍受不了别人的怠慢。我就是这种人，忍受不了秦朝阳的怠慢。我起身默默地离开咖啡厅，没跟秦朝阳说再见。我坚信我不会再见到他，至少不会回来找他咨询，尽管他看上去温文尔雅，相貌也算得上英俊，但我根本不需要朋友，H区的宁静很适合我。我费了那么多的事冷冻自己，就是为了躲开复杂而危险的人性。

　　可我又错了。一周不到，我就又和秦朝阳面对面地坐在咖啡馆里了，不仅仅因为Chris的坚持，还因为我的幻觉——是的，我又见到了繁忙的大街。我还到对面的炸鸡店吃了一个炸鸡汉堡，熟悉的美味几乎让我流泪，我甚至觉得这幻觉也许没什么不好。但突然有个陌生男人过来跟我搭讪，用非常低沉的嗓音对我说：我好像在哪里见过您？其实他看上去很帅，如果是二十岁的我，肯定会暗暗窃喜，可此刻的我却魂飞魄散。我掉头就跑，狂奔回自己的公寓，冲了蓝质浴，强迫自己躺在床上，然而这次连蓝质浴都无法让我平静。我反复告诉自己这只是幻觉，一觉醒来，一切就会恢复正常。我终于睡着了，却再次被门铃的叮咚声吵醒，但这次我没开门，门自己开了，门外（电梯里）的灯却是黑的，隐约有个人站在那里，或者是个幽灵，他用幽灵般低沉的声音说："我知道你是谁！你为什么要躲着我？"

我跳下床准备逃跑，其实根本无路可逃，我不小心狠狠摔了一跤，感谢上帝，当我从地上爬起来，房门已经关闭了，那幽灵并没进到公寓里来。可糟糕的是，我并不知道房门何时会再次打开，不知道那幽灵何时会再来！我猜他是来复仇的，我完全无法阻止他！

我再也没办法住在这公寓里，一分钟都受不了了。我终于还是把 Chris 叫来了。Chris 向我保证，电梯绝不会把陌生人送进我的公寓，这一切肯定是我的幻觉，幻觉从街上进到公寓里，加重了。

而且我的心率还是非常慢，慢得让我感觉自己快要死了。

我本打算开门见山地告诉秦朝阳，我需要他的帮助，可他一如既往地一脸木讷，这让我再度心生反感。我微微低头，努力克制我的不满，我说："对不起，我不知道为什么要来见您！"

秦朝阳点点头，嘴角隐隐浮现一丝笑意，非常机械而平庸，就像肌肉无意识的痉挛，不过并不是我见过的最可恶的笑容——光头托尼的笑容，中情局副局长的笑容，就像是个会唱歌的陷阱，他微笑着对我说："我们想知道曼姬到底知道多少，也想知道她的嘴有多牢，所以你的任务，就是尽量从她嘴里套出一些秘密来。两年之后，你可以把你听到的写出来，中情局不但不反对，还可以为你提供更多素材。"我写的畅销书是在两年后出版的，以日记体的形式，因此显得特别真实可信。当时的世界正乱作一团，有很多人倒下死去，也有很多人咸鱼翻身。中情局并没信守诺言，他们把我推进了地狱里。

我面前竟然出现一瓶威士忌，是秦朝阳放在那里的。他是怎么知道我酗酒的？不可能是曼姬告诉他的，那个老女人并不了解我的生活习性。的确，在阿尔卑斯山上的那一夜，我和她都喝了不少酒，但是在那样特殊的环境下，就算滴酒不沾的人也会喝上几口。我的确常常酗酒，但只是在每天深夜，在写了一堆毫无意义的文字之后，把自己灌醉了才能顺利入睡。但我有两条原则：绝不在白天喝酒，绝不当着别人的面喝酒。所以，就连经纪人都不知道我的酒瘾有多大。可秦朝阳是怎么知道的？我心里又开始发慌。我强迫自己不要把慌张表现出来，我摆摆手，低头行礼说："对不起，我不会喝酒。"

他却还是为我斟上一杯："我也不会喝酒，喝一点儿没事儿。"

他双手捧着酒杯递到我手里，令我无法回绝，其实我并不反对喝上一杯，我只是不明白，他怎么知道我是酒鬼？也许他并不知道，只是他恰巧有酒？这真是非常难以置信，因为酒是 26 世纪的违禁品，H 区的便利店里根本就不出售。秦朝阳是怎么搞到手的？难道不是千方百计特意弄来对付我的？

可我还是忍不住喝了一口。很辣，也很香甜，我马上又喝了一口。我为我的无礼向秦朝阳致歉。按照东方人的习惯，没人敬酒，我不该自顾自地喝。

秦朝阳微笑着说："为什么说对不起？你没什么对不起我的。也许，你该把这句话留给她。"

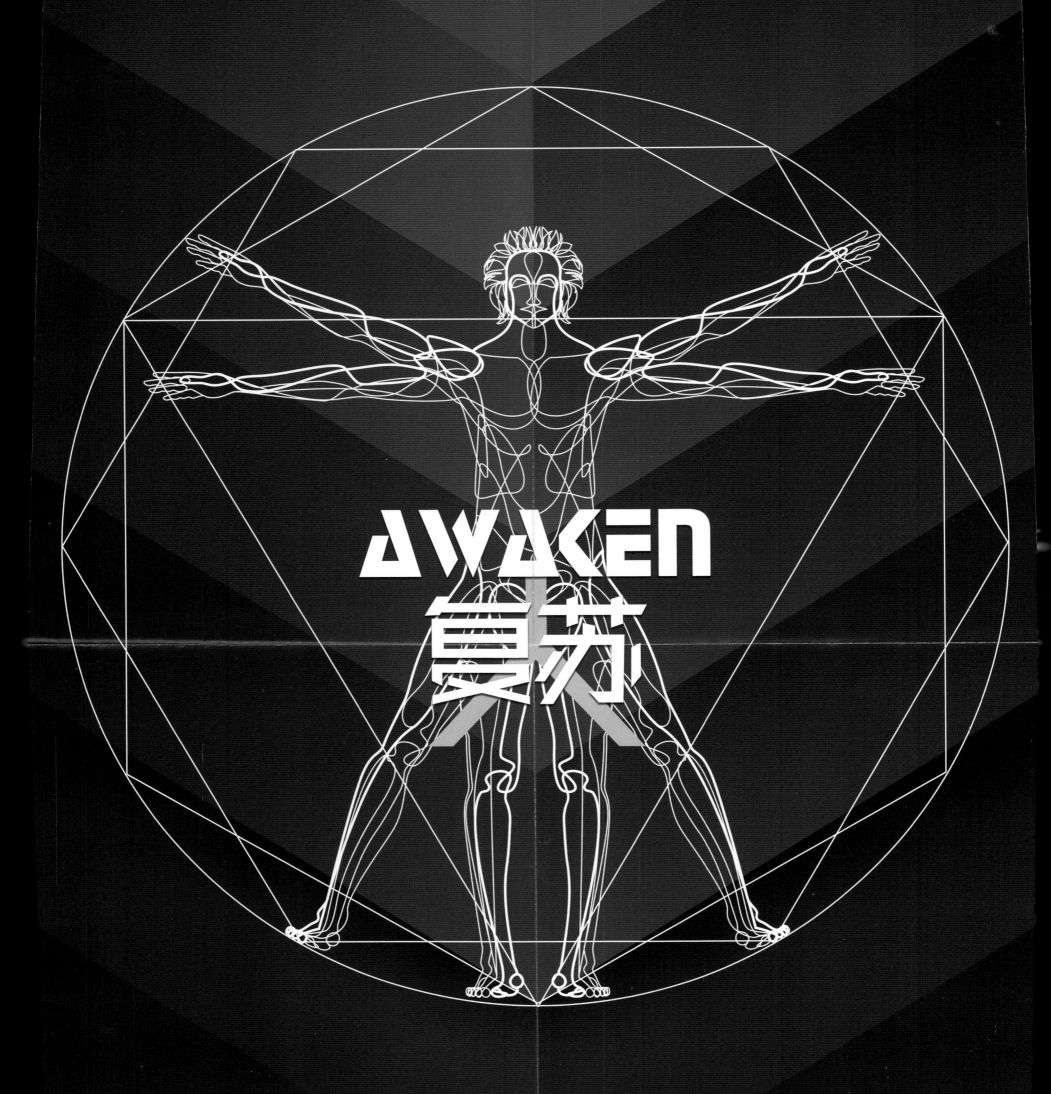

AWAKEN
复苏

永城 作品

作家出版社 The Writers Publishing House Co., Ltd.
有限公司

我的心猛地一颤。我们一直在使用英语，"他"和"她"可以轻易区分。我为什么要把道歉留给"她"？即便真该如此，为何要别人来指手画脚？我努力克制着激动的情绪，小心翼翼地询问："对不起，我不懂您的意思。我该向谁道歉？"

　　"曼姬怀疑，您对她不够诚实。"

　　秦朝阳似乎并没有指责的意思，这句话听上去完全中立，但我还是被冒犯了，想要大喊大叫，没想到睡了三百年之后，我还是这么容易冲动，蓝质能够去掉酒瘾，却去不掉坏脾气。我在心中默数了十下，不记得是从哪里看到的管理情绪的方法。等我再开口时，似乎果然平静了一些："您也许并不了解情况。是她——或者他们——欺骗了我。他们都说她死了，到处都是新闻，全世界都知道，她在布鲁克林的一间小旅馆里去世了，死于吸毒导致的心力衰竭。我哪里知道，我冬眠了三百年，竟然还能再见到她！"

　　我勉强说完了这几句，赶紧把嘴闭上，我知道我的声音还是有点儿颤抖，暴露自己的情绪，就等于门户大开地邀请别人来伤害自己。

　　阿尔卑斯"邂逅"的第三天，全世界的媒体头条都刊登了曼姬躺在水晶棺材里的照片。她脸上浓妆艳抹，像在银幕上，并不像在现实中。我猜她并非因为吸毒而亡，她知道得太多，有此下场并不算太稀奇，但我还是感到震惊，出了一身冷汗，我对自己的聪明之举感到无比庆幸——就在两天之前，在离开阿尔卑斯山的火车上，我向托尼汇报：曼姬什么都没告诉我。我向曼姬承诺过，不把她告诉我的说出去，而且傻子都明白，什么都不知道才最安全。尽管托尼始终不肯相信我，之后的两年里反反复复地问我同一个问题：她真的什么都没告诉过你？我始终坚持我最初的答案，有些谎言所造成的伤害，并非因为谎言本身，而是没有将谎言坚持到底。

"对不起，我失礼了。"我再次向秦朝阳致歉。

"是不是表面过于谦卑有礼，内心反而更容易烦躁冲动？"秦朝阳仍保持着微笑，笑容却似乎有所变化，他是在嘲讽我？我感觉血脉上涌，这绝不是好兆头。如果我真的发作，岂不证明他是对的？我是不会让他成功的。我用尽量平和的口气解释：

"秦先生，您也许并不了解事情的经过。曼姬女士曾经威胁过我，她让我深感压力。可我真的并没有做过对不起她的事！我们只是在阿尔卑斯山上的一个小镇邂逅而已。我们之前并不熟悉，一开始都没认出对方。"我稍稍停顿，偷看秦朝阳一眼，还好他并没看着我，他又在转笔，微笑着转笔，那不是轻蔑是什么？我强迫自己压住怒气，继续往下说："深山老林的，那旅馆里又没其他客人，而且又是过节，所以我们喝了许多酒。在这种情况下，孤男寡女的，自然就……而且，也不是我主动的。然后她威胁我说：'我可是认真的！你甭想甩掉我！你要是骗我，我就杀了你！'"

我及时地让自己住口。我的脖子上有些异样的感觉，好像有双手正攥住我的衣领，鲜红的指甲隔着衬衫刺进我的皮肤，我不禁打了个寒战。

"可那并不是真的邂逅，对吗？"

秦朝阳的手中变魔术般地出现了一本书，一本拥有黄色硬封的书。那封面本来是乳白色的，几百年的氧化作用把它变黄了，但封面上巨大的深红色的作者名字还很清晰。我的心脏一阵抽搐，下意识地看看我的手指，我甚至怀疑，是我用咬破的手指把自己名字写在那封面上的。不，那不是我写上去的。那是印刷机干的好事！为什么要印制成纸书呢？23世纪早就没人看纸书了，只有最出色的作品才会被制作成最原始的形态，由图书馆像古董一样去收藏。该死的出版商，竟给我留下了千古罪证！

"这绝不可能！26世纪的法律禁止私情，这种古老的东西也是不应该存在的！"我有点儿慌乱，忘记了以"对不起""也许""或者"之类的词开始我的句子。

"它们并没有被全部销毁，只是储存在常人见不到的地方。我在接受新生顾问的培训，这是 H 区比较特殊的工作，需要对每个复苏人曾经生活过的历史和社会环境非常了解，所以我可以申请得到这些。请放心，就像 H 区绝大多数人一样，曼姬女士并没读过这本书，也不知道它的存在。"秦朝阳给我们的杯子里都添了酒，然后举起他的酒杯，"但是我读过了，非常精彩！尤其是有关曼姬女士的部分。"

"但这只是小说！"

确切地说，当时出版商并没把它定义成小说，只说是一本"未经证实的日记"，但那丝毫没有妨碍它成为 23 世纪最畅销的书，一共售出了八亿份电子拷贝，为我带来了 4 亿美元的版税，也让我在 23 世纪的人生走到了尽头。

"但中情局并不认为这是小说，对吧？"秦朝阳冲我眨了眨眼。

"那只是巧合，出版的时机……"

这次我并没有说谎，出版的时间的确是个巧合。那本小说出版于蓝质战争从太空转向地面的第三年，也就是曼姬"去世"后的第三年。美国和北约的联军正和俄罗斯僵持着，须借助其他国家的参与而分出胜负。虽然美俄仍是 23 世纪军事实力最强的国家，但早不如两个世纪前那么突出，不少国家的军事力量也变得不容忽视。世界军事力量的均衡发展，反倒为大规模战争制造了更多可能性，蓝质战争是自 20 世纪以来最严重的一场战争，世人都认为那是因为争夺蓝质资源而引起的战争，其实蓝质只是导火索，人类日积月累的贪婪、偏见和仇恨，终于发展成最极端的暴力形式。有人说这是客观规律：人类终将灭亡，而且必将是自己毁灭自己。

　　俄罗斯和北约是首先卷入冲突的。最早的冲突来自探测卫星对蓝质矿藏的勘探。俄罗斯抗议北约的卫星非法勘探西伯利亚境内的矿藏，西方世界则攻击俄罗斯的卫星不仅非法到处勘探矿藏，还趁机侦察北约的军事部署。俄罗斯用一颗太空导弹结束了口水战，直接打掉了偷窥西伯利亚的北约卫星，北约随即对俄罗斯的卫星发起报复，不到两年时间，围绕地球的卫星被打掉了一大半。除了卫星，被摧毁的还有几个空间站。为了对付对方的太空阵地，双方甚至动用了核武器。世界人民看到了夜空中盛开的"礼花"，想象着同样的"礼花"在地球表面盛开的样子，不禁毛骨悚然。世界瞬间挤满了立场不尽相同的和平主义者，在各个城市的大街小巷呼喊着和平口号，拳脚相加地打成一团。媒体上的口诛笔伐就更加肆无忌惮，恨不得用唾沫淹死不同政见者，唾沫终究比原子武器安全一些，太空里竟然得到了短暂的安宁。正当大家以为战火就要被扑灭了，一架俄罗斯的超大型民航客机在途经巴士联邦领空时被"恐怖分子"击落，我就是在那时和曼姬在阿尔卑斯山"邂逅"的。之后的几个月，俄罗斯打着捉拿"恐怖分子"的旗号大举入侵巴士联邦，北约和美国却公布了"证据"证明客机是俄国人自己打的，因此名正言顺地组成了盟军"抗俄援土"，从另一方向杀入巴士联邦。战火就这样在地球表面被点燃了。若不是科学家赶在战争爆发前获得惊人发现——蓝质除了能治病还能让核弹头都变成废物，人类也许早在三百年前就灭亡了。神奇的东西大体如此——看上去像是罪恶之源，可不知何时就成了救命稻草，而看上去是天使的，也许就成了杀人狂魔。

　　"您在您的'小说'里，提供了一个扭转局势的理由。"

　　"哈！您太过奖了！一部小说而已，哪有那么大威力？而且，我也不是为了'扭转局势'才写的。"我故意笑了笑，让我显得并不紧张。我还耸了耸肩，尽量做出事不关己的样子。我的确不是因为战争才写那部书的，我对那场战争到底谁输谁赢毫无兴趣。就在曼姬"去世"的一年后，托尼对我下了最后通牒：不要试图用秘密作为保护伞，我们总有失去耐心的一天。要知道，让秘密死去比让它落入敌手要好得多！整整四十八小时，我没吃也没睡，那是我人生中最为纠结的两天，然后我做出了这辈子最重要的决定，勇敢得让我自己都感到震惊。我决定把曼姬告诉我的故事写出来，等书出版之后，我就不再是唯一知道秘密的人了，如果我无端地从这个世界消失了，谁都明白是中情局使我消失的，而且也会更加坚信，书里写的都是真实的。

秦朝阳问："你的'小说'里，女主角有两个情人，一个是俄国大亨，另一个是中情局的间谍。是不是总要有第三者存在，才能使爱情显得更加动人？"

他凝视着我，像是真的在等待我的答案。他的视角非常独特，跟其他人都不同。也许他只是在兜圈子，这部日记并不是靠着爱情的部分才流传开的。那个爱情故事非常简单平庸，过于理想化，读起来并不真实，而且也不是我创作的，大部分不是，那是一个原本以演戏为职业而又喝了太多酒的女人，在照亮阿尔卑斯山的第一束阳光里"创作"的，我只是把它记录下来。

我回答秦朝阳："有没有第三者并不重要，重要的是能不能让人相信。"

他反问我："你相信吗？爱情能让一个冷血的中情局特工，为了一个女明星付出生命？"

"我只是把我听到的写出来，反正我听的时候是相信了。"

秦朝阳点点头："也许吧。人类太自私，所以喜欢看到为彼此牺牲的故事，这样就能对他人心存幻想。"说完这一句，秦朝阳沉默了，像是想到了别的什么事情。过了片刻，才又继续说下去：

"当然，读者也喜欢看到阴谋被揭穿，对不对？你相信吗？你故事里的阴谋？"

他终于回到正题了。这正是所有人关心的。小说出版后的一段日子里，我曾经被问过无数次同样的问题。我从不回答。问题不在故事里的阴谋是不是真的，而在于我有没有资格把它写出来。大概就连曼姬自己都不确定，她的故事真的被我听到了，她也许以为我睡着了，所以说得很随意，很凌乱，也很动情。她说，维恩在最后一次执行任务前，曾经告诉过她一些事情，为了让她能够保护自己。可维恩已经死了，她也不知道为什么自己还需要被保护。她还说，知道吗？我希望我自己坐在那架俄罗斯客机上，这样的话，他也许会因为懊悔而活下来，一直怀念着我。她像是在暗示，其实是中情局冒充俄罗斯人炸毁了俄罗斯客机。当然，她喝醉了。谁应该相信一个醉酒的女戏子呢？可我还是把这些写进了我的书里。

"还是没有私情的社会更好。"我脱口而出，答非所问。我是真的更喜欢 26 世纪。私情带给人类的麻烦远远大于好处，至少对我来说是这样的。

"禁止，和没有，是两回事。"秦朝阳飞快地瞥了我一眼，"如果真的没有，也就不用禁止了。"

秦朝阳的嘴角浮现一丝笑意，玩世不恭，不过立刻消失了。他算得上是个性感男人，并不是新鲜时髦的那种，而是经过了长久发酵后的陈酿。我一共见过他三次，他都没换过衬衫——深紫色的衬衫，塞进褪了色的旧牛仔裤里。这是我出生前一百年的着装，但很有些特殊韵味。那衬衫的布料肯定很粗劣，含有太多人工成分，因此闪闪发亮，23 世纪已经不再使用无法降解的非环保材料做衣服，可正是这种严重过时的质感，反倒令人心怀遐想。如果是在十六年前——不，要是在三百一十六年前——我也许会想跟他约会。但那时候他应该只是一具被冰冻的躯体，我可不能跟不会呼吸的躯体谈恋爱。我知道有些人能，能爱上一个遥远虚无的人，比如电影里或网络上的人。我可不能，只有被我感觉到的人，我才能爱。比如，触摸到他的体温，闻到他的气息，看到他自然流露的表情，有时美，有时丑，有时很乏味。我想到哪里去了？我赶快喝一口威士忌，让情绪稳定下来。我故作镇定地说："你不相信外面没有私情吗？比如，爱情？"

我随便朝一个方向指指，表情有点儿小小的放肆。我不知道H区到底在地球的什么位置，但地球是圆的，任何一个方向都能到"外面"。

"你相信吗？"秦朝阳冲我眨眨眼，这动作让我有些心动。我要是再多喝一两杯，说不定会把我的感情经历讲给他听，可我毕竟没喝那么多。我收起刚才的小放肆："我信不信都不重要，世界又不会因为我的信念而改变。"

"可你的书，改变了历史。"

"那只是部小说。"我又重复了一遍，重复得越多，就越显得不够理直气壮。我不希望他又提起书，不希望任何人提起书，那是我避之不及的话题。他并不知道那本书曾带给我怎样的灾难。

可他似乎并不在乎我的情绪，或者就是故意想让我紧张的。他说："可在它出版之前，全世界的人都以为，那客机是俄国人自己打下来的。是你的故事，让人们看到了另外一种可能性，看到了一个撼动世界的阴谋。"

秦朝阳的用词并不夸张：一个撼动世界的阴谋——地球上最发达国家的最"正确"的领袖，整天宣扬着为人类社会寻找正义和光明，却在背地里设计最低劣的手段，比如冒充恐怖分子击落对手的客机，让对手有理由入侵巴土联邦，首先点燃战火，然后再甩出伪造的证据，让全世界以为是对手自己打掉了自己的民航客机、谋杀了自己的人民，仅仅为了得到一个入侵巴士联邦的借口。高手过招从来都没有底线，只不过，普通的人民并不知道大部分事实真相。人民以为主流的科技和政治力量是正义的，正引领人类向着光明的未来迈进。我见过十几万人上街游行，支持大力开展环保事业的政客上台，那政客获得了大量赞助，在城市四周建满各种环保企业，城市的居民却在十年后有三分之一罹患癌症，环保企业所使用的高效节能技术终于被证实，对附近的人类危害巨大。这种危害其实十年前就被报道过，只不过被那位鼓吹环保的政客蓄意而轻松地屏蔽了——大众本来就习惯把小群体发出的异声看成是邪恶的。我去过那座城市，冷清得像座死城，政客和环保企业老板们却在世界各地的豪宅里享受人生。我的日记就像十年后的诊断书，揭露了真相，也毁灭了大多数人的信仰，所以有很多人恨我，扬言要用各种方法暗杀我，毁掉那个毁掉他们梦想的人。我能感觉到他们无处不在，不论白天黑夜，不论在世界的任何角落。我仿佛又回到那可怕的时代，浑身血流加速，肌肉正在痉挛，我知道此刻不适合开口，可我必须把话说出来！

"我从来没想毁灭谁的情怀和梦想！尽管那些情怀和梦想也许非常愚蠢！我只想把我知道的秘密公之于众！这样中情局就不用再逼我了！我从来没想过伤害谁！"

"不，你误会了。"秦朝阳关切地看着我，"我没有指责你的意思，别人也没有。按照历史记载，是你的书拯救了人类。虽然故事里的阴谋难以被完全证实，但谁都不敢再冒险，原本打算加入盟军的许多国家都决定保持中立，联合国也只能对盟军施加压力，并把几方首脑召集到日内瓦的一个小房间里和谈。波特曼将军就是利用那个时机发动的政变，用武力强迫一屋子政要签署了《地球共和协议》。"

秦朝阳安静了片刻，像是在观察我的反应。我的确平静了些，因为感觉到可笑。政治如果也是一门学问，它研究的一定是人类愚蠢的底线。把一群超越退休年龄、毫无抵抗能力的老家伙关在一间小房间里，用枪顶住他们的脑袋，强迫他们代表各自的人民签署一份协议，这样的手段有效了几千年，在号称民主和人权高度发达的 23 世纪也依然奏效。但民意所向，有了大众舆论的支持，任何耍流氓的手段都能变得理直气壮，甚至义薄云天。可大众舆论又是什么？只不过是一群无脑的普通人在被别人牵着鼻子走罢了。我猜到秦朝阳接下来要说什么，其实我根本不在乎那个。

他果然说："是你的书让波特曼将军得到了大众的支持，波特曼一直非常'政治正确'，宣扬普世价值观。他支持自由、平等、环保、均富、消灭一些人的长处来弥补其他人的短处，比如智慧和勤劳，还有霸权。他主张消灭霸权，把强大国家的力量分配给弱小的国家。他早就大有名气，就只是需要一剂强有力的催化剂，你知道，无端地发动政变是不会给世界留下好印象的。而你的书，正是他需要的催化剂，从此世界渐渐变成了统一体，消除了许多分歧和隔阂。又过了大约一百年，人类彻底消灭了国界，实现了世界大同。当然，这些都是在你被冷冻后才发生的，你并不知道你对人类做出了多大贡献。"

"谢谢！可我不在乎'人类'，我就只在乎'人'！"我毫不领情地说。

很多人都希望自己的所作所为能影响更多的人，人数越多就越有意义。其实"人类"只是个抽象而虚伪的概念。我从来不担心自己得罪"人类"，我只担心得罪到某个实实在在的"人"，一个会哭会笑、心存报复的"人"。

"曼姬？"

秦朝阳立刻说出这个名字，他一定以为非常了解我，就是这一点最令我愤怒！为什么要这么自以为是？我放下手里的酒杯，听见杯子和桌面撞击的钝响。这钝响提醒了我，我必须控制情绪，可我想不起来为什么要控制情绪了。

"对不起，秦先生！我来见您，不是为了讨论这些！"我把手伸向他，逼着他看我的手腕，"我的脉搏不正常！太慢了！平时每分钟只有四十多次！现在也快不了多少！尽管我自己觉得心脏都要飞出来了！"

"那应该是康复中心的事情吧？"他勉强摸了摸我的手腕，应付差事似的。

"不！"我摇摇头，狠狠抽回手腕，"康复中心说我身体一切正常！心动过缓是心理问题造成的！我还产生了幻觉！"

我把我的幻觉告诉他，倒是似乎真的引起了他的兴趣。他主动捏住我的手腕，扭头去看墙壁上的钟，然后又把手指放在他自己的手腕上。他提议我和他一起休息三分钟，不说话也不运动，调节好呼吸，然后又测试了我们俩的脉搏。我照做了，尽管我心里很清楚，怎么测都一样，我就是心动过缓！

反反复复测了几回脉搏之后，他并没立刻开口，而是拧着眉思考。他终于开始重视我的问题了，这让我舒服了一些，耐心等着他告诉我，我的确不正常，或者病得很重，需要立刻得到治疗。

他果然阴沉了脸，相当严肃地问我："你真的以为你见到的是幻觉？"

我点了点头，又开始心惊胆战，不知是不是自己大难临头了。

"你相信是由于心理问题导致心动过缓，还产生了幻觉？"他继续提问，我还从没见他这么认真过。

我勉强又点了点头，我不喜欢听到重复的问题，更不喜欢他咄咄逼人的态度，好像是在审讯犯人，就算我的病情很重，哪怕就要死了，难道不是应该安慰我吗？

他果然缓和了表情，用轻松愉悦的语调对我说："出去走走怎么样？新鲜的空气会对你有好处的。"

3.

看秦朝阳那副故作轻松的样子，我想我大概真的病入膏肓了，外面的空气根本救不了我。而且外面的空气根本就不清新，H 区到处都一样，空气凝滞得像发了霉，每晚的空气清洁程序似乎根本没什么作用。

不过大草地还真不错，有远处的树林做背景，还有那条河，河水真蓝，蓝得有点妖邪，却意外地让我感到平静。我在 H 区生活了几个月，还是第一次到这里来，这倒是不稀奇，因为我一直躲在自己的公寓里，哪儿都没去过。

秦朝阳告诉我，他本来有一辆自行车，他曾骑车带着曼姬来过这里。这听上去既滑稽又浪漫，甚至激发了我的创作灵感，可惜我不曾亲眼目睹一个清瘦的东方男人，骑着一辆非常原始的交通工具，带着徐娘半老的好莱坞女明星，在昏暗的天空下穿过安静的大草地。可惜再也看不见这一幕了。秦朝阳告诉我，他和曼姬的那次自行车之旅后，Chris 把自行车收回了，那个小太监大概不太喜欢那种卿卿我我的画面。

"我最近又见过曼姬，把你的话向她转达了。"秦朝阳趁机又把话题扯到曼姬身上，让我有点儿倒胃口，难道他还想劝我去见那老女人？

"对不起，可我好像并没有请您转告她什么。"

"她跟我打听你，我就把你跟我说的话转告她了……你又没说过我不能告诉她。"秦朝阳话里有话，难道是在拐弯抹角地批评我？

"秦先生，我的确答应过曼姬，不把她告诉我的事情说出去，正因为如此，我什么都没告诉中情局，尽管他们给我施加了两年的压力。您如果对中情局稍有了解，就一定知道，那也是非常不容易的！"

"可你写了本书，告诉了全世界。"秦朝阳冲我做了个鬼脸。他居然冲我做了个鬼脸！这不是挑衅吗？

"我以为她死了！"我的声音有点大，可还算不上失控，我可不能失控，就维持现在的样子，让浑身的肌肉在最小范围内振动，"我以为她去世了，所以才把那些写进小说来保护我自己！如果说，我通过那次'邂逅'让她觉得我对她有好感是一种欺骗，那么她也用她的'死亡'欺骗了我。如果她真的已经死了，就永远不会知道真相，也就永远不会被伤害了。"我顿了顿，又觉得还不够有力，所以补充道，"伤害未必是因为谎言本身，而是没能将谎言坚持到底！这是她自己造成的！"

秦朝阳突然凑近我，让我心里一惊！他想干什么？我只不过语气严正了一些，他就打算使用暴力？这也不是不可能的！不是有人因为一句话不和就杀人？我浑身肌肉在瞬间绷紧了，必须做好战斗准备！

秦朝阳却并没碰我，只是压低了声音说："把谎言坚持到底，也许就不是谎言了。"

这句话像是从他嗓子深处滚出来的。他紧盯着我的眼睛，不像是要打架，比那个更强势，逼着我听下去。他说："我也曾经撒过一个谎，一直对一个人说，我很爱她。不管她怎么怀疑，我都坚持这个谎言，就像你说的，我打算把谎言一直坚持到底。"他低头自嘲地笑了笑，气势一下子泄了，"倒不全是因为怕伤害到她。只不过，没有勇气揭穿自己。"

一时间，我有点儿蒙。他为什么会突然告诉我这些？我们有那么熟吗？他可不像是随便跟别人八卦自己隐私的那种人。

"这个谎，我坚持了很多年，其实是挺辛苦的。我们经常争吵，有时候闹得很凶，有很多次我都差点儿要坦白……可我没有，直到她去世……可是……"秦朝阳咽了口唾沫，像是被嗓子里的话噎住了，"……等她真的不在了，我才发现，我一直告诉她的，其实是真的。"

我心中一震，仿佛突然被谁点破了天机：所以谎言是应该坚持到底的？自以为的"真相"是不该说出口的？

我的思想在瞬间发生了跳跃。那是三百一十年前的一个天色阴沉的下午，在香港半岛酒店的套房里，阿德双膝跪在我面前，双手合十，浑身不停地颤抖。我鼓足勇气告诉他，我并不爱他，我只是想帮助他接受他自己，挣脱古老腐朽的枷锁，过上自由的生活。他霍地站起身，仰头向着天花板展开双臂，黑色的长衫在我面前张成一扇帷幕，挡住我的视线。

我再也无法控制情绪，向着秦朝阳吼叫："你为什么要告诉我这些？"

秦朝阳并不回答，却一把拉住我的手。我大吃一惊，身子往后退，手腕却被他死死攥住。他闭上眼睛，好像是在调整呼吸，然后，他把我的手指轻轻按在他手腕上："你测测我的心率。"

我告诉他，他的心率似乎很正常，至少摸上去如此。他让我看艺术馆墙壁上巨大的电子钟。我这才发现，有什么地方并不正常：二十九次！在一分钟之内，秦朝阳的心脏只跳了二十九下！我立刻测了我自己的脉搏，三十二次！他比我还慢好几次呢！

"你也心动过缓？"我脱口而出。他摇摇头，用更低的声音说："是钟的问题。它太快了！"

我一时没明白他的意思。他又在我耳边重复了一遍："是电子钟的问题！你以为过了一分钟，其实只过了半分钟！"

"那个电子钟？"我指指远处的电子钟。

"不只那个钟，H区所有的钟！我猜这里所有的测时器都被故意调快了！每天从起床到睡觉，我们以为经过了十六小时，其实就只有八小时！"秦朝阳表情神秘而紧张，好像发现了一个巨大而恐怖的阴谋。我终于弄明白他的意思了，简直是异想天开！每天操控所有的时钟？连悬疑作家都不曾幻想过的情节呢！难道秦朝阳的脑子也出了问题？让一个疯子来给另一个疯子咨询，也真是够滑稽的。

"你是不是在开玩笑呢？"我尽量忍住笑意。

"你以为我在开玩笑？"秦朝阳顿时沉下脸，表情严肃得吓人，我立刻不觉得好笑了。他把手伸进衣服口袋里，我的心跟着一抽！他要掏什么？会不会是一把刀，或者是枪？我不知H区能不能搞到这些，反正他连威士忌都搞到了。

秦朝阳从口袋里拿出来的，是一小团黑色的棉线。对，就是缝衣服的那种棉线。他小心翼翼地把那团线捋成一根。我想不出一根并不十分结实的棉线能怎么伤害我，所以稍微安心了些。秦朝阳摘下左手无名指上的戒指，拴在线的一端，缓缓把戒指往下放。线足有1米长！他提着线的另一端，让戒指在底端来回摆动。他问："知道这是什么？"

"单摆。"我得意地回答。我虽然靠着写字谋生，但物理学得还可以，而且记性也不差，所以我记得单摆——一件比自行车还古老的玩意儿！上千年前的物理学家发明的吧？

他点点头："很好。还记得单摆原理吗？简而言之，这根线有1米长，所以，如果我们让它自由摆动，那么来回摆动一次需要大约两秒钟，这摆动的频率是由地球重力加速度和线的长度决定的，跟其他都没关系。"

我点点头，隐约记得有这么回事，可我还是不知道他到底要干什么。

"我现在就让它摆起来。你用那电子钟计时，数数看，一分钟它是不是来回摆动了三十次！"

我这才明白过来，他是要测试电子钟到底准不准！我照着他说的做了，果然不是！艺术馆墙上的钟走了一分钟，那戒指就只摆动了十五次！少了一半？这可真让我震惊——艺术馆墙上的钟真的是快了！我公寓里的电子钟肯定也快了！街上那许许多多多触摸屏上显示的时间也都快了！H区的一分钟，就只相当于实际的30秒！

"所以，H区的每一天都只有实际的'半天'？在H区里生活一年，就只相当于在外面生活了半年？为什么要这样设置？"

秦朝阳摇头道："不知道。但不可能没有原因。"

"我知道了！"我兴奋地叫出来，秦朝阳飞快地朝我使了个眼色，我赶紧压低声音，"是为了让我们自以为寿命很长？Chris不是说过么，H区的人均寿命是一百二十年，其实根本就活不到。对于一个四十岁冬眠的复苏人而言，如果活到了所谓的一百二十岁，其实只不过是又活了四十年，活到八十岁而已。"

秦朝阳似乎对我的答案不太满意："可为什么要这样做？"

我摇摇头。这我就答不出了。让复苏者们自以为很长寿，因此认为完美的新时代名副其实？动机实在有点儿牵强。我又开始隐隐地头痛了，我抬手揉了揉太阳穴。

"你常常头疼？"秦朝阳皱着眉问我，我点点头，他立刻说，"我也是！"

我恍然大悟："是不是因为我们每天的实际睡眠时间只有四小时，长期睡眠不足，所以才头疼？"

"可我们白天为什么不会觉得困？"秦朝阳反问我。我耸耸肩："不是有助眠器吗？还别说，自从用了那玩意儿，我还从来没失眠过！连起夜都没有！"

"也许，跟'奶牛'有点关系。"

秦朝阳的话有点儿莫名其妙。我想起梵思府店里那个脱掉黑色紧身背心的机器人在我耳边的轻声低吟：可怜的小奶牛！他们要挤干你的奶！可那跟头疼有什么关系？我说："可我已经很久没去过梵思府了。"

秦朝阳却并没回应我，就只是直勾勾地盯着我，盯得我浑身直起鸡皮疙瘩。

"竹田君，我想请你帮个忙！"他非常郑重地对我说。我很久没听过别人按照日本人的习惯称呼我了，心中莫名地忐忑，我刚刚得到了太多信息，还来不及好好消化，他又要我做什么？

"我刚才跟你提起的那个一直被我'欺骗'的女人，她是我的妻子。"

"哦！她去世了？"

"他们是这么告诉我的。我们是同时冬眠的，也打算同时醒过来。可就在他们给她实施复苏术的时候，出了意外。"秦朝阳低垂了眼神。我按照日本人的礼节，向他低头说："我真遗憾！"

"可我不相信！"秦朝阳猛地抬起头，直视着我，"我总是觉得，我的妻子还活着！"

"为什么？"

"我有我的理由，虽然不够充分。但是，如果是你的爱人，即便只有万分之一的可能，你也不会放弃的，对吧？"

"为什么不让Chris帮你？或者，H区的某个局？比如'助人为乐'局？"

我自以为很幽默，他却完全没有轻松的表情，而是更加紧张而神秘地说："他们是不会帮我的，现在的社会根本不承认也不保护私情。按照法律，我应该忘了我的妻子。Chris曾经让我接受乱心症治疗，我让他们认为我已经痊愈了，不然的话，我现在说不定就被关在疯人院——康复中心里了。"

我后背立刻冒出冷汗。康复中心就是疯人院？我还真的去过康复中心，有个机器人大夫还给我看了病！我是不是应该离秦朝阳远点儿？我讪讪地说："可我也不认识谁，平时也不出门，对 H 区完全不了解，我怕我帮不上你什么……"

"帮得上！"秦朝阳打断了我，这在东方文化里算是非常没礼貌的。当然也可以理解为非常急迫，顾不上礼节了。他一个字一个字非常认真地说：

"我想求你到你的'幻觉'里去，帮我找找我的妻子。"

"到我的'幻觉'里去？你疯了吗？"我也顾不上礼节了。

"万一那不是幻觉呢？"秦朝阳用恳求的目光看着我。

"你是说，那个世界也许真的存在？"

突然间，我竟对这个荒唐的想法产生了一点点认同：为什么不可能呢？既然我的心率并没有失常，既然 H 区的统治者能制造这么大的骗局，他们为什么不能制造一场所谓的"幻觉"给我呢？我猜我又开始神经质了，可我从来抵抗不了自己的神经质，只要某种"胡思乱想"一钻进我的脑子，我就再也丢不开它。当然，目前我还算理智，我又想起那个曾经闯进我公寓的不速之客，我小心翼翼地提问："可是，这对我也很冒险吧？谁知道那个世界在哪儿，到底会发生什么？"

"可至少有一件事我能确定，"秦朝阳居然又冲我做了个鬼脸，"那里一定没有曼姬。"

4.

连续两周，我都拒绝再去见秦朝阳。Chris 果然对此很不满，又来找了我三次，试图说服我继续进行心理咨询，但我完全没有让步的意思。秦朝阳认为，只要我拒绝接受咨询，"幻觉"就一定会出现，因为这一切都是H区和Chris的骗局——真难以想象，那个看上去像小孩子一样单纯的家伙能有那么狡猾。

然而"幻觉"一直都没再出现。

我的心率依然"过缓"，但我已经完全确信我的心脏没有问题了：我也自制了一个单摆，这在什么都没有的26世纪也并不困难，我还试图让自己不入睡，可以测一测夜里的"时间"是不是也过得很快，但我始终没能成功，我的公寓就像是被施了魔法，不论我在哪儿，在做什么，总会在不知不觉中入睡。唯一的区别是，如果我没躺在床上，第二天就必定浑身酸疼。

到了第三周，"幻觉"还是不出现。我总得做点儿什么，不然的话，秦朝阳一定会以为我是个说话不算数的人，说不定还会担心我去举报他。我肯定不会的，新世界的人际关系已经复杂得够让我失望了，我才不想再多造一个敌人。

所以我又尝试了一次"熬夜"，目的就是能让自己第二天早上显得更狼狈些，以便让Chris不得不给我再来一次"幻觉"，好让我乖乖地去找秦朝阳做心理咨询。我突发奇想，如果一直洗蓝质浴，是不是就睡不着了？第二天，我是在浴室里醒过来的，不光浑身酸痛，还头晕恶心，就像是严重的宿醉。我好歹穿上浴衣，正打算跟Chris视频通话，公寓的大门竟然开了，Chris走进来，秦朝阳跟在他身后，依然穿着深紫色衬衫和褪色的牛仔裤。Chris解释说：我脑子里的芯片再次报警，他认为有必要把我的心理咨询师直接带到我公寓里来。

有Chris守在一边，我和秦朝阳就像是在打哑谜。他说："我还以为你已经康复了！"我知道他在怪我不守信，连忙解释说："幻觉倒是一直都没出现，可我头疼恶心得快死了！我们能不能去草地上走走？"秦朝阳说："小径边上刚刚装了一排路灯，白天也亮着。"我明白他的意思——路灯是掩护，监控才是目的。"不不不！我受不了在白天亮着的灯！"我让自己显得很神经质，把手伸给他，用绝望的口气说，"跳得越来越慢了！我相信我活不过今天晚上！"秦朝阳装模作样地安慰我："放心，不会的，我保证！"我歇斯底里起来："你凭什么保证？我一个人死在这公寓里，谁能知道？"秦朝阳看了一眼 Chris，然后对我说："如果 Chris 同意，今晚我可以留下来陪你。"

这还是十六年来——不，三百一十六年来第一次有男人提出要跟我过夜。以前曾经每周都有人想跟我回家，或者带我回家，但突然有一天就再没有了。因为我藏了起来，断然改变了生活方式：不再去酒吧或夜总会，尽量不去公共场所，不跟陌生人说话。三百一十六年前，最后一个带我回家的人是阿德。不，并不是回家，是去他在香港半岛酒店的房间。那是这辈子最令我后悔的事情，但人生就是这样，一念之间的错误，足以毁掉后半辈子。

Chris 竟然同意了，他到底是有多"关心"我的健康？又或者，他迫不及待地想看到我和秦朝阳之间会发生什么？后者更像是一个作家的胡思乱想——总幻想着人与人之间产生超越物质需求的关系。可别人告诉我，这个世界是以物质需求为核心的，因为人也是由物质构成的，所以摆脱不了物质的本性。大概正因为我始终看不穿这所谓的"物质本性"，才一直写不出啥名堂，可又不得不一直写下去，写作不但能聊以糊口，也可以消磨时光，越写越停不下来。凡是具有创造性的工作，总会令人渐渐着迷。理想这东西，大概和包办婚姻也有点儿相似，一开始是不得不在一起，后来是凑合着在一起，最后是真心要在一起。秦朝阳和他的老婆是不是也如此呢？我又在胡思乱想了。

Chris 并没有留下来陪我们过夜，但他和我们挥手告别的一刻，表情非常暧昧，似乎在怀疑我和秦朝阳之间有某种不正常的关系，而且他并不反对这种不正常。秦朝阳的确有些魅力，但我绝不会对他心存非分之想。他不是深爱着他的妻子吗？他的性倾向无可置疑。Chris 应该比我更了解秦朝阳的感情经历，但 Chris 并不算真正的男人，从来没有过性的体验，也许会过高估计情爱的神奇。其实爱情一点儿都不神奇，它来自原始的交配欲望，是在有关繁衍的基因密码中潜伏了百万年的，所以如果型号不匹配，是发展不出任何浪漫关系的。

可秦朝阳紧挨着我坐下来，把胳膊搭在我脖子上，他的皮肤热乎乎的，肌肉紧实而富有弹性，释放出我多年不曾闻到过的诱人气味，绝对算不上清新，甚至有点儿浊，真正令人热血沸腾的气息从来都不是清新的。我无端地紧张，呼吸和心跳都变得急促，我都三百一十六年不曾有过这种冲动了。我不知他这亲密的举动到底说明什么，或者又是我多心了，我的身体的确接收了信号，我的本能一分为二：一部分正在迅速兴奋起来，而另一部分则不断发出警告：肉体的放纵必定意味着精神上的磨难！

我正想下决心摆脱秦朝阳的胳膊，他却在暗中用力，索性把我揽进他怀里，我顿时一阵眩晕，紧接着，什么炙热的部位抵住我的后脑——是他的下巴！他用带着细小胡茬的下巴，顺着我的脖颈缓缓滑动，酥麻的感觉如电流般传遍全身，让我战栗不止。秦朝阳用极低的声音在我耳边呢喃，把热气吐到我耳垂上："实在抱歉！我没别的办法，这房间里肯定有监听和监控。反正 Chris 也是常这么以为的，我们索性就做实了，这样交谈他听不见，但是不会怀疑。"

秦朝阳的话就像一盆凉水，把我正在焚身的欲火浇灭了。我问他我们会不会被关进康复中心，他说不会，相对于私情这件事，H 区似乎更担心别的。但他觉得 Chris 似乎对私情很有兴趣，或许希望多看到一些。于是我们就这么亲密地抱在一起，轻声嘀咕着和谈情说爱毫无关系的内容。

"我一直都没能再产生'幻觉',会不会真的只是幻觉?"

"我想不是。这些日子我一直在琢磨,有点儿新的想法。"

"哦?"

"也许我能跟你一起去。"

"去哪儿?我的'幻觉'里?"

"对!"

"怎么去?"

"只要我们能在夜里不睡觉。"

我一时想不出我的"幻觉"和睡觉有什么关系,而且我更想不出,怎样才能在夜里不睡觉?

"怎么可能不睡觉?我什么都试过了!"

"我也都试过了,一个人是不可能,不过两个人也许就可能。"

秦朝阳的法子是:互相干扰——我们并排躺在我的单人床上,看上去的确是老老实实在睡觉,但因为紧紧靠着,有些"小动作"是监视器看不到的,当然不是那种同床共枕的人通常会有的"动作",我们之间根本没发生那种事情,按理说这也看得出来,任何一个具备性经验的成年人都应该看得出来,但 Chris 能不能看得出来,那就不一定了。我相信他一定在监视我们。

秦朝阳制定的策略是,互相捏对方的手指:我们互相牵着手,他捏我一下,我默数三秒,然后再捏他一下,他再默数三秒,然后捏我,如此不停反复。之前我们都曾尝试过抵抗入睡,也都各自试过用数数的方法保持清醒,当然都以失败告终,我记得最多数到过五,他则数到过七,所以这次我们决定数到三就立刻捏醒对方,我们并不知道这个方法是否有效,但秦朝阳猜测,这房间是通过电磁波促使人入眠的,并非使用了任何催眠药物,电磁波发挥效力大概需要几秒钟的时间,来自外界的持续干扰也许会有效。但互相聊天之类的方法显然行不通，按照以前在学校宿舍里的经验，夜聊是连正常的睡意都抵御不住的。

一千零一、一千零二、一千零三……

也不知数了多久，我还是一头跌进漆黑无底的深潭，潭中并不是水，而是泥，或者干脆是水泥，似乎要把身体永世封存。正当最后的一丝意识即将消失，我的指尖突然传来尖锐的痛感。我猛然醒过来，脑子里一片空白，要不是听见秦朝阳的声音，我几乎不记得我在哪里："三秒太久了！只要感觉我掐你，你就立刻掐我！狠狠地掐！"原来已经不是捏，而是掐！我也用力掐回去，他的手微微抽搐了一下，我是不是太用力了？这想法还没完成呢，我周围的一切就再次破碎了、不见了。

我正站在阳光下，好像是在一座乐园里。香港迪士尼？阿德捧着两杯可乐朝我快步走过来，肥大的衬衫鼓满了风，好像一面黑色的海盗旗帜。他就是不肯穿更合身的衣服，其实他的身材是很好的，他也不肯刮掉一脸大胡子，其实他的脸也并不难看，尤其是当他像现在这样喜笑颜开的时候。这种表情在他脸上是极其罕见的。三十多岁的亿万富翁，竟然还是头一次来迪士尼。他原本坚持不去任何乐园，不愿意见到过于暴露的女人，也不想闻到烤香肠的气味。为了说服他，我都不知花了多少力气，即便是在他的古老信仰尚且合法的 21 世纪，也没多少信徒虔诚至此吧？但奇妙之处正在于此：当一种思想被"禁止"之后，反而会在暗处更加顽强地生长，并且滋生出更深的仇恨。但在二十五岁的我看来，那种顽强只是腐朽，而仇恨正说明了它的腐朽。我跟那个时代绝大多数人一样，崇尚自由、平等、环保和动物权利，无法忍受 23 世纪还有人认为女人应该尽可能地把自己裹严实、喜欢男人的男人都是魔鬼。我雄心勃勃地想要改变阿德的思想，拯救他因自相矛盾而饱受折磨的灵魂——一个骨子里是"魔鬼"的卫道士该有多么痛苦！我利用欲望——人类最原始的"武器"，牵引着阿德一步步屈服于内心的"魔鬼"，我坚信那"魔鬼"将会帮他理解人生的意义，消除内心的仇恨，带给他真正的自由和快乐。尽管我知道我的行为正在造成某种误解，但相对于灵魂的自由，爱情大概算不上多么重要，人一辈子只能有一副灵魂，爱人却能换上很多回。我接过阿德手中的可乐，用另一只手抚摸他的脸颊，他本能地避开我的手。他在光天化日之下始终无法放松，我找些话来闲扯："这里的确很不错吧？"他的表情瞬间变得严肃而郑重："很不错！但只是因为有你！"他抓住我的手，拉向他的脸，他同时挺直了脖子，仿佛在刑场上就义的勇士。我的手指触碰到了他浓密的胡须，指尖一阵钻心疼痛——那不是胡须刺痛的，是被秦朝阳掐的。

　　我再次惊醒过来，连忙条件反射地掐回去，我几乎想不起来掐的是什么，反正是在机械重复着某种熟悉的运动，运动尚未完成，梦幻般的景色就又浮上来了，这回是一片蔚蓝的海洋，但离我很遥远，我正坐在窗前，双手用力交叉，可还是忍不住微微颤抖。我身后响起一个男人地道的美国口音。这口音并不陌生，自从抵达新泽西，我已经和中情局的托尼交谈过好几次了，可我还是吓了一跳。我就像一只惊弓之鸟，尽管距"猎人"万里之遥。自香港半岛酒店跟阿德分手的那一夜已有半年之久，阿德却并不打算善罢甘休，深藏在他灵魂里的愤怒不但没有减小，反倒如洪水般决堤而出，我的感受从歉意变成了恐惧，起先是担心他会结束自己的生命，后来是担心他结束我的。我早知他是个偏执的人，不然不会深陷在古老而极端的信仰里无法自拔，可我并没料到他偏执的程度和危害，也许我从来就不明白人性里所能潜伏的巨大能量。我搬了家，更换了一切联络方式，几个月后却有一张纸条塞进门缝里："我绝不会放弃！"这时我接到远方朋友的邀请，随便收拾了几件必备物品就立刻飞往美国，那朋友却把中情局的托尼一起带到机场来迎接我。他当时还只是普通探员，却足以让我更加神经紧张。托尼告诉我，阿德来自非常庞大和复杂的马吉德家族，那个家族掌控着全球半数以上的蓝质矿藏，拥有巴土联邦三分之一的财富。但中情局怀疑，马吉德家族在暗中和一些黑暗组织勾结。托尼强调：拥有这样的家族背景，就算我藏到火星上，阿德也有办法找到我。托尼趁我浑身战栗时提出建议：成为我们的人，回到他身边，我们会保护你，当你完成任务之后，我们会给你一个新的身份，帮你在美国用另一个身份生活下去。我请求给我二十四小时考虑，才过了十六个小时，托尼就在我卧室里再度出现："不用再考虑了，用不着了。就在两小时之前，有人背着炸弹袭击了香港兰桂坊的一家夜店，屠杀了无数正在狂欢的同性恋者，当然也杀了他自己。"

那场袭击一共杀死了三百多人，还有一百多人躺在香港和深圳许多医院的 ICU 里。视频监控确认袭击者正是来自巴土联邦的科里·马吉德。托尼惋惜地摇头："我们本打算通过你来防止这场灾难，但显然是晚了。他死了，你的任务也就不存在了。不过，按照我们的有关规定，还是会给你一个新的身份，让你在美国生活下去。作为交换，你永远都不能让任何人知道，我们曾经接触过你。"我还在巨大的震惊之中，根本无力回答。不用问我也知道，是哪家酒吧遭遇了袭击。我本以为爱就像人们说的，是人类最美好的东西，此刻我才明白，其实爱与恨只是同一件事的两面。我极力阻止自己回忆那酒吧的样子，它却顽固地停留在我眼前：大门像是被尖刀刺穿的胸膛，汩汩的鲜血正奔涌而出——几百人的鲜血。我试图抬手遮挡眼睛，手却抬不起来，手指似乎被一副利齿狠狠咬住，眼看要被咬断了！

我再次惊醒过来，听到耳边的低语："起来！"我几乎是滚下床的，膝盖狠狠磕在地板上，剧痛让我略微清醒了些。在一片黑暗中，我隐约看见另一个人也趴在地板上拼命挣扎。我明白过来，是秦朝阳，他紧抓着我的手，在黑暗中呻吟："到门那里去！"

我都不知道我们怎么到的门边，怎么按下的开门按钮。我一直在梦境和现实中穿梭，在漆黑的背景里飞速地穿越自己的人生——梦境里的时间是被无限放大的，在现实中的每一秒瞌睡，在梦里都足以让我经历一段漫长时光。电梯门关闭的一刻，我瞥见公寓墙壁上的电子钟：11:12pm。原来，自我们并肩在床上躺下，一共只过了十二分钟——或者就只有六分钟。

电梯门关闭之后，我终于从梦境中彻底清醒过来，太阳穴疼痛难忍。我看见秦朝阳也在用双手按着太阳穴，表情苦不堪言。我们正坐在电梯地面，脊背抵着侧壁，像是两个重病的患者，好在困意正在迅速消退，也许是电梯门把催眠的电磁波信号屏蔽了。

我们走出公寓楼的一刻，我再次感到震惊，尽管我对这一切并不陌生——那正是我所经历过的"幻觉"。天微微亮着，远不如一天里最亮的程度，店铺里的灯也是亮的，里面人影绰绰，大概是忙着开张的机器人，它们穿着制服，既年轻又漂亮。霓虹也亮着，显示着店铺的功能，马路对面果然有一家炸鸡店，巨大的标志红得耀眼。

街上的行人并不算多，稀稀落落，不如我在"幻觉"里见到的那么多，而且非常易于识别——和看上去朝气蓬勃的机器人们相比，他们大多上了年纪，长得也不够漂亮，不过看着非常真实。街边建筑上的电子钟显示的是上午7：08——这是"幻觉"世界里的清晨。

"果然如此！"秦朝阳自言自语道，"每天晚上我们被迫入睡的时候，他们的一天才刚刚开始！"

"我不明白！"我看着渐渐热闹起来的街道嘟囔，"那天我明明是白天——我们的白天——出的门，可也见到了这些！而且，我明明只睡了二十分钟，这些却又没了！"

"你以为是我们的白天，你以为你只睡了二十分钟，可你的依据只不过是电子钟，那是可以被随意控制的！就像这个，"秦朝阳指指头顶混沌的天空，"就像 H 区的天空，反正也不是真的天空，何时天黑何时天亮，大概就跟开灯关灯一样方便！"

我顿时明白了！ H 区共同生活着两拨人——"他们"和"我们"！"他们"的时间和我们正好相反，"我们"睡觉的时候"他们"醒着，而"我们"醒着的时候"他们"在睡觉，"他们"大概也跟"我们"一样，入睡和苏醒的时间都被严格控制，所以没人能在"深夜"溜达出来遇上"我们"。原来 H 区还挺热闹的！一座地下城市里居住了五十万人，不可能街上没有行人的，只不过街上的店铺和餐厅大多是按照"他们"的时间营业的。而"我们"醒着的时候，店铺大都关着门，霓虹也熄了，所以看上去只是一排排死气沉沉的白色房子。留给我们的就只有通宵营业的便利店和梵思府！由此可见，"他们"才是 H 区的大多数，而"我们"是被隔离的极少数！

可"我们"为什么要被隔离？为什么要在原本就用来隔离复苏人的地下城里再被特别隔离？我、秦朝阳、曼姬和强尼，还有那些偶尔出现的垂死的老人？这种刻意的"特殊对待"到底有何企图？我莫名地联想到了纳粹集中营，浑身汗毛倒竖。过去的十六年——不，三百一十六年，我都在担心被人在暗中监视或者操控，我曾怀疑每个匿名电话或短信，也曾怀疑过在街上无端看我一眼的陌生人，我这样疑神疑鬼地生活了许多年，到今天终于毫无疑问地成为了别人的"目标"，但我根本不知道原因！

我跟着秦朝阳一路快走，也不知他到底要去哪儿。他不停地四处张望，我则使劲低着头，生怕别人看见我的脸，越来越多的人正涌到街上，我担心再遇上那个曾经闯进我公寓来的陌生人，我现在知道那根本就不是幻觉。可那人到底是谁？我公寓看门的机器人怎么会让他进去？电梯又怎么会把他带到我的公寓？就知道机器人、电梯、一切由电脑程序控制的东西都是信不过的！是谁在刻意跟我作对？哪个变态？还是 Chris？或者是整个 H 区？我忍不住浑身战栗。

秦朝阳突然在我耳边嘀咕："好像就是这里！在这里左拐！然后应该是个小广场。"

"我们去哪儿？"

他并不回答我，可脚步很坚定，这让我既疑惑又紧张，可又别无选择，只能紧跟着他。他抬头看看四周，我们眼前果然出现了一个小广场，广场对面的建筑上有一面电子钟："就在那个电子钟底下！"

秦朝阳看一眼对面的电子钟，拔腿就走，可突然又停住脚步，仰头看着电子钟说："等等！怎么只过了九分钟？"

那电子钟上显示的是"7：09am"，7 点过 9 分，也不知秦朝阳指的是不是这个。

"还记得吗？离开你公寓的时候，公寓里的电子钟？11：12！11 点过了 12 分钟！可这里是 7：09，7 点才过了 9 分钟！而且，我们已经出来走了半天了！怎么会差了这么多？电子钟不该慢的。"秦朝阳抓住手腕，专心测起了脉搏，恍然道："这里的时间是正常的！"

我也抓住自己的手腕，抬头盯着电子钟，心跳每分钟九十三次！我走得很急，心情忐忑，这心率是正常的！也就是说，这里的一分钟就是真正的一分钟，H 区的每天就是真正的二十四小时，H 区的大多数居民每天睡眠八小时，清醒十六小时，而我们每天实际睡眠十六小时，清醒八小时！怪不得每天头疼，却又不觉得困，原来是睡得太多了！

秦朝阳拔腿往前走，我只好跟上，脑子同时飞速运转，想弄明白这一切到底是为了什么，可又进展不大：每天让我们睡十六个小时，不惜在电子钟上作假，难道就只是为了把我们隔离？

秦朝阳却再次站定了，害得我几乎撞到他身上。

"就是这里！"

我们正站在电子钟下。秦朝阳盯着霓虹招牌，我也跟着看过去：梵思府！这是我们醒着的时候唯一不打烊的营业场所之一。这就是秦朝阳要带我光顾的场所？

"要进去吗？"我问。我感觉周围有人在注意我们，让我很不安。

他摇摇头，突然把脸转向我。我吃了一惊，因为秦朝阳的表情——竟然像个无所适从的孩子。在此之前，他一直是一副沉默寡言、胸有成竹的样子，是他坚持要到我的"幻觉"里，是他战胜了我公寓里的催眠装置——当然我也贡献了一点力量——但如果没有他，而是两个我，或者三个、五个我，都不可能在那种半昏迷的状态里爬进电梯去。那需要多么坚定的意志！可此刻，他的沉着和勇气突然消失了，他仿佛和我调换了位置，他成了缺乏自信、胆战心惊的我，我倒是正在冒火，因为周围的人越来越多，已经比我在"幻觉"里见到的还多了！难道今天过节？我越来越紧张，催促秦朝阳说："既然来了，进去吧！"

秦朝阳似乎终于下定了决心，推门走进去。这还真有点儿滑稽：不就是机器人提供"安慰"服务的场所吗？连我这么神经质的人都光顾过好几次呢，他有什么可紧张的？就算是让一个小学生走进这样的场所，也未必会比秦朝阳这个三十多岁——不，应该是五百多岁的大男人更不自在吧。

迎接我们的是一个金发碧眼的女机器人——我也不知这称谓到底够不够准确。机器人根本就没有性别，梵思府里的机器人也一样，他们的"性别"无非是为客人服务用的。在我生活过的23世纪，女权运动虽比不上环保和动物平权，却也不容忽视，在街上扔一颗烟头就会被万人唾弃，劝一个要生孩子的女人辞掉工作简直是罪大恶极。曾经有人对地球上的生物做了个重要性排行，从重要到不重要依次是：野生动物、宠物和家禽、孩子、老人、女人、男人。男人是最不重要的。女人不再愿意把自己与性和繁衍相提并论，似乎那些都是男人强加给她们的偏见，越来越少的知识女性愿意结婚生子，除非对方（男性）愿意承担生育的责任——22世纪的医疗科技使男性生育成为可能，在23世纪成为非常成熟的技术，只需几个简单的门诊小手术，男人就可以顺利地代孕和生产。那原本是一项针对同性恋家庭开发的技术，反倒在普通大众中广泛流行，男人承担生育责任，成为表达真诚爱意的方法，好像一个男人不愿意自己生孩子，就表示他不够爱自己的妻子。可毕竟没多少男人真心喜欢替女人吃这么大的苦头，这种尴尬越来越严重，加速了人工育儿器的研发和市场化，没过几年，男人和女人都不再生孩子，孩子都是在试管里受孕，在育儿器里从受精卵发育成胎儿的。当生育这件事完全变成身外之事，科学家们有了更大胆的设想——在试管受孕阶段就设法弥补基因缺陷。这种技术迅速受到大众的追捧，原本指望通过补习班为孩子建设未来的家长们终于找到了捷径——我们数学都很差，就请电脑从别处"借"一组数学家的基因来替换我们的！不仅解决数学成绩的问题，还有身高、脸形、发色、眼睛大小……父母总希望自己的孩子是完美的，即便孩子的基因不都是自己给的也无妨，就像是在自己鼻子或者下巴上切几刀，在物种繁衍的古老体系里小小地"作弊"，反正学生考试会作弊，作家写作会抄袭，就连最有修养的科学家也喜欢在自己根本没写过一个字的论文上署名，人类对作弊早就习以为常。针对这种崭新的生育方式，学术界分成两派，一派过于乐观，一派则过于悲观。乐观的一派认为，新的方法将会把人类变得更加健康、正直、完美、统一；悲观的一派担心，这种过于"人工"的方式总会产生不可预见的伦理问题。两派进行了激烈的论战，自然以后者的失败告终——拜盛行了几百年的"鸡汤文明"所赐，社会大众总是更支持乐观派，因为乐观代表着"正能量"，"掩耳盗铃"这种词汇早就被人类淘汰了。

"欢迎您！梵思府为您提供温馨的港湾，用爱抚慰您的心灵！"女机器人边说边把"导师名录"递给我们，"我们这里的每一位心灵导师都是最优秀的老师！老师们可以按照您的需要，以最适合的方式出现在您面前，为您提供最体贴的心灵慰藉服务！"

那就是一块普通的平板电脑，里面储存了这间店里所有的"心灵导师"，按步骤选择性别、种族、面容、身高、体重、肤色、发型、三围、身份、职业、着装、饰物、性格、语言、体味……我接过那东西，立刻感到无所适从。这么拼命地跑进另一个"时区"，难道就是为了来逛梵思府？就算在属于我们的"时区"也是随时可以逛的。秦朝阳不是说要找他的妻子吗？这里怎么会有他的妻子？再说 Chris 和 H 区社安局不会不知道有两个"潜逃者"刚刚进入错误的时区吧？他们是不是正在采取行动？如果我们现在点好了"导师"，找个房间去享受"心灵慰藉"，会不会光着身子被人抓走？

秦朝阳似乎并没担心这些，他坐在沙发上，身体挺得笔直，表情非常严肃，就像他手里捧的并不是普普通通的平板电脑，而是发射核弹的遥控器，他正要做的也不是点一个"心灵导师"，而是拯救或者毁灭全人类！我忍不住把头凑过去，他的点餐器上有一张东方女性的脸，算不上很美，充其量是清秀。我正纳闷，既然是特殊服务的机器人，为什么把长相设计得这么平庸？街上店铺里的机器人都比这个强一些。接待我们的女机器人却热切地对秦朝阳说："她可是我们这里最受欢迎的心灵导师！很多人慕名而来呢！"

"你真的要干这个？"我在秦朝阳耳边小声嘀咕。他转过脸来，怒气冲冲地瞪着我，我猛然意识到我话里的歧义，连忙解释："我是说，你真的要现在做这种事？"

秦朝阳没回答我，把脸转向那女机器人："我就要她！我是说我们！"他指指我，"我们一起！"

我吃了一惊，怀疑他神经出了毛病，我和他一起？跟一个女机器人？他怎么没问问我愿意不愿意？我正要表示反对，他狠狠瞪了我一眼，这一眼让我倍感愤怒。他凭什么瞪我？难道不是我一直在帮他？我为什么要帮他？为什么要鬼迷心窍地跟着这个蛮横无理的家伙跑到这里来？我完全可以留在自己的公寓里安安静静睡大觉，那样也不会发现什么时差、隔离、阴谋！我正要发作呢，他却抢先开口，并没有怒意，相反，他用恳求的语气说：

"请帮帮我！我真的没有勇气，独自去面对这个……"

5.

我们在一间布置简单的房间里等了很久。

我本想问问秦朝阳，这奇怪的安排到底有何用意。可他看上去很紧张，就像个被告在等待宣判，那种紧张的情绪是不能被打扰的。我识趣地保持沉默，浏览这房间，房间里灯光很暗，使深红色的地毯几乎变成了黑色，灰色墙壁上印着的碎花则若隐若现。房间里有一张大床、一张长沙发，也都是深红色的，比23世纪的色情场所朴素得多，倒真有点儿神神叨叨的。

我也曾光顾过几次梵思府，但从来没等过这么久。当然我并没光顾过这一家，也没点过女机器人。不知女机器人是不是比男机器人更麻烦些？需不需要化妆什么的？

　　23世纪的发达国家里，大多数女性不再花时间化妆，即便偷偷化了也绝不能让别人看出来，好像化妆就是为了引起异性的注意，也就立刻成为了男性的附属品。当然也有特殊情况，比如演员。但那种情况男人也要化妆，因此并不违背女权主义。当然也有不在乎女权主义，甚至专门对着干的，比如曼姬。她一向特立独行，总是一脸浓妆地出现在人前，从不遮掩她准备吸引男性的打算。她还总是大放厥词，和普世价值观大相径庭，平均每两三个月就能引起全世界对她的攻击。她第二次获得奥斯卡奖时，示威的人群包围了剧场，叫骂声在舞台上都能隐约听到。曼姬曾挥舞着小金人恶狠狠地对着麦克风说："我就是出卖色相的婊子，又怎么样？以前你们逼着女人做男人的奴隶，现在你们又逼着女人做女权的奴隶，逼着女人放弃自己最大的优势，放弃自己的青春和乐趣？我偏不让你们如意！有种的直接把唾沫啐到老娘脸上，看我敢不敢宰了你！"那表情通过镜头直播给了几十亿人，一年之后，在阿尔卑斯的小旅店里，她用双手攥住我的衣领，脸上露出同样的表情，她对我说：你要是骗我，看我敢不敢杀了你！

　　当那个长着东方面孔的女"心灵导师"终于露面时，秦朝阳的表情是完全无法形容的。我从没在谁的脸上看到过那种表情，说不清是激动还是落寞，是欣喜还是悲伤，是万千表情集于一体，还是空洞而机械地抽搐。他触电般地从沙发上跳起来，向前迈了一步，却又僵住不动，就好像他才是机器人，而且突然发生了故障。那女机器人倒是比他生动得多，满脸笑意地迎上来，柔声问道："怎么才回来？今天这么晚？公司很忙吗？"

　　那机器人使用的中文，不用翻译我也能听懂。香港是从21世纪开始普及国语的，起初遭遇过抵触，但渐渐成为必不可少的生存技能，所以我的国语没有问题。当然，自从中情局帮我搞到日本护照，我就再没讲过任何一句中文。我不知秦朝阳为何给机器人选定了中文模式，是为了屏蔽我，还是出于他自己的某种喜好？但更让我好奇的是，秦朝阳居然选择了"妻子"模式。谁都看得出来，那机器人扮演的是个迎接丈夫回家的妻子，穿着乳白色的睡衣，光着脚，齐耳短发，略施脂粉，并没有暗娼接客的妖娆。可秦朝阳为什么要选择妻子模式呢？反正我在找陌生人（机器人也算在内）寻欢作乐的时候，丝毫不想引入任何带有责任的关系，性爱的刺激不就是来自毫无负担的新鲜感吗？一个性感的陌生人是不是更容易引起性欲？我好奇地看一眼秦朝阳，却不禁吃了一惊：

秦朝阳的眼睛里正溢满泪水。

我不知他为什么流泪，可我感觉到了深深的悲伤，是他把悲伤传达给我，让我的心也忍不住疼起来。这大概就是灵魂磁场的共振——这是21世纪出现的理论，在22世纪广为流传：人类能够通过更高的维度交流，这种维度能突破时间和空间的限制，就像量子纠缠，人类来自同一祖先，因此任何人之间都存在着"纠缠"的可能。我本来不相信这种过于玄奥的理论，可就在秦朝阳的双眼溢满泪水的瞬间，我相信了。

秦朝阳冲着那机器人说了句什么，声音太轻，还哽咽着，所以我没听清楚，那机器人显然也没听清楚，微笑着问："亲爱的，你说什么？能再重复一遍吗？"

"叶子！"秦朝阳提高了声音，这次我听清楚了，机器人却还是一脸迷惑："你说什么呢？一定是忙糊涂了！来，我帮你脱衣服！"

机器人上前一步，秦朝阳却倒退了一步，躲开"她"苍白纤细的双手，像是在躲避令人沉迷的毒品，他的目光瞬间充满了绝望，就像突然发现了美丽面具背后隐藏着的魔鬼。

那目光让我浑身一抖，突然回想起我曾在三百一十六年前见到过的目光。在香港半岛酒店的套房里，阿德缓缓地从地上站起来，目光中的悲伤消失了，取而代之的，就是这种充满绝望的目光。不，比这更加冰冷和强烈。他原本双膝跪倒，此刻身体正缓缓升高，高得超过了我的预期，高得令人惊悚，那双绝望的眼睛高高在上，在浓密的须眉之间，在毫无血色的苍白面孔里，如两个无底深洞，投射着来自地狱深处的光。在那一刻之前，我并没感到过恐惧，有愧疚、不安，但没有恐惧。我一直认为，我做了一件极为正确且正义的事：我在帮助一个迷途的人寻找自我，寻找自由，寻找做人应有的权利和快乐；我打算割除的是腐朽的毒瘤，我制造的伤口是为了长出新鲜的皮肉。我以为我用自己做诱饵，引领他走进全新的人生，可他却对着我垂死般地嘶吼："我根本不想要这样的人生！除了你，这一切都只是耻辱！"按照我的性子，本会就着"耻辱"这个词跟他辩论一番，但他的目光让我彻底失去了辩论的勇气，就只能一个劲儿地重复着对不起。他的声音突然低沉了，毫无感情，像是机器发出的声音："我不叫阿德，我叫马吉德，在我们的语言里，那是荣耀的意思。可我并没有给任何人带来荣耀，我带来的，就只有耻辱！"

"对不起，我认错人了！"秦朝阳后退了一步，跌坐回沙发上，他的肩膀撞到了我，并不算重，却帮了我大忙，帮我从自己的思绪里挣脱出来。我的背后已经被汗水湿透了，一片冰凉。

我努力回忆这房间里刚刚发生了什么：秦朝阳向机器人道歉，说他认错人了。这可真诡异：机器人根本就不是人，有什么可认错的？他把"她"认成谁了？难道是他的妻子？怪不得他选择了"妻子"模式，还说他没有勇气自己进来！他根本就是有备而来的！这到底是怎么一回事？是谁那么残酷，要把性爱机器人制造成他亡妻的样子？我想问问他，可他脸上的一切表情突然间都消失了，恢复成我熟悉的木讷样子。不，比我熟悉的更冷漠、更无情，让我根本不敢发问。我想他终于得到了确认，那机器人根本不是他的妻子。他用命令式的口吻说："我们只想看你完成你的程序，不需要触摸到我们！"

我甚至觉得，他的口气里充满了鄙夷。

机器人就是机器人，听到这种要求，竟然没有表现出诧异或者不满，机器人只会因为没听懂指令而疑惑，对听得懂的指令不会质疑。"她"顺从地坐在床头，抬手开始解睡衣的扣子。

"不，不要脱。"秦朝阳阻止那机器人。

"她"顺从地停住手，在床上躺平，面朝屋顶，闭上双眼，抬起细嫩的胳膊，空空地环抱着，"她"开始扭动脖子和身体，呼吸也渐渐急促。

我和秦朝阳坐在沙发上，安静地看着一个"女人"和衣躺在床上，和空气做着爱，我们就像两个初来乍到的外星人，以旁观者的角度仔细研究地球人最隐秘的活动。这场景并不让我感到厌恶，当然也丝毫没有乐趣，只是感觉诡异，不只那机器人的动作看上去诡异，秦朝阳的表情也很诡异，他阴沉着脸，紧皱着双眉，像是在仔细研究，又像是在等待时机，过了几分钟，他突然站起身，凑近那机器人，低声对"她"说："你不想跟我说些什么？"

"你都不开口，我以为，你不想说话呢。"机器人娇嗲作答，让我想起23世纪的智能手机、智能电器、智能扫地机器人、智能提款机……23世纪大部分装有CPU的设备都能模仿真人的口气和使用者对话，乍听既有逻辑又富于幽默感，但多说几句就会露馅。23世纪流行的很多搞笑段子就来自这种漏洞：你把我的卡吞了！／您怎么证明您插了卡？／我插没插我还不知道？只有你这蠢猪才不知道自己有没有被插！／我知道我被插了，可我不能确定是被谁插的……有人把电脑的愚蠢归咎于电脑工程师，嘲笑他们的智商超高却缺乏情商，在我看来，却像是故意而为的阴谋。

秦朝阳此刻就像是一位冷静的工程师，很难想象他眼前是正在发情的亡妻。他又问："你是谁？你从哪里来？"

"她"又嘻笑了两声，仍闭着眼，用极轻的声音说："傻瓜，怎么问这么傻的问题？我是你的妻子。"

秦朝阳沉默了，像是突然陷入沉思，"她"并不着急，粉红色的指尖滑过粉红色的唇，我意外地发现，"她"看上去似乎并没有那么平庸。

"啊！我不行了！"秦朝阳突然呻吟着说，让我大吃一惊，可他看上去并没什么异样。"心灵导师"很配合地跟着呻吟起来，胸脯高低起伏。秦朝阳继续冲着她的耳朵呻吟，如果不看他，我会真的以为他正欲火焚身，可他正弯腰站着，身体僵硬，看上去比机器还冷静，他就像个配音演员，在为"她"身体上方那无形的躯体配音似的："亲爱的！我不行了！快！快！叫我……"

"心灵导师"高高扬起小巧的下巴，好像有只无形的手正把她拉起来，她剧烈呻吟着："啊！嗯——亲爱的小奶牛！可怜的小奶牛！他们要把你吸干！"

那正是穿黑背心儿的"阿波罗神"在高潮时对我说过的话，这会儿听上去不但扫兴，而且很诡异。

"可我没有奶，他们吸什么呢？"秦朝阳的反问更让我哭笑不得。

"你当然有了！嗯——在你的……这里！"机器人仍闭着眼，把手顺着面颊推向额头，头也随之抬得更高，呼吸越发急促，若是别的直男，大概早就热血沸腾了，可秦朝阳却冷静得令人震惊："你是说，脑子里？"

"对，啊！真聪明，哦！你脑子里，有好多好多的……奶！你睡觉的时候，他们，就把它吸出来，嗯——H区没人能不劳而获，啊！分析师先生！"

"心灵导师"仍闭着眼，边说边呻吟，可连我都听出来了，"她"可不只是在调情，"她"是在试图透露些什么。我不禁脱口而出："分析师？是谁？"

"就是你，啊！竹田夏，还有你，啊！秦朝阳！你们睡觉的时候，嗯——你们的床，会向你们的大脑，发射电磁波，哦！按照你们以前的职业经历，啊！对你们提出，嗯——问题！然后，收集大脑返回的电磁波，啊！大脑未必那么听话，嗯——有时候回答，有时候不回答，哦！有时候，胡言乱语，啊！所以，我们需要很多很多，分析师，啊！H区每个人都是，分析师，哦！五十万名分析师，还不够呢！嗯——"

我恍然大悟：所以复苏人要被囚禁在H区，每天晚上被迫"睡眠"！H区的每个人都被迫睡足八小时，一分钟不能少，而对于又被特殊隔离的"我们"，是睡足十六小时！难道现代人都不工作也不思考？对了，Chris曾经说过，现代社会主要依靠机器人，人类只凭兴趣工作，看来，机器人的智慧远比不上人类，而人类的本性就是好逸恶劳！可这些梵思府里的"心灵导师"是什么意思？是在特意暴露内情，让复苏人明白自己的处境？我早说过，电脑工程师是不可靠的，总是要在程序里藏一点儿什么！

"她"扭动腰身，把脸转向我们，眼睛睁开一条缝，半娇半醉。我不禁惊叹，这机器人设计得实在是逼真，比真人更富有神韵，只不过，这神韵和她的语言实在是太不匹配了，她用愈发迷醉的声音说：

"分析师可不好做！哦！伤脑子！嗯——总有一天会痴呆，啊！不过，那还算是幸运，啊！好多人，会被送到集中营去，哦！到了那里，大概，嗯——活不到痴呆的那一天，啊！"

"集中营"这三个字让我莫名地联想到了我们居住的"时区"，心脏狠狠一抖。"她"说得更起劲儿，边说边笑边呻吟："呵呵！啊！嗯——好笑，哦！把你们关在地底下，啊！就是为了，吸干你们，啊！"

"她"突然用胳膊肘撑起身体，压低了下巴，滑落的黑发遮住了一只眼睛，这使她的目光由迷乱变得深不可测："你们，嗯——真的就想，在地底下，当一辈子，哦！奴隶，啊？真的，不想再见到，蓝天，啊？真正的，飘着白云，啊，或者乌云！嗯——会电闪，啊！打雷、下雨，嗯——也会下雪，的——天！"

"呼"的一声，门被推开了，一个矮小的身影闯进屋子，门外的走廊里一片光明，晃得我看不清那人的脸。我心中纳闷儿：梵思府里怎么会有小孩子？然后我听见尖锐高亢的童音：

"你们疯了吗？！"

梵思府里当然没有孩子，是 Chris。他关好了房门，转过身来，把两只眼睛瞪圆了，在空中用力挥舞着两只小拳头："你们怎么不跟我说一声就到这里来了？"

他的童音实在太尖锐，床上的机器人似乎受了惊吓，卡住不动了。我也受了惊吓，想站却站不起来，心脏咚咚直跳：这小东西会不会把我们押送到凶残的波特曼老头那里？

秦朝阳似乎比我沉着，泰然地坐着，平静地说："难道逛一逛梵思府，也需要得到你的批准？"

Chris 哑口无言，目光变得怨愤："秦朝阳！你真让我失望！我那么信任你……"

"你信任我？放屁！"秦朝阳突然大声吐出一句脏话来，这真让我吃惊！我以为他这辈子都不会骂人呢，甚至不该大声说话，可他正用非常洪亮的声音怒吼："你让我当新生顾问，只不过是想更紧密地监视我！"

"这太令我失望了！"Chris 抬头看着天花板，好像委屈得六月飞雪，"我们只是关心你！你知道，乱心症是一种可怕的疾病！是人类罪恶的根源！我们希望确保你能痊愈！这样才会真正地快乐！"

"谢谢你的好意。"秦朝阳冷笑道，"你们未必只是为了我吧？"

"我们当然也不希望你传染其他人，乱心症是很容易传染的！"

"所以，你用时区隔离我？你不怕我传染他？"秦朝阳抬手指指我，"你不怕我传染强尼，传染曼姬？"

"他们……"Chris 看看我，迟疑了片刻，"他们也都有各自的精神问题，我们希望你们能通过彼此得到帮助。"

这我倒是承认：我并不健康，尽管我的心率并没过缓，可我还是不健康。病根儿是从十六年——不——三百一十六年前留下的，之后再没有好转。从某种意义上说，现在已经病入膏肓了。H区是因为这个把我隔离的？真的是为了帮助我恢复健康？我并不十分相信，但稍微得到了些安慰。

秦朝阳却全不买账，质问 Chris："让我们每天睡十六个小时，被汲取十六个小时的思想？用这种方法治疗我们？"

"不，那不是隔离你们的目的！你们四个的思想也帮不上这个世界多少忙！隔离你们的真正目的，就是为了让你们互相帮助，恢复健康！当 H 区健康局确定你们康复了，自然会让你们回到正常的时区！"

"嘻嘻！"床上的"女"机器人突然笑了，故障被莫名解除，又开始呻吟，"我听说，啊！集中营，嗯，只进不出，没听说，哦，有人能从那里，嗯——出来呢！"

我心中一惊！果然，"她"刚才说的那个"活不到得上痴呆症"的集中营——指的就是用来隔离我们的时区！我突然想起街上偶尔出现的那些行人，个个都苍老得快死了。

"住嘴！你这个蠢货！"Chris 气急败坏地骂那机器人，今天已经有两个我以为永远不会骂脏话的人开口骂了脏话，尤其是 Chris，听那清脆的童声骂出这种字眼，让人说不出地别扭。Chris 仰起头来，非常真诚地看着我们，瞬间又变回单纯的孩子。我突然意识到，他的演技比曼姬还高明！

"秦朝阳！竹田！快跟我回家去吧，趁社安局还没发现！我一直在帮你们遮掩，可我遮掩不了多久了！趁他们没发现，赶快回公寓去，继续睡觉！我会想办法让他们早点以为你们的病都痊愈了，然后就可以把你们换回这个时区！相信我！快回去！"

"可我还没完成我要做的事。"秦朝阳咬紧牙关，"我还没找到我的妻子！"

"我啊！嗯——就是你的妻子！傻瓜！嘻嘻！"那机器人又插话，边说边在床上一扭，苍白的小腿垂下床沿。

Chris 吃惊地瞪圆了眼睛，指着床上的"心灵导师"说："你不会真的以为，'她'是你的妻子吧？那只是个机器人！"

秦朝阳上前一步，狠狠瞪着 Chris："机器人为什么会和叶子长得一样？"

Chris 被这突如其来的动作吓了一跳，不由得倒退了一步："'心灵导师'的容貌，都是电脑根据大量的历史资料设计的，本来就来自真人，所以看上去有点儿像某个真人也并不奇怪……"

"根本不是有点儿像！是一模一样！这里必定有原因！叶子到底在哪儿？你们都对她做了什么？让我见到叶子，我立刻跟你回去！只要……"秦朝阳突然低垂了目光，声音也低沉下来，"只要跟叶子在一起，在哪个区、哪个集中营，我都无所谓。"

我顿时有一种被出卖的感觉，却又愤怒不起来，心中顿时充满了悲伤。

Chris 也缓和了语气："别傻了，你的妻子已经去世了，当时你和我都在现场的。"

秦朝阳沉默不语。Chris 乘胜追击，用更温柔的口吻安慰他："我保证，我会帮你调查一下，为什么这些新版的机器人会跟你妻子这么像！所以，现在，先跟我回去吧？"

Chris 试探着去拉秦朝阳，胳膊却被一只苍白细瘦的手拽住了。机器人从床边弯下身子，抓着 Chris 的胳膊说："不要啊，不要把我老公带走！"

Chris 吃了一惊，想甩又甩不掉，气急败坏地叫："放手！你这愚蠢的机器！是程序出了什么问题吗？"

"啊！别走！嗯——别走啊！"机器人把 Chris 的胳膊抓得更紧，而且又开始呻吟，Chris 急道："放手！蠢货！你会被烧成一堆废铁的！"

Chris 曾经告诉过我，他穿着特制的保护服，能在瞬间释放极高的电压。他告诉我这些，是为了提醒我，不要在过于激动的时候触碰他，以免被电击。想必这防护系统对机器人也有作用？

"不要，啊，不要把他，抓走！啊，不要送他去，集中营，啊！"那机器人并没有松手的意思，"她"的呻吟也似乎变了味道，好像程序果真出了问题。Chris 更加使劲儿地挣扎，却还是无法挣脱，他使劲儿闭上眼睛，瞬间一团火花从他胳膊上升起，蔓延到机器人全身。

那位"心灵导师"一声没吭，从床上滑落到地上，一动不动了。淡淡的白烟从"她"的眼睛、鼻孔和嘴巴里冒出来，Chris 全身也罩着一层白雾，空气里充满了电线烧焦的气味。"她"确实不是真人。秦朝阳看着那具冒着烟的"尸体"发呆，看不出是悲伤，是失望，还是别的什么。

"走吧！"Chris 再次把手伸向秦朝阳，好像小孩子要让大人领着，秦朝阳却没碰那只小手，一把揪住 Chris 的脖领子。Chris 大吃一惊，想躲却已经来不及，被秦朝阳从地面上拎起来。Chris 在空中踢蹬双腿，惊恐地叫着："放开我！你要干什么？你没见那机器人的下场吗？你忘了上次，被电晕过去好几个小时吗？放开我！"

"要电我，那就请便吧。"秦朝阳满不在乎地说。

Chris 放弃了挣扎，闭紧双眼，我心里一惊，赶紧也把眼睛闭上，我怕秦朝阳也浑身冒起烟来。不过什么都没发生。等我再睁开眼，秦朝阳依然拎着 Chris，而 Chris 又开始在空中踢弄双腿，像一只被人抓住耳朵的兔子。

突然之间，房门又开了，走廊的灯光再次涌进来，门外不是小孩，而是一个成年人的剪影，他用深沉的男低音说："保护服已经失灵了，机器人体内也有高电压，那衣服也完蛋了。"

那男人的声线让我心中猛地一抖。他走进屋子，反身关上门，再转过身来，我终于看清了，老天！这不是在"幻觉"里闯进我公寓的男人吗？难道他和秦朝阳是一伙儿的？

可奇怪的是，秦朝阳也正用惊异的目光看着他，Chris 的表情也很吃惊，忘记了挣扎，跟秦朝阳一起紧盯着他。

"你认识他？"我问秦朝阳，他摇了摇头，那男人却说："你认识我，我们一直在大草坪的小路边交换信息的。"

秦朝阳疑惑道："你是弗雷登？可你只是……"

"机器人！"Chris 抢道，"我和秦朝阳见到过你！就在第 13 复苏中心！在他妻子去世的那天夜里，是你接待的我们！你的代号是……U-2102！"

"我演得挺像吧？哈哈！"那人仰头笑了两声，上前两步，扶了扶鼻子上的眼镜——视读器。也许他真的不是机器人，不然戴视读器做什么？他瞪着被秦朝阳拎起的 Chris，发出闷雷般的咆哮：
"我不是机器人，我是人！我也不叫什么 2102！我的名字是弗雷登！今天终于抓住你了！我要让你这只走狗，接受荷艾文区人民的审判！"

"审判"这个词猛然戳中了我的神经。我一阵眩晕，整个身体都在往下坠。

在三百年前，书出版后的某个下午，一个身影突然在我公寓的客厅里冒出来——是光头托尼的三维全息投影。中情局再次突破了公寓的防火墙，未经我的授权，直接把三维视频发射到我眼前。托尼满脸怒气地指责我："你怎么能这么做？向我们——一直在帮助你的人——隐瞒了实情，却大方地把一切都公布给全世界？你知道我们有多被动？"我为自己辩解："你说过，中情局容许我把这件事写出来出版。"托尼频频摇头："我们对你太失望了！你知道我们是怎么对待叛徒的？"我浑身战栗着说："如果我遇害或者失踪了，全世界都知道是你们干的！你们不能对我怎样！"托尼笑了，那是我见过的最残酷的笑容。"我们当然能！我们已经向媒体公开了你的真实身份：朱天，生长在香港，2208 年勾引了马吉德家族的继承人科里·马吉德，之后又抛弃了他。绝望的科里用炸弹袭击了香港最大的同性恋夜总会，最终导致四百七十五人死亡，也包括他自己。而罪魁祸首朱天先生从此改头换面，以日本人竹田夏的身份生活在美国，并且成为了超级畅销书作家！让我们想想看，四百多个逝者，该有多少至亲至爱？哦，对了！还有马吉德家族，是谁让他们损失了唯一的继承人？所以，我们根本不需要亲自动手，有不少人等着审判你！"

自那次通话之后，我遍寻各国的整容专家，希望能换一张脸，让这世界上再没人能认出我。有不少医生愿意为我做这个手术，但没人能得到我的信任。我还没躺到手术台上，有关我要换脸的消息已经传遍全球了。我最终找到一家日内瓦的诊所，他们不能给我换一张脸，却能让我冬眠。我痛快地签署了协议，反正我的世界已经被摧毁了，就连我居住了十年的公寓大厦也快要被拆除了。

旧金山的世界之塔是 21 世纪中叶开始施工，花了近一百年才建成的。那座大厦一共有 999 层，供一百万居民居住。我家在第325 层，已经感觉很高，距离地面非常遥远，就像年少时站在太平山顶。我常在深夜坐在窗边偷偷抽烟，把烟蒂扔下楼去，心中疑惑着会不会因此受到报应。我看着那红点儿扭捏着越变越小，直到再也看不见。我知道它到不了地面，顶多飞到某个 200 多层的阳台上。在 23 世纪，乱扔烟蒂几乎被看作是反人类的行为，可那又怎样呢？反正世界之塔这座人类曾经的"骄傲"，如今也被看作是一个被扔在太平洋海岸岩层上的巨大的"烟蒂"，消耗过多的能源，放出过多的污染。在环保主义者的不懈斗争之下，这座花费了一百年才建成却仅仅使用了八十年的大厦终于要被拆除了，环保主义者又一次取得了胜利，人类又一次取得了胜利。我也曾是环保主义者，相信人类在我眼前塑造的一切正义和文明，可我现在什么都不相信了。或者说，不在意了。其实人和蚂蚁没什么区别，只不过在这茫茫宇宙中寻找栖身之地。我的栖身之地不存在了，所以，我要到未来的世界去了。

第六章　性服务机器人设计师　弗雷登

2400 年　在新世界诞生
2420 年　被判处一百年冬眠
2520 年　在 H 区复苏

1.

看着 Chris 被人提着悬在空中，体若筛糠，再没一点点春风得意的神情，我真是通体舒畅。

我是 H 区一百名维护公共设施的工程师之一，每周一的早上 10 点，我们都要在 H 区中央的小广场里集合，戴着视读器看这只"小走狗"在屏幕上装腔作势地宣扬他的"正能量"。我最受不了的就是他的表情和声调，做作得让我想起 21 世纪色情电影里穿着制服的日本女学生。可今天，我终于把他从视读器里捉出来了！他现在就悬在我眼前，弱鸡似的瑟瑟发抖，简直妙不可言，我的每个细胞都感到快乐。这感觉可真是邪恶，可那又怎样？反正我在一百多年前就被贴上邪恶的标签了——刑期一百年的 B 级有期徒刑，仅次于最严厉的 A 级，还不足以证明我的邪恶吗？

所谓 B 级有期徒刑，就是在"冷冻"期间始终开放意识神经。想想吧！身体不能动，大脑却清醒着，就这样清醒一百年！

A 级则更为残酷，不仅开放着意识，还开放着全身的痛感神经。26 世纪的惩罚性冬眠，采用的不是无害冷冻技术，而是蓝质定期修复技术，也就是说，等着肌体细胞成批地死掉，然后再由蓝质修复，身体反复地被蚕食和被修复。开放全身痛感神经，大概就如同反复承受着凌迟。人类在 2220 年全面开启了电脑基因选配计划，在二十年后废除了针对正常人实施的冬眠技术——几近完美的医疗技术让冬眠术再无意义。但六十年后，在 2300 年，人类再次启动了"冬眠术"，作为对罪犯的惩罚——当然不是一觉睡上几百年，而是让他们醒着，实实在在地为罪行付出代价。

我是在 2420 年被判刑的，在我二十岁生日的前一天，我的罪名是：严重危害社会安全和败坏精神道德。我能够接受前者，但并不承认后者，我并没对任何人产生私情，更不可能到"执迷不悟、拒绝治疗"的地步。我仅仅是对研究性爱这件事着了迷，就像研究犯罪学的专家，不代表本身想对任何人犯罪。25 世纪的人类思想过于单纯，非黑即白，只要认定了某件事是邪恶的，就必须彻底屏蔽甚至清除，对其进行研究也是绝对不能接受的，和几千年前的封建社会没什么区别。整个人类的成长轨迹大概也跟个体相似——从年幼无知到年轻气盛，再到成熟稳重，最后是老年人的固执和糊涂。老人跟小孩子在很多方面是极其相似的。历史书上说人类在 24 世纪末期进入了完美的时代，我却感觉人类进入了暮年。

我人生的前二十年几乎是一片空白，我指的当然不是失忆症，也许比那更糟。记忆之所以有意义，是因为它的特殊性，如果世界上所有的同龄人都拥有一模一样的经历，某个个体的记忆还有什么意义？至少记性好不好不再重要了——不记得也无所谓，只需问问别人：你以前在学校里都学了什么？听什么音乐？玩什么游戏？吃过什么好吃的？因为什么受表扬？又因为什么受到惩罚？如果你把这些都忘了，可以随便在世界的任何角落里找一个跟你年龄相仿的人，他的回答跟你的经历几乎分毫不差。2400 年地球上一共出生了大约一百五十万人，都是由电脑优选基因，再由人工受孕和孵化诞生的，然后大家在制式化的集体育婴学校里成长，课程、游戏饮食都一模一样，同学之间的关系也一样。真正的集体主义就是任何个体之间的距离相同——我说的是心理距离，人与人只可能是认识或者不认识，不可能更亲近或者更疏远，也不可能更喜欢或者更讨厌，就像一个模子里铸出来的一百根一模一样的钉子，哪个会喜欢哪个多一些？在人类的完美时代，每个人的思想和习惯几乎是相同的，就连外表的差异都不大——某些对健康至关重要的基因显然也影响着外貌和身材。我原本对这样的处境并无异议，深信这是人类最合理和先进的生存方式，但是，自从我成为机器人研发中心的志愿工程师，我的想法渐渐发生了变化。

我主动报名加入荷艾文区梵思府组，为 H 区的复苏人研发"心灵导师"机器人，我本以为设计能够提供心灵安慰的机器人是极其崇高而富有挑战的工作，入职后才发现，那只不过是通过解决生理欲望而使复苏人得到"满足"。

复苏计划是从 2350 年开始的，让充满邪念的木乃伊们醒过来，听上去可不是什么好主意。大众为此辩论了半个世纪，在2340 年做出最终决定：既然动物和花草都有生存的权利，那么冷冻人也该有复苏的权利，然而不能让醒过来的遗老遗少们四处乱跑，所以又用了十年时间修建 H 区。出于人道主义精神，H 区不是复苏人的监狱，而是他们享受人生的天堂，一切设施都要尽量满足复苏人的喜好，尽管那些喜好很可能有违现代社会的道德——反正在我入职时就是这样被告知的。那个入职介绍，使我这辈子第一次对听来的事情产生怀疑：享受人生和遵守道德，竟然是相互矛盾的？可是在我成长的完美时代，遵守道德就是人生最大的享受。过去的人类到底有多自私多矛盾？如果这是真的，现在的时代的确是太美好了。

　　当我第一次见到为复苏人设计的"心灵导师"时，真被恶心坏了，几乎要打退堂鼓。首先是"她"的体形太高也太不均匀，脸形和五官也非常怪异——现代的人类身材矮小，从上到下粗细均匀，腰部没那么细，臀胯没那么粗，胸部更没那么大。那么发达的乳腺，会带来多么巨大的乳腺癌隐患？我无法想象，几百年前的人类对于完美身材竟然持有这么病态的品位，完全不符合健康和力学原理。不仅如此，研发的过程也着实令人作呕——我们观看了大量古代色情录像，研究过去的人类如何通过性交得到满足。这不但让我恶心，而且完全无法理解：人怎能像野兽一样饥渴和狂躁？他们互相吮吸对方身体的任何部位，甚至不惜造成皮肤和浅表组织的损伤，在折磨中寻找乐趣，发出痛苦的呻吟，完全丧失了人类有别于动物的理性、智慧和尊严，即便不那么暴力的部分也同样不堪入目，一个人对待另一个人，就像对待一块奶油蛋糕，贪婪地品尝对方的味道，不惜把口水到处乱抹，他们不知道这是很容易传播病毒的吗？

　　完美时代的人类当然也有性欲，但绝没有古人那么饥渴、那么贪婪、那么疯狂，性欲只是所有生理欲望中最微小的一个，也是最容易被满足的，满足性欲的机构也不叫什么"梵思府"，提供服务的机器人并不疯狂，温文尔雅，服务过程只是一种按摩，而且是所有按摩中耗时最短的，绝不像那些性爱录像中那么原始和堕落。如此泯灭人性的东西，我们为什么要去设计它？为什么要满足复苏人原始而猥琐的欲望？我得到的回答是：古人有权按照他们习惯的方式生活，就像野生动物有权按照它们习惯的方式生活，茹毛饮血都随它们，只要不对现代人类造成不良影响。听上去很有道理。我灵机一动：那就索性把复苏人当成野兽？只要不当他们是人类，这一切就都无可厚非，反正24世纪的工程师们一直在依照动物的习性进行发明创造，包括安装在原始森林里帮助野生大熊猫交配的设备。我们只不过是在设计一些帮助复苏人解决性欲的设备罢了。

这个想法非常管用，让我迅速对研发产生了兴趣。我反复认真地观看那些录像，研究来自古代的各种书籍和数据。我惊讶地发现，古人对性的喜好竟是如此多种多样！我从这项工作中找到了巨大乐趣，因为我在不断发现着别人不知道的有关古人的秘密。原来，掌握着秘密是这么令人快乐，这些不可告人的秘密让我和街上那些无所事事的人不一样了。有时我走在大街上，看着外形极为相似的人们，心中会生出鄙夷：你们知道你们的祖先是怎么交配的吗？是怎么把你们的 DNA 创造和保留下来的吗？你们知道祖先心中的美丑是什么样子的吗？你知道他们最大的人生乐趣都是什么？我甚至一时忘记了，我其实看上去也和街上的人们一样。我开始幻想我是古人中的一员，试图体会古人的感受——那是怎样的体验？使人放弃理智，像野兽一样彼此吮吸？那一定是一种美好的体验，无须经过大脑便可直达肉体的最深处。我对此越来越着迷，就像古人对毒品着迷，我终于决定亲自试一试。

我使用了自己设计的机器人。"她"叫 Lisa，完全依照三百年前的一位东方电影明星设计的，我现在不觉得古人概念里的美人有什么奇怪了，甚至能够感受到她们的美，大概就像研究青蛙的科学家会觉得青蛙也很美丽吧？反正我从古代的视频记录里发现了这位明星，简直美得令人窒息，她或许不具备能够抵抗疾病的完美基因，但不够完美的基因恰巧造就了她的美，她或许活不到一百岁，但她活着的时候，每一分钟都是完美的。我只制造了一台 Lisa，把"她"藏在我的公寓里，我决定让"她"成为绝版。真正的美是不能被复制的。

我和 Lisa 尝试着像古人一样做爱，第一次丝毫没感觉到快乐。我受到了打击，好像进化到 25 世纪的优质人类已经丧失了某种原始而神奇的特质。我更加频繁地尝试，终于渐渐体会到了美妙之处——古人的爱好往往带着自虐的意味，就像香烟和文身，头几次并不愉快，但最终都难以自拔，这是无师自通的事。

我终于掉进了"罪恶的深渊"——这是审判官的评语，可我并不觉得有什么罪恶，美不可言的快感怎么能是罪恶呢？当你把嘴唇贴在绝美的温热的面颊上，同时冲上快乐的巅峰，那怎么会是罪恶呢？我倒是因为自己的身材和面容远不及 Lisa 而感到了罪恶，好像一个丑陋的人在玷污美丽的天使。这种罪恶越来越严重，让我难以得到以前做爱时得到过的欢愉。终于有一天，我做了一件令以前的我根本无法想象的事情。

我站在一座建筑物的楼顶，把助燃剂浇在头顶，点燃了，纵身一跃。

我事先用电脑做过模拟分析，知道有 75% 的机会保住性命，却只有 25% 的机会保住腿，脸则是 0%。

我在康复中心接受了三个月的治疗，电脑根据我的意愿重塑了我的脸，并给我装了假肢。电脑程序当然也会审核我的意愿，但唯一的审核标准就是，那张脸和当前在世的任何人都不重复，尽管当前在世的所有人都拥有非常相似的脸。我采用了三百年前一位男演员的脸，当代肯定没人长成那个样子。我的机械腿也比以前的真腿长了 20 公分。我没办法拉长上身，因此腿长得有点儿比例失调，除此之外，我认为我完美极了。当我走出医院的一刻，街上所有的行人都向我投来异样的目光，这让我无比骄傲。我是这世界上独一无二的人，拥有人类不再能够理解的美。我回到自己的实验室，和最美丽的 Lisa 做爱，我体验到了人生最美妙的时刻，并且生平第一次感到了嫉妒。我嫉妒几百年前的人类，那个我本以为是肮脏、邪恶和愚昧的人类。我和 Lisa 合了影，并把照片上传到网络上，我为照片配了一句话：已经被人类丢弃的美。

　　警察是在二十分钟后上门的，由一名真人警长带领着十个防爆机器人，其实哪用得着那么兴师动众。警长要带我去康复中心，我说：我不去，我没有病，比你们谁都健康。他说：那就去拘留所，在那里等待审判吧！

2.

　　失去了防护服的保护，Chris 就是一个不具备任何抵抗能力的孩子。他迅速放弃了挣扎，一个劲儿地求饶，语无伦次，比真正的孩子还没出息。谁能想到 H 区一人之下万人之上的 Chris 也有今天！为了这一天，我已经计划了很久，苦于一直找不到机会。

　　Chris 身上的防护服是任何生物体都无法突破的，即便是专业防爆机器人，也需要两台以上才能制服他——第一台用来破坏防护服的功能，但机器人本身也会同时报废。可我控制不了防爆机器人，我就只能控制我自己设计的色情机器人，它们是不能离开梵思府的，可 Chris 从来不会光顾梵思府的，那个家伙除了狡猾的大脑，其他部位都还没发育成人呢！

　　我复苏之后——也就是刑满释放之后，自然也被算作是复苏人，只能被送到 H 区，永远地留在这里。我对此原本没什么异议——我宁可生活在复苏人当中，生活在性格各异、相貌各异的人当中，有的值得欣赏，有的值得讨厌。当然，他们看上去大多是老弱病残，没几个年轻漂亮，也正因如此，人们总是错把我也当成机器人。H 区年轻漂亮的大都是机器人——当然是符合古老审美观的那种，这也是让我倍感开心的事情。我申请继续和我设计的机器人一起工作——为梵思府店里的机器人进行维修和保养。住在地面上的那些工程师发现我工作得很好，索性让我自主研发新型色情机器人，他们本来也不想为复苏人多费脑筋，而我也比他们更了解复苏人的口味。

H区的一切都是令我满意的，直到我最好的朋友突然消失——是的，我居然有朋友了！尽管H区并不支持社交，但并没有法律禁止，我的工作包括向光顾梵思府的客人征求意见，因此很方便结识朋友。

我最要好的朋友是一位老科学家，他姓李，喜欢让人叫他李博士。他给我讲了很多有关过去的事情，让我对古代的人类有了更新的认识。他也让我把我掌握的当代科技知识告诉他，饥渴得像个学龄前儿童。我们愉快地交往了一年，几乎每周都见面，这让我渐渐产生了一种新奇的感受：我和另一个人之间，似乎建立了不同寻常的纽带——我期待着见到李博士，见面之前兴奋而紧张，见到了就立刻释然，我关注他的经历和体验，超过关注其他人的，我也希望被他关注，希望和他分享自己的事情。这种感受真是新奇，是只有他才能带给我的。我兴奋地要把这种体验跟他分享，却说得词不达意，乱七八糟。可他立刻就听懂了。他微笑着对我说：这就是友谊。

友谊，我此生听到过的最动听的词语，甚至比我和Lisa的性爱更美好。其实我早知道这个词，熟悉它在历史书里的定义，但只有在那一刻，我才似乎真的理解了。我问他：友谊是不是人类最美好的感情？他摇头，又点头，他说：人类有很多美好的感情，比如友情、亲情，都是建立在同样的基础之上——对彼此的信任和依赖，还有因此而产生的心甘情愿的付出。只要信任和依赖足够强大，友谊也可以胜过血缘。哦，对了，你大概也不了解血缘。他抱歉地耸了耸肩。我突然很羡慕他，羡慕H区除了我之外的所有人。我问李博士，还有多少原本属于人类的感受和体验，是我从来不曾感受过的？李博士回答，还有一种很重要的感情，是爱情，你大概还不了解。它在产生时往往和信任、依赖都关系不大，可以发生在纯粹的陌生人之间，建立在外表吸引——也就是基因优势——基础上的，也就是性爱，但爱情不同于性爱的地方就在于，人类要把它提升到亲情和友情的高度，从性爱的基础上衍生出信任和依赖来，所以到了最后还是一回事。

李博士的话让我沉思了许多天，不过并没有彻夜难眠。自从到了 H 区，我就再也没有失眠过，也没做过梦，这辈子我从来都没做过梦，就只在书上读到过，完全无法理解。李博士更细致地描述给我——当人睡着之后，会产生一些奇怪的幻觉：可以是实际中能够发生的，比如走路、奔跑、跌倒、和人吵架或者做爱，也可以是实际中不可能发生的，比如飞，所有这些经历在梦中都是完全真实的，有的使人愉快，有的使人悲伤，也有的让人恐惧，梦中的人是不知道自己在做梦的。尽管我弄不太清楚李博士说的那些感觉，比如幸福和悲伤，可我还是觉得做梦这件事非常神奇。我问李博士为什么完美时代的人从来都不做梦。李博士说，这也许是因为现代的人类太顺利，没任何挫折，不需要担心任何事情，当然也不期待任何事情，梦就消失了。我多么希望能做一次梦呢。美梦或者噩梦都可以，只要让我体验一次那种虚幻的感觉，哪怕只有短短的几分钟也可以！我尝试了很多次，在睡觉前对自己进行暗示，可从来没有成功，总是一觉到天明，八小时没有任何痕迹。我迫不及待地想要再见到李博士，也许他想到了更好的帮我做梦的办法，可突然间，我收到了由电脑自动发出的讣告：李博士去世了，我们前几天还在大草地边的小径上散过步。

我生平第一次感觉到了悲伤，这和我无所事事时的感觉不同，和我编程遇到挫折的感觉也不同，和我服刑时寂寞难耐的感觉更不同。这是一种身体被掏空的感觉。五脏六腑，神经和血肉，被一把无形的刀慢慢地割除。正如古人在书里形容的：心如刀割。在此之前，我无论如何理解不了，无形的精神怎能让有形的肉体感到伤痛呢?

除了悲伤,我还非常疑惑不解,扣除冬眠的时间,李博士只有七十一岁,而按照 26 世纪的医学科技,复苏人应该能活至少一百二十岁的。我曾给 H 区社安局和健康局都写了邮件询问,却并未得到回复。悲伤渐渐平息,但孤独与日俱增。我尝试着结交更多朋友,但朋友接二连三地去世,都在并不是很老的年纪。这让我深感不解,直到有一天,我突然发现一件事:我在为一台性爱机器人排除故障时查阅它的历史工作日志——那是我在编程时为了纠错而设置的,之后也没删除——我竟然发现了李博士光顾的记录,时间是在他"去世"之后!我万分惊异,立刻查阅了 H 区梵思府每一台机器人的所有历史记录。然后,我发现了另外几个已经"去世"的朋友也曾光顾过梵思府,而且都是在午夜之后,在我们熟睡的时候。难道是古人说的"鬼魂"?我不太相信,可又无法解释机器人的记录。我走遍了 H 区所有的公共场所,并没发现李博士,我认真检查了许多遍程序,以确保那记录并不是程序故障导致的,我还在程序里设置了监控机制,以便当李博士再次光顾任何一家梵思府店时立刻得到通知。不过如果是凌晨,通知了也没用,因为不到八点,我是醒不过来的。

我最终确定程序没有问题,可李博士就此消失了,再也没光顾过任何一间梵思府。我疑惑了很久,不知该跟谁探讨,我的直觉告诉我,不应该给 H 区健康局或社安局发邮件。可除此之外,我又不知还能做些什么。我纠结了好一阵子,突然开始在我预订的汉堡包里发现字条,一张接着一张。这是非常古老的交流方式,却又是最可靠的——不经过任何电脑系统。字条上的文字总是在遇到空气后的几分钟就消失,踪影全无。

字条来自"真理者",至少这是字条上的署名。我想知道谁是真理者,但并不那么迫切,让我感觉万分迫切的是,我知道了 H

区一个不可告人的秘密，这秘密让我的朋友们"消失"，也将会让更多的人"消失"，我想我有责任把它公之于众，但必须能够得到H区人民的信任。信任从何而来？你一定会说是证据。其实不然。人类口口声声尊重事实，其实只在意所谓的"事实"到底从谁嘴里说出来。人只相信自己愿意相信的人，只相信自己愿意相信的事，这早就被许多人类学家深信不疑。因此我的任务是找到一张能令人信服的脸，让这张脸把事实说出来，反反复复，不厌其烦。这是历代统治者和革命者惯用的手段：洗脑法则。大到宗教信仰，小到鸡毛蒜皮，洗脑法则总会对大多数人生效。是不是事实并不重要，重要的是重复的次数够不够多，这是人类的缺陷，有时也是希望。除了找到让众人信任的"代言人"，我还需要一个推动力，使量变成为质变，让被洗脑的人坚信不疑，并且起来战斗！这就更难了。"代言人"都还没找到呢。我知道复苏人喜欢跟什么样的人做爱，可我不知道他们到底会信任谁，我猜这不应该是同一回事。但好看总归没错，漂亮的脸是不是比丑陋的脸更容易得到信任？

我利用职务之便，设计了一个大数据计算模型，用电脑分析了上万张人脸，不断增加各种参数，使公式越来越长，到最后连我自己都不记得那些"配方"从何而来。电脑昼夜不停地运算，终于生成了一张人脸，说实话我有些失望，因为那张脸看上去很平庸。那是一张东方女性的脸，三十多岁，五官小巧，但并不出众，比不上我设计过的任何一款机器人。我正打算检查我的公式，却再次收到了夹在汉堡包里的字条，字条里印着一张照片，照片上的女人竟然和我用大数据运算得到的脸一模一样！字条上说：这位叫作暮雪叶的东方女性是在五百年前被冷冻的，最近将被解冻，根据某种古老的传说，她拥有改变世界的力量。这种说辞听上去并不可靠，但毕竟我的公式计算出了完全一样的脸，如果这只是巧合，概率就只有亿万分之一。所以我决定相信，这就是我要找的代言人，我将通过暮雪叶的脸，让 H 区的所有人都相信我即将告诉他们的秘密！

但暮雪叶有个麻烦，她有个丈夫，叫秦朝阳。他们是一起冬眠的，因为他的妻子身患绝症，这本来也不算什么麻烦，但电脑系统却恰恰让他们在同时复苏，秦朝阳还比暮雪叶早几天醒来，他不可能不去寻找妻子。看来，"真理者"虽然有本事操控自动送餐系统，在我的汉堡中偷偷塞上纸条，却没本事操控 H 区移民局的电脑系统，否则他——让我姑且把"真理者"想象成一位男性——一定会只让暮雪叶醒过来，而让她的老公继续冬眠下去。

但真理者还是很有手段的，他让我到第 13 复苏中心去，冒充机器人接待暮雪叶的丈夫——移民局的电脑安排暮雪叶在那里接受复苏术。我半信半疑，不相信我能自由出入复苏中心那种重要的地方，可我很顺利地进入了第 13 复苏中心，没碰上任何一位工作人员，就连机器人也没碰上一个。不仅如此，就在从我公寓往返第 13 复苏中心的路上，我也没碰上任何路人，这算不算天时地利人和？秦朝阳的问题顺利解决了，暮雪叶全由我支配。其实我需要的，只是认真研究她的脸——我一共制造了二十个"暮雪叶"，让她们出现在 H 区的每间梵思府里，成为主打新秀，给光临梵思府的客人们洗脑。为了增加效果，我还更改了所有其他性爱机器人的程序，让它们都学会洗脑——正在做爱的人是最缺乏理智的，大概也最容易被洗脑。

有关暮雪叶的计划进展顺利，但这只是我计划中的一部分，另一部分，也就是有关从量变到质变的推动力，我还是没什么线索。我百思不得其解，这次又是真理者藏在汉堡包里的纸条指明了方向：没有比 Chris 的坦白更管用的了。

可我怎么得到 Chris 的坦白呢？他又不到梵思府店里来。实际上，我根本不知道他平时都在哪里，总不能指望着在街上碰到他，然后请他说出真相吧？我又不能使用暴力，他还穿着防护服呢！再说大街上到处都是犯罪探测器，只要有人尖叫、跌倒或者快速奔跑，机器警察都会在一分钟之内赶到现场。在 H 区所有的公共场所，只有梵思府里没有安装犯罪探测器，动静再大也不会引来机器警察。不然的话，那些报警器还不知要发生多少次错误报警，梵思府早就被机器警察踩平了。

所以结论是显然的：使 Chris 到梵思府店里来。这似乎是个不可能完成的任务，真理者却很有信心：有一个人可以帮助我们——秦朝阳。这对夫妻大概并不知道，他们对拯救 H 区的复苏人做出了多大贡献。我的任务很简单：按照真理者的计划，定期把用同样方式书写的小纸条埋在大草坪小径边的泥土里——都是写给秦朝阳的。我猜真理者也通过某种方式通知了秦朝阳，让他按时去大草地取那些字条。那些字条告诉秦朝阳，他的妻子并没有死，这是 H 区的重大阴谋，而 Chris 就是这阴谋的帮凶。要想弄清楚谜底，弄清楚他的妻子到底在哪儿，就必须捉住 Chris，而捉住 Chris 的唯一方法，就是把他引到梵思府店里来。如此这般……我心里当然清楚，Chris 多半并不知道秦朝阳妻子的事情，他知道的是 H 区的"奶牛"和"集中营"的内幕。我为此感到歉意，因为我们在利用秦朝阳，而且没告诉他真相。但为了实现伟大的理想，撒点谎也不算什么，在古人的价值观里，目的的正确性远大于过程中的不正确性。

当然，日本人竹田也帮了点小忙。这也是真理者的命令：让我在街上主动跟竹田打招呼，等他跑回家以后，向他发射一个 3D 全息投影。尽管 3D 全息投影技术已经被人类广泛应用了几百年，可我在 H 区并没见到过，我还以为这里禁止了这种技术，其实并没有完全禁止，至少真理者有办法操作。那个可怜的神经质竹田！他肯定想不到，突然出现在他公寓门外的其实只是全息投影。

再然后，他们就如期地出现在梵思府里——秦朝阳、竹田夏，当然还有Chris。

是的，如期。不仅仅是预期的期，也是日期的期——今天将会是个重大的日子，或许会被写进史册！为了这个日子，我和真理者煞费苦心，制订了周密的计划，成败就在今天！所以，我怎么可能让Chris这个小滑头继续耍花招呢？我摸了摸鼻子上的眼镜——视读器，一切准备就绪了。

"求求你们！理智一些！我的身体一旦受到伤害，埋藏在我脑子里的芯片就会报警的。你们也跑不了！所以，让我们和平地走出去，就当一切都没发生！我用人格保证，绝不会举报你们！"悬在空中的Chris竟然还是那么啰唆，"求求你们！为自己想想！你们不想再冬眠几十年或者一百年，而且是清醒地冬眠吧？哦，你们可能还都不太了解现代人类惩罚犯人的方法！让我来解释一下冬眠监禁……"

我不等Chris说完，照着他的肚子来了一拳。他毕竟看上去只是个小孩子，所以我没使太大的力气，可他还是惨叫了一声，差点儿疼晕过去。

我当然知道冬眠监禁是怎么回事，这一拳就为了这个。"真理者"本来担心我不会使用暴力，看来这件事并没有想象中困难。秦朝阳也被我这一拳惊呆了，无措地把Chris放在地上，他立刻像个刺猬似的缩成一团。站在一边的竹田夏更是满脸惊恐，这两个复苏人远没有书和电影里描写的古人那么暴力。我朝着不断呻吟的Chris问道："你脑子里的芯片报警了吗？"

"也许……"

没等他说完，我又踹了他一脚，秦朝阳竟然抬手说："别打了！"可是不打怎么能让这条小走狗屈服呢？没想到我这个来自完美时代的现代人，反倒要向野蛮原始的古人展示暴力的必要性。完美时代没人会动别人一个手指头，因为没有爱或者恨需要表达，有人说暴力已经从人类的基因中退化了，可我仅仅用了几分钟就把它找回来了，这感觉可真痛快！看来，通过道德和法律压抑的原始人性不但不会退化，反而稍有机会就会变本加厉地爆发。

Chris 蜷缩在我脚底下不停地呻吟，看上去像是快要死了，可我很确定他脑子里的芯片并没报警，我的下肢是金属机械，我能非常精确地控制力道，我那一拳一脚根本不足以造成本质伤害。Chris 终于又缓过劲儿来，可身体并没有舒展开，仍缩成一团，鼻涕眼泪横流。看他的样子，也根本等不到芯片报警。果不其然，他求饶了："你们想知道什么，我都告诉你们！"

"H 区的分析师是怎么回事？"我抢在秦朝阳前面发问。这才是应该问的问题。有关他妻子的问题，以后我会向他解释。

"分析师？分析师……"Chris 暂停了颤抖和呻吟，眼珠一转，"那是为了保障复苏人身体健康的措施，就是睡觉的时候，会被收集大脑释放的脑电波，以便尽早察觉任何不良的生理和心理……啊！"

我照着 Chris 的屁股踹了一脚，比刚才那一脚重一些。Chris 惨叫一声，却没再继续呻吟，也许是疼得一时叫不出。这一脚果然管用，Chris 带着哭腔说："H 区每个人都是分析师，在夜间睡眠时，根据电磁波的刺激产生脑电波，再由安装在公寓里的接收器收集这些脑电波，为现在的人类所用。"

"现代的人类这么完美，要这些老古董的脑电波干什么？"

真理者早已通过纸条告诉我收集脑电波的事，但并没告诉我到底是为了什么，五十万人，每人每晚八小时，一分钟都不能少。要这么多的脑电波干什么？

"这我也……"Chris 大概又想要滑头，可看见我提了提右脚，立刻老实了，"我想，是因为现在的人类也许……也许并不是那么……完美。他们需要复苏人的想象力和创造力！"

Chris 的一番话让我莫名地想到了"梦"——现代人是不做梦的。我不知道这和想象力、创造力缺失是不是有什么联系。我的沉默反倒让 Chris 更紧张，大概是害怕我又冷不丁地给他一下，赶紧补充说："这是真的！现代人的基因都是经过电脑筛选的，虽说是在优选的基础上随机组合，但各异性还是一代代减小，到后来变得微乎其微，而且现代人从小过集体生活，接受完全一样的教育，经历和价值观都很一致，就连性格都差不多，因此缺乏想象力和创造力！缺乏想象力和创造力的社会是有许多麻烦的！所有的设计变得单一枯燥，意料之外的突发问题无法得到解决，重大的事故和灾难越来越多，而且查不出缘由，还有，科技的发展也完全停顿！所以，他们需要我们！"

Chris 怯怯地看了我一眼，他故意使用了"我们"这个词，好把我和他统一阵营，可他恰恰又弄错了，我并不是"我们"，我是缺乏想象力的"他们"，我连梦都不会做！

"所以，所谓'复苏人也有醒过来的权利'其实是骗人的？现代人让冬眠者复苏，其实是因为需要他们？"我的提问只不过是为了把 Chris 的坦白总结得更清楚，一针见血。

Chris 点点头，继续说下去："他们让冬眠者分期分批地醒过来，以保证任何时期都有具备各种技能和特长的复苏人，并按照复苏人的背景和技能来分配问题，这需要长期的规划，保证在相当长的时间内，一直有源源不断的复苏人醒过来。"

"所以，复苏人就像是'石油'，被现代人类'开采'？"秦朝阳插了一句。

"是的。就像你那个时代的石油。不过，人类其实早就不使用石油作为燃料了，现在最时髦的是蓝质——蓝质本身并不是能源，但它是非常强大的稳定剂，能够良好地抑制核反应，因此，人类可以安全而广泛地使用核能源，只要在微型反应堆四周加一层蓝质隔离罩，就永远不必担心会发生核反应事故，也正是因为蓝质的发现，这世界上再也没有哪个国家害怕别人的核武器，核弹头都变成废物了。"

Chris 又开始滔滔不绝，在任何情况下都是这么啰唆。竹田在点头，他来自 23 世纪，应该对蓝质的功效有所了解，秦朝阳则是一脸的惊异，这些对他大概又是全新的知识，我通过大草地传给他的纸条都是围绕他妻子的，从没涉及过蓝质。

秦朝阳问："蓝质不是治病的吗？"

Chris 点点头，一副学者派头——趴在地上的学者："那是人类最早发现的蓝质功能——极其细微的蓝质颗粒可以进入人类体内，也可以渗入每个细胞，定位非常精准，而且对人体无害，因此人类做到了真正的对症下药，能够彻底地移除有害细胞、细菌、病毒，而完全不破坏健康的细胞，这样一来，人类的疾病也基本成为可治愈的。所以，蓝质一开始被称为'健康之神'，可巴士联邦——也就是蓝质被发现的地方——有个古老的传说，说蓝质其实具有毁灭人类的能力。因此，有人联想到既然蓝质可以把治病的药送入人体，自然也可以把毒药送进去，杀人于无形，可这跟古老的毒气室有什么区别呢？所以很多人对这个解释并不满意。有人开始研究蓝质与核反应之间的关系，认为蓝质也许会增加核反应的威力，可没料到，蓝质竟然就像灭火器一样阻断了核反应，这下子蓝质不但没有毁灭人类，反而解决了能源危机和核危机，蓝质又被称为'和平之神'了。不过，有些科学家并没放弃有关蓝质毁灭世界的设想，甚至还有人说，最早发现蓝质的人曾经发现了某个秘密配方，并把它锁在一个密码器里，但过了几百年，没人知道配方是什么，也没人能打开密码器。"

"是吗？我还以为那只是传说，骗小孩的。"竹田开口了，他似乎对此很感兴趣，这突如其来的声线变化也惊醒了我——我就是这样，每当有人谈论人类历史，我就听得入迷。我突然醒悟过来，Chris 是在故意拖延时间，我差点儿上了他的当！我举起拳头，Chris 立刻脸色煞白，一个字也不敢多说了。

我回到正题："在夜间睡眠时被摄取思想，对身体是有严重损害的，是不是？这就是 H 区的每个人都会感到头晕的原因。"

"不会的！"Chris 力图辩解，我又挥舞了一下拳头，他赶忙改口，"也许是有一点，但没那么严重，八小时是上限！只要不超过八小时，就不会对身体造成本质的伤害！"

原来如此！ H 区的每个人都被迫每晚"睡眠"八小时，一分钟不能少，其实是被最大限度地奴役呢！

"可我们每天不止睡八个小时！我们每天睡十六个小时！我们是不是在'集中营'里？"竹田惊恐地瞪着 Chris，脸色煞白，像是在问：我们是不是要死了？

竹田的话让我也倍感吃惊！真理者在纸条上提到过"集中营"，但似乎连他自己都不清楚那具体是什么，只知道那是对复苏人非常不利的地方。李博士是不是就在那里？如果每天"睡"八小时已经是极限，那么"睡"十六个小时岂不就是谋杀？我弯下腰，揪住 Chris 的衣领，把他从地上提起来："集中营在哪里？李博士是不是被你们弄到集中营里去了？其他所谓'死去'的人是不是都被你们弄到那里去了？"

"他们……他们哪里都没去！"Chris 瑟瑟发抖，生怕我对这个回答不满意，赶紧说，"别！我还没有说完！他们就在自己的公寓里，没去别的地方！只不过，他们的昼夜和我们……和他们……颠倒着！"

Chris 看看我，又看看秦朝阳和竹田，大概是弄不清楚该怎样定义"我们""他们"。

"为什么要让'集中营'里的人昼夜颠倒？"

"因为……因为……"Chris偷看我一眼，看到了握紧的拳头，"因为分析师不够用！H区的复苏人根本不够用！复苏人的大脑并不那么听指挥，未必老老实实地思考和回答问题，所以，一百个问题里，大概只有一两个能激发出有意义的答案！所以现代人需要大量的复苏人！以H区目前的人口，根本不足以满足现代人的需求！可他们又不能让太多的人醒过来，总要为未来做些打算！"

"所以'集中营'是用来加班的？"我追问，内心感到一阵莫名的恐惧。

"是！复苏人过了一定的年纪，大脑功能衰退，工作效率会显著降低。H区就按照需要，选择那些本身具备丰富想象力和创造力，却又快要进入衰退期的复苏人，让他们进入'集中营'时区，每天睡眠十六小时，在衰退前尽量多做贡献！可这样还是不够，所以，越来越多的复苏人会进入'集中营'时区。"

我追问："难道这样不会加速他们的衰退过程吗？"

"不会。"Chris果断地摇头。

"撒谎！"我怒斥一声，Chris立刻打了个激灵，惴惴地说，"真的不会！因为……因为衰退过程主要和年龄有关，和工作强度关系没有那么大，而且……而且这么高的强度，大概也……也活不到真正衰退了！在'集中营'里的寿命，顶多也就一两年！"

我心里一沉，手里却一轻，"扑通"一声，Chris掉在地上，又哀号了一声。我可顾不上他有多疼，我心里只有一个念头：李博士。

我还没来得及再出手，竹田已经把Chris从地板上又提了起来，声音颤抖地说："怪不得！怪不得我在街上就只能见到垂死的人！你们……你们为什么要把我关进集中营？为什么？为什么？！"

"让你们几个进入'集中营'时区，真的不是为了剥削你们的思想！就只是为了隔离你们！暂时的，暂时的！H区社安局认为你们对社会有危险，需要进一步调查！调查结束了，就会让你们回到正常时区的！"

Chris边挣扎边解释，秦朝阳却突然上前一步，从竹田手中夺过Chris，把他放回地面上，弯下身子，非常郑重地问他："叶子在哪儿？在集中营，还是正常的时区？她还活着吗？"

"我真的不知道她……"

我一脚踹在Chris肚子上，这回使了更多力气，为了让他住口，也为了李博士——我这辈子第一个也是最亲密的朋友。Chris立刻缩成一团，口吐白沫，根本没发出任何声音。我已经不在乎他脑子里的芯片会不会报警了。我已经获得了我需要的，反正再过几分钟，整个H区都将知道事实真相，而且这真相将会从一人之下万人之上的小走狗嘴里说出来。

我扶了扶鼻子上的视读器，对秦朝阳和竹田说："搭把手，把这家伙弄到房顶上去！"

3.

房顶上已经站满了"人"，其实并不是真人，而是我设计的那些在H区梵思府里的"心灵导师"。按照H区所有机器人的基础程序代码，每个机器人都有被限定的活动范围，我设计的机器人只能在梵思府里活动，也可以搭乘无人驾驶汽车到另一家梵思府去，但必须是去另一家梵思府，如果是去别的地方，或者被丢在途中，它们就会变成一堆废铁，这部分代码是社安局植入的，我无法修改，但代码里有个小漏洞：梵思府建筑的房顶也算是梵思府的地盘，所以，我把 H 区二十家梵思府里最受欢迎的"心灵导师"全都召集到这房顶上来，让小广场上站着的人们看见它们。

小广场上站立的可不是机器人，他们都是真人——H 区的复苏人居民们。自早上 7 点——H 区为复苏人规定的"起床"时间，就有人陆陆续续集结到广场上，这会儿已经占据了大半个广场，总共有五六百人，还有更多的人陆续走进广场，自从建成的那天起，H 区还从来没出现过这么热闹的景象。

人们都是冲着房顶上的机器人来的，在过去的几个月里，他们总是在享受快感时听到一些莫名其妙的话语。他们起先感到别扭，然后习以为常，再然后，他们开始关心话语背后的意思。最近的两周，"高潮"时的呢喃突然变得更具体，甚至包含时间和地点："后天，礼拜日早上 8 点，到小广场上去！你们对 H 区的疑问将得到解答！"那些疑问原本并不是他们的，可反复听了许多次之后，他们渐渐认为，那其实是 H 区每个复苏人都必须弄清楚的问题。

房顶上的机器人有"男"有"女"，大部分美艳绝伦。但我相信，最耀眼的还是站在最前排的二十个"暮雪叶"。这是一件奇妙的事——单一的暮雪叶并不算很美，在人群中根本难以引起注意，但当许多个暮雪叶整齐地站在一起，看上去却美得令人窒息：二十个乌黑的齐耳短发，二十张苍白如雪的面颊，二十颗红樱桃似的小嘴唇，二十套乳白色的真丝睡衣，二十副错落有致的小身体，二十双洁白的玉腿……再次印证了"重复"的力量：重复使平凡变得不凡，就像沙漠使沙粒不凡，大海使水滴不凡。我站在"心灵导师"的队伍背后，透过"暮雪叶"队列的缝隙，看见广场里那些仰着头的复苏人，他们都看得如痴如醉。

只有秦朝阳是个例外，他沉默着站在我身边，把视线垂向地面，目光里充满了悲伤。他故意不去看那二十个"暮雪叶"的背影，对他而言，重复并不是美好的事，因为重复恰恰意味着，哪个都不是真的——我告诉了他，我一共做了二十个跟暮雪叶面貌相同的机器人，它们并不是他的妻子，其实我不说他也知道。我的确向他隐瞒了一件事，我以后也一定会告诉他真相，但不是现在，现在我们必须先完成更重要的任务，我再次让目光穿过那些"暮雪叶"的缝隙，看越来越多的复苏人走进小广场，这小广场我光顾过上百次，用我自己的脚步反复测量，推算出广场上人群密度和总人数的关系。按照现在的状况，总人数已经超过七百了，有些戴着视读器，有些没戴，我相信再过一会儿，所有人都会戴上视读器的。

"弗雷登先生，很抱歉打扰您……您知不知道，他们为什么把我关在集中营里？为什么……为什么觉得我对社会有危险？"竹田怯生生地在我耳边发问。他要是不问，我几乎忘了他也站在房顶上。我发现他面色苍白，目光惶恐，紧张得快要崩溃了。我故意轻描淡写地回答："H区社安局只是一套电脑程序，它根据每个复苏人的历史资料进行计算，你不是写过一本非常有影响力的书吗？那本书从某种意义上改变了人类的命运，我想这就是为什么电脑会把你列入名单。"

"那曼姬呢？她为什么也被关在集中营里？她有什么可危险的呢？还有个胖子强尼，还有秦朝阳，他们为什么也都在？"

这倒是问住我了。我不知道曼姬和强尼是谁，也不知道为什么秦朝阳和竹田会被同时关进集中营，我以前从来没想过这个问题。如果说竹田还有些历史背景的话，秦朝阳却完全不值一提，尽管他的确帮着我把 Chris 引到梵思府里来了，但是把秦朝阳和竹田关进集中营的是H区社安局，而暗中指引我绑架 Chris 的"真理者"显然是与社安局为敌的，我用目光搜索广场上的复苏人，猜测着"真理者"是不是就在他们当中——他不可能不来亲眼目睹这一场由他策划的革命，哪个是他呢？我试图扫过每张脸，但那是不可能的，那些脸前后堆叠在一起，小广场上已经挤满了人，越来越多的人戴上了视读器，他们预感着得到"解答"的时刻就快到来了。

竹田又在我耳边嘀咕："如果一直研究不明白呢？就会像除掉敌人一样顺便除掉我们？不是说，在集中营里活不过两年……"

"不必担心那些了！"我不耐烦地打断竹田，按照我的推算，那些重叠的人脸意味着广场上的人数已经过千了！哪怕只有一千人，一千副视读器，我的计划就可以实施了！

H区无处不在的显示屏全部采用了定向偏振解码技术，每块显示屏都能在有效距离内同时和九百九十九副视读器保持"单线联系"——让视读器的佩戴者看到专属的画面，从来没人设想过，如果有超过九百九十九副视读器同时和某块屏幕建立交流会怎么样，因为H区永远不存在这种可能性——在某块屏幕的有效接收范围内，同时出现九百九十九个人，就连九十九个都不大可能。可今天，多亏我们的"心灵导师"们，这不可能的情形却发生了！如果为显示屏编程的工程师事先并没有为此设置任何应急措施，那么最有可能的结果是什么？溢出错误——这就如同在防火墙上开了个洞，让入侵者长驱直入。其实，对此我并没有十足的把握，但我用梵思府的系统程序模块做过测试——我用电脑模拟了一千个客人同时出现在梵思府前台的情况，系统程序立刻变得不堪一击。H区的所有程序模块应该都是按照同一套逻辑编写的，尽管曾经有上千个软件工程师参与过编程，但我相信他们根本没多少个体差异，因此一定会完全服从命令，谁也不会想到在自己的程序里变个花样。我曾经就是他们当中的一员，很清楚他们怎么工作。

所以，我又对惶恐不安的竹田说："别再担心H区社安局是不是把你当成敌人了！因为从现在开始，H 区所有的复苏人都将成为社安局的敌人！"

我让一名外貌酷似阿波罗神的"男性"心灵导师提着 Chris，跟随我穿过那些"暮雪叶"们，走到房顶的最外侧，让广场上所有的人都能清楚地看见我们。Chris 紧闭着双眼装死，可周身还是忍不住瑟瑟发抖，这是他目前最好的战术——假装昏迷。地球法不会要求任何被胁迫的人承担法律责任，没什么比昏迷更能体现胁迫的严重程度了。可我并不在乎，不管他是否清醒，他终于出现在 H 区复苏人的眼前了！这里就是他的被告席，也是 H 区"大总管"波特曼的被告席，更是修建 H 区的现代人类的被告席！我扫视广场，通过鼻子上架着的视读器，我能看见许许多多的屏幕，其中最为醒目的，就是排列在小广场四周建筑墙壁上的那些，每一面建筑墙壁上都并排陈列着六到八块屏幕，每块都有八米高，十米宽，这许多巨大的屏幕上正随机播放着风景画面。我大声对着广场说："如果你还没戴上视读器的话，请现在就戴上吧！你将看到被统治者掩盖的真相！"

几秒钟之后，那些随机的风景画面突然消失了，变成一片寂寞的蓝色，好大的一片，像海水般团团围住广场——系统已经发生了错误，因为超过九百九十九个视读器和它们同时建立了联系。我从裤兜里掏出微型触摸屏——我经常随身携带的工作界面，原本为了调试梵思府系统而设计的，但现在，它将要控制整个 H 区的视频通信系统！我输入一句指令，内心既紧张又兴奋，几乎让我窒息，这又是我在二十岁之前从未体验过的感受。我按下执行键，四周墙壁上的显示屏化作一片雪花，随即出现了 Chris 蜷缩在地板上的画面——许许多多的 Chris，蜷缩着趴在许许多多的屏幕上！我努力抑制内心的狂喜，小心翼翼地摘掉鼻子上的视读器，那些屏幕上的画面果然还在！被破解的系统不再需要视读器，也不再因人而异地展示画面。H区所有的屏幕——不仅仅是小广场四周的这些，还有其他建筑墙壁上的、安装在室内墙壁和家具上的、在无人驾驶车辆内外的，还有在每个复苏人公寓里的……所有的屏幕都在向所有人展示着同样的画面！我成功了！我激动得差点跳起来！这种感觉是不是李博士提到过的"幸福"？我按下暂停键，让Chris在屏幕上定格。我竭尽全力地高喊，其实那并不必要，我的耳麦会把我发出的声音清晰地传向整个H区：

"荷艾文区的人们！你们都认识这个人吧？他就是H区大名鼎鼎的新生顾问Chris，是H区最高领导人波特曼跟前的红人！对于H区，他知道得比我们多得多！现在，就让他把知道的都告诉大家！"

屏幕上的Chris开始在地板上扭动呻吟——这是我刚才录制的画面——不仅仅呻吟，还有他刚才说出的每一句话，而且已经经过电脑剪辑，剪掉了多余的画面——比如我对Chris拳打脚踢，也剪掉了别人无关紧要的插话，只保留Chris亲口说出的那些最关键的句子，有些地方加入了我的解释和补充。这并不是颠倒黑白，只是突出重点，借题发挥，人类早就发明了利用这种技能的行业，并且称之为"媒体"。

视频仍在继续，小广场起先非常安静，当Chris说到H区的每个复苏人都在睡眠时向现代人类提供想象力和创造力时，人群里出现了一阵小小的骚动，当Chris说到"集中营"里的人每天被迫睡眠十六小时，骚动迅速膨胀，而当Chris说出"集中营"里人的寿命顶多一两年时，广场上已是一片哗然！众人的声音如起伏的海浪，夹杂着竹田在视频里的喊叫："怪不得！怪不得我在街上就只能见到垂死的人！"

我恰到好处地把图像定格在竹田惊恐的脸上，趁着人潮的喧嚣稍有减弱，我高声喊道："这就是H区的真相！现代人类之所以让我们醒过来，就是为了把我们像奴隶一样关在 H 区，汲取我们的思想，剥削我们的创造力！就像剥削和奴役牲畜那样，根本不顾我们的死活！"

我稍做停顿，广场再度沸腾，有人歇斯底里地喊着："放了我们！我们不做奴隶！"但是仍有不少人沉默着，面带迷惑和怀疑。我继续高声说："现代人不会放了我们！因为他们什么都不会！创造力和想象力都退化了，他们根本少不了我们！他们不仅不会放了我们，还要得寸进尺！因为复苏人根本就不够用！他们会把越来越多的人送进'集中营'，让那些人每天昏睡十六个小时，然后迅速地死去！"

人群再次沸腾，更多的人正涌到早已水泄不通的广场上来，他们一定是通过公寓里的显示器看到了这一切，迫不及待地赶到广场上来了。许多人在高呼："我们不要进集中营！我们要离开 H 区！"有个女人尖厉的高音穿透人群："可如果我们不听他们的，他们会不会杀死我们？我们手无寸铁啊！"另一个男人高喊着附和她："是啊！毕竟只有少数上年纪的人才会被送进集中营！"

"反正最终也是要死的，有什么可怕呢？"我高声回答，猛地想起李博士，胸中似有一团火焰在燃烧。我继续播放视频，屏幕上的 Chris 再度开口："越来越多的复苏人会进入集中营！"人群里响起一片惊呼！这是我从古书里读到过的蒙太奇技术——适当调整镜头的先后顺序，把剧情推向高潮！我高声喊："越来越多的人已经在集中营里默默死去了！我的朋友，博学的、睿智的人们！他们正在快速地死去！"说到此处，我突然热泪盈眶，我克制住哽咽，声嘶力竭地喊，"现在集中营里不只是老人了！那里也有年轻人！甚至是刚刚复苏的年轻人！"

众人又是一阵惊呼，我飞奔着跑向秦朝阳和竹田，把他们拉到前面来，两人都不大情愿，但没关系，反正有好几个"心灵导师"帮我把他们推上来。他们的表情都很阴郁，说不出是紧张、恐惧，还是愤怒。这表情对于这个场合非常恰当！我转回身，继续向着台下的众人高呼："看看吧！他们两个——来自21世纪的秦朝阳，还有来自23世纪的竹田夏！他们都不是老年人！可他们都被关进了集中营！"

屋顶上的集会已经过半，我准备变换节奏，口号已经喊过了，下一步是煽情。煽情得从某个人的动人故事讲起——这也是从古书里学来的，可笑的人类，孜孜不倦地创作出那么多文章，只不过是为了给别人洗脑，或者教导人如何给别人洗脑的。但我的洗脑不同于那些骗取权力、名利和感情的垃圾，我是为了H区的人民！为了唤醒他们，帮助他们获得自由！我故意缓和了语气，我低沉的音色可以说非常动人：

"这一位，秦朝阳先生，善良而多情的人，他的妻子罹患绝症。尽管在五百年前，复苏术还没被发明，冬眠差不多就等于是自杀，可他还是决定陪着妻子一起冬眠，他，他是多么爱他的妻子！"

我飞快地瞥一眼秦朝阳，他低头狠狠盯着自己的脚尖，身体似乎在微微打战，二十个"暮雪叶"正站在他身边，可是没有一个会看他一眼，对他笑一笑。他的内心必定难过到极点了。太好了！这正是我需要的表情！整个广场被我的故事所感染，瞬间安静下来。

"他复苏之后，立刻迫切地寻找妻子，可他发现，他的妻子在复苏过程中去世了！可Chris——H区统治者的走狗——强迫他进行什么乱心症治疗，强迫他忘记他的妻子！难道让我们伤心的事情就一定要忘记吗？难道怀念本身不是一种财富吗？"

我再次哽咽，发自内心地感觉到悲伤，因为我又想到了李博士。原来感情并不是思想的产物，它常常走在思想的前面！我再次为我的新发现而兴奋，为人心的奇妙而感慨，我更为我的任务而激动着，眼看就要成功了！

"他们提防着秦朝阳先生，生怕他还在悄悄怀念着死去的妻子，所以，他们把他关进了集中营！这说明什么？说明如果对任何一个复苏人稍有怀疑，就会立刻把他关进集中营！没有法庭，也没有审判，就这么轻而易举地宣判我们的死刑！即便是一个极其普通的男人，怀念一个和他相爱了多年的普通女人，也会被关进预示着死亡的集中营！这和六百年前的德国纳粹有什么区别？"

人群再度混乱而狂躁，有的人怒骂，有的人开始抽泣。我趁热打铁，从身边拉过一个"暮雪叶"，在关键时刻，我要使用我的王牌——那张由大数据算法和"古老传说"共同推荐的脸！

"看看吧！就是这样一个普通、善良、纯洁的女人！你们大概都已经熟……"

"悉"字尚未出口，一个身影突然从侧面扑来，一个拳头重重地打在我鼻梁上，我仰头栽倒，秦朝阳已经压在我身上嘶哑地咆哮："叶子已经死了！不可以再利用她！你这个混蛋！"

两个跟他的"叶子"相貌相同的"暮雪叶"把他从我身上拽开，"她们"虽然身材瘦小，可是比他的力气大多了。我这才看清他那张严重扭曲变形的脸，就好像刚才那一拳并不是打在我脸上，而是打在他自己脸上。我看不懂那表情，是仇恨吗？可他的嘴角在不断抽搐，看上去像是在笑，可他的眼睛里正充满了泪水，我的鼻子正由麻木变作疼痛，我确信他是愤怒的，愤怒带给他力量，可泪水代表的不是脆弱吗？难道愤怒也能使人脆弱？

突然间，秦朝阳挣脱了两个"暮雪叶"的机械手，又朝着我扑过来，这怎么可能呢？即便是提供性服务的机器人，也比人类强壮太多了！可秦朝阳已经面朝着我扑上来，狠狠地把我压倒了，不仅我们倒了，四周的机器人全都倒下来，纷纷压住我们，透过横七竖八的白色躯体的缝隙，我看见"礼花"正在空中盛开，一道道交织成网，空气中瞬间布满了电线短路烧焦的气味，一股股白烟在我四周升腾。我挣扎着从冒着烟的"暮雪叶"堆里爬出来，我突然产生了一种想要逃跑的感觉，也是这辈子第一次出现，不过并不美好，正相反，这感觉可怕极了！我努力站起身子，向四周张望，房顶上没有任何一台机器人还站立着，呛鼻的白烟越来越浓，"礼花"已经从空中消失了，换作湛蓝的天空，自从来到 H区，我还从来没见到过这么蓝的天空！

我突然明白过来，那并不是 H 区的天空，那是蓝质云！它们来自远处那条碧蓝的河流。许多条碧蓝如宝石的蓝质流，正如彩虹般从河面腾空而起，就像被大吸尘器吸起来，形成许多蓝色的虹，把整个 H 区团团包围！紧接着，漫天的蓝色雨点就飘落下来，我感到一阵剧烈的眩晕，强撑着不倒下去，可广场上的人正在纷纷晕倒，Chris 已经从四周的屏幕上消失了，换作波特曼将军愤怒的脸——许许多多巨大的、苍白的、穷凶极恶的脸，把广场四面的墙壁都占满了。

我瞬间意识到发生了什么——波特曼掌控的 H 区社安局开始行动了！刚才那一道道"礼花"是从四处隐藏着的激光枪里发出的光束，摧毁了我的机器人，现在，他们要用蓝质雨让所有的复苏人昏睡过去！我竭尽全力地高喊："荷艾文区的人民！不要让现代人得逞！要坚决地斗争下去！现代人比复苏人愚蠢！他们斗不过……"

我的话还没说完，天空中再度出现一道"礼花"，直向我袭来。我只觉胸口重重一击，立刻仰面倒下了。

这次不是电线烧焦的气味，而是野餐烧烤的气味，那气味就来自我的胸口。我后背的地面似乎消失了，我开始快速下坠，仿佛正跌进无底深渊，我使劲儿睁着眼，可眼前的一切正变得模糊，突然间，下坠停止了，我的脖子被一只胳膊拦住，我看见秦朝阳的脸，离我很近，嘴张得很大，声音却很遥远。他似乎正在呼唤我的名字：弗雷登！

Freedom。

我用尽所有的力气，嘴里却只有微弱的气息冒出来："你妻子……你妻子……"我只能说出这几个字，剩下的话再也说不出来，我身边都是横七竖八的"暮雪叶"，一动不动地冒着烟，白色的衣裙已经变成片片的焦黑，我突然得到了另一种全新的感受——一种非常痛苦的感受，它不同于乏味、寂寞、愤怒、悲伤、恐惧，都不是。大概这就是……愧疚？记得李博士说过，愧疚，才是人类最痛苦的感受。

突然间，那堆冒着烟的"暮雪叶"开始移动，不，其实能够移动的就只有一个——她正从最底下挣扎着爬出来，她的白色睡衣上也有焦黑的痕迹，但除了黑色，还有殷红的——血！我心中一阵释然，真是轻松极了。

突然间，秦朝阳的脸再次出现在我眼前，我隐约听见他遥远而急切的声音："……你做过多少个……？"

"二……十……"

"可楼下的房间里，还有一个？"

我使出所有力气，希望他能看出我在点头。支撑着我脖子的胳膊立刻消失了，我继续下坠。秦朝阳的脸也从我的视野里消失了，我知道他去了哪里，我很想看看那场面，可惜看不见，我看不见秦朝阳奔向他的妻子，看不见倒在白烟中的机器人，看不见四周巨大的波特曼的脸，甚至看不见漫天落下的蓝色雨滴……

我眼前就只有一只残缺的手臂。那是某个机器人的手，苍白、纤细的手指尖茫然地指着一个方向。那只手非常美丽，让我想起Lisa——我制造的第一台机器人，也是唯一的一台。那是一百多年前的事了。Lisa 是那么美丽。李博士曾经提到过许多种古人的感情，我体会到了不少，却并没体会过爱情，李博士曾经说过：爱情是最难以捉摸的，也是以前的人类最为之着迷，也是最难明白的，有的人以为自己体验到了，其实并没有，另一些人则正相反。

谁知道呢？也许我体验过，只不过我并没有察觉。谁说必须爱上另一个真人呢？我想，我爱的是 Lisa。

就在意识即将消失的瞬间，我突然想到一个问题：我并没有看到"真理者"，至少，他并没让我看到他。正因如此，我感到一阵失望，甚至有一丝怀疑：他告诉过我的那些，也许未必是真理？这让我难过了一下下，但很快就不在乎了。

至少，我不会再被判处冬眠监禁了。

隐约间，我似乎看见李博士了，他正站在远处，微笑着朝我招手。难道这就是梦？我终于会做梦了！

我快活极了。

第七章 解放人类的将军 波特曼

2155 年 在巴土联邦出生
2224 年 在巴土联邦被冷冻
2515 年 在 H 区复苏

1.

我坐在二楼我的办公桌前，通过监视器看着一楼咖啡馆里的四个人像四只虫子似的蜷缩在地板上。他们被自动升降的隔板隔开，每人占据一个"单间"，那些碍事的桌子椅子都降到地板下面去了。这自动升降的设计，本来是为了对付入侵的不速之客的，现在倒成了理想的隔离审讯室。

我面前的监视器分成许多画面，有每个人的特写，也有咖啡厅的全景。咖啡厅被隔板隔得像个迷宫，或者像个棋盘，反正不再像咖啡厅。这座建筑——H 区主席办公楼里本来也不必有个咖啡厅，可我也不喜欢太过招摇，所以把一层变成咖啡厅，我感觉这样反而比安装一个安检站再布置几个机器警察更安全，也让我觉得更踏实。虚虚实实，真真假假，这原本就是我最擅长的。我的低调和顺从让不少人感到意外，毕竟是个曾经征服过世界的人，其实这一点儿也不奇怪。强迫你睡上几个世纪，你就跟我一样老实了。

我有点儿同情一楼地板上那四只"虫子"，不知他们醒来时能不能认得出来，这就是他们参加"迎新聚会"的地方，只不过，这次不会像上次那么愉快。可惜主谋弗雷登已经死了，算他幸运，躲开了几百年生不如死的 A 级监禁，这四个可就没那么幸运了。谁让他们跟 H 区作对呢？谁让他们把我的警告当成耳旁风？当初我就是在这间屋子里通过视频向他们宣读的世界法，我故意装出凶神恶煞的样子，就是为了让他们听话，可他们还是惹出这些麻烦来！我都三百年没审讯过谁了，我现在对逼着别人说话也没什么兴趣，人嘴里说出的话，大概是全宇宙最不值钱的东西了。可今天我不得不再次审讯，而且要审的不止一个，这可真是烦人！再过几分钟，他们就该醒过来了。

　　咖啡馆以外的那些人可不会这么快就醒过来——窗外是蓝色的，整个 H 区都笼罩在掺了催眠剂的蓝质雾里，满街都是熟睡的人，仅小广场上就有一千三百多人，横七竖八地躺着，做着千奇百怪的梦，可惜没办法采集，浪费了。这也是个麻烦！如果连续三天采集不到复苏人的思想，地面上的七个区就要有麻烦了。

　　两百年前，正在扬扬自得地享受着完美时代的人类突然遭遇了一次重大的自然灾害，地震引发的海啸瞬间吞噬了十七座大型沿海城市。人类竟然面对着灾难束手无策，只会躲在家里等待援助，救援机器人则只能按照程序，通过无人机按顺序一家一家地救人，时间就这么被耽误，上百万人在灾难中死亡，许多人是在自己家里饿死的。除了救援机救出的十几万人，没有一个人自己逃生。专家们开始研究过去的人类如何应对灾难，他们惊愕地发现，即便是在极其原始的年代，人类的自救能力也比完美时代要强得多：在数百年前，有人把轮胎套在身上当作游泳圈，也有人用澡盆保住了婴儿的性命，这些都被完美时代的现代人惊为天才之举。可现代人为何想不到这些？专家们就此话题进一步研究，发现是人类的想象力退化了，不仅仅在应急自救方面退化了，在其他任何方面也都大不如前。人类已经近百年没有过任何显著的科研突破，有八十年没设计出一座全新风格的建筑，有六十年没创作出一段全新的旋律，或者拍出一部全新的电影，有五十多年没出版过新的小说，其实人类已经很久没创作过任何故事了，就连小孩子做游戏时胡编的那些，也都渐渐消失了。当然，完美时代的人类是充满正能量的，在电影和小说消亡的同时，犯罪率也逐渐消亡了，人类所有的苦难似乎都消失了，于是人类作出总结：故事是私情的产物，私情又是造成犯罪和苦难的根源，为了保护完美的社会，应该立法禁止私情，禁止传播私情的电影和小说，其实那只是人类的遮羞布而已，因为制定那些法律时，人类早已丧失了创造故事的想象力了。

没有新故事大概无所谓，没有新的音乐和建筑设计大概也不太有所谓，但是没有应对灾难的应急能力，没有发展科技的能力，就是重大的危机了。人类为此启动了复苏计划，得以继续那些依靠想象力和创造力的工作，新的建筑不断出现，科技继续发展，各种突发状况都能随时得到解决，人类越来越依赖复苏人的思想。如果连续三天采集不到复苏人的思想，地面上的七个区里有一半的实验室和设计室要停工，如果连续一周采集不到，地球上就又有70%的生产线要停产，人类就要陷入恐慌了！

这又是我的麻烦——这场"梵思府危机"证明H区管理不善。动乱虽然被成功镇压，但根源并不清楚，地球公社委员会问我怎么办，我只好建议：先让所有的复苏人就这么睡着，同时加速对参与者的审讯，弄清楚真正起因，把所有同伙绳之以法，然后再让所有人醒过来，这样最保险。我图的就是保险，宁可让所有的复苏人都睡眠严重过度，不排除某些倒霉蛋会再也醒不过来，也绝不能再来一次什么梵思府危机！

其实对复苏人而言，醒不醒过来又有什么区别？冬天泥土里的虫子，冻成僵尸，或者复苏后慢慢腐烂，又有什么区别？人类和虫子有什么区别？上帝根本不在乎，或者按照时髦的说法，宇宙根本不在乎，只是人类自己在乎罢了。

我一直弄不明白，宙斯、上帝、佛祖、宇宙，这些名词到底有什么区别。愚蠢的人类，明知本质上是同一件事，却非要为了表面的"说辞"争论不休，甚至大开杀戒。当然，领袖们并不愚蠢，愚蠢的是看不到本质的信众，萝卜和白菜要通过肥料分个高低，不在形式上大做文章，哪来的信众，哪来的权力？我一向坚持信仰，曾发誓为信仰而死，但被迫冬眠了几个世纪之后，我发现，换一个信仰一点儿也不困难，就像欺骗自己也并不困难，有时候比欺骗别人更容易些：连自己都骗不了，又怎样去骗别人？

地板上的四个倒霉蛋果然和"梵思府事件"扯上了关系，这四个本来是疑似危险分子，现在实锤了，当初把他们关进集中营，一点儿都不委屈他们。H区社安局对每个冬眠者进行了计算，把这四个人作为"危险分子"挑了出来，为了杜绝隐患，索性让这几个"危险分子"共同醒过来，把他们隔离在"集中营"里，对他们进行严密观察——H区没有死角，任何人的一言一行都在电脑的监控之下。

不过也有例外：艺术馆外的大草地——由于受到附近高浓度蓝质河的影响，电磁波传输不太顺畅，视频和音频信号也都弱得多，倒不是没有解决办法，但我建议地球公社委员会不要解决，以便识别那些别有用心的人。H区社安局的电脑会给频繁接近大草地的人更高的"危险分"——用来计算他们危害社会的趋势指数。现在的世界依靠电脑，所以什么都需要指数，什么都得打分。如果世界上还有选美比赛，大概也要根据鼻梁的高度、眼睛的距离、三围和四肢比例来打分，缺少了数据，电脑可分不出美丑，不过现在的人类都长得差不多，早就没有选美比赛了。

我看着屏幕，猜测着电脑会让谁先醒过来——有时候我也得猜，并没有太多主控权，我也不想要主控权，这样就不必担负主要责任。别人都当我是 H 区的统帅，可大部分时候我只不过是个监工，或者是个木偶。不论遇上大事小事，我都主动向地球公社委员会汇报，等他们来做决定。我宁可做个傀儡，让"区主席"的头衔成为奖章而非令牌。就算我曾经为人类做出过贡献，那也是三百多年前的事了。我心里清楚得很，就算我是解放人类的英雄和 H 区的主席，我仍然也只是个复苏人，是只能留在 H 区里的"低等动物"，所以我让上面的地球公社委员会知道，我什么都不图，就图安逸地度过晚年，我也让下面的 Chris 看出这一点，完全不加掩饰，乐呵呵地看着 Chris 在心里鄙视我。我早就懂得忍气吞声，也懂得卧薪尝胆，我要是不懂那些，也不可能在三百年前统一世界。

　　但"梵思府危机"真是麻烦，把我推到了风口浪尖，H 区自建成还从没出过这种乱子，整个地球都已经有两百多年没出现过任何抗议事件了。有什么可抗议的呢？这世界彻底的公平合理，人类彻底的自由平等，谁会不满意谁呢？所以，地球公社委员会对于"梵思府危机"有些手足无措，他们一直依赖的电脑也手足无措，因为无法从复苏人的睡梦里弄到处理方法——他们刚才都在大街上示威，现在又都在大街上睡觉，没几个在家里贡献脑电波。地球公社委员会逼着我审讯这几个复苏人，尽快弄清楚两件事：第一，这四个人为什么要参与该事件？第二，幕后是否还有别人？

　　我故意推托了一下，建议用电脑和测谎仪，可委员会坚持由我亲自审讯，因为这四个人里有人在测谎仪那里得过高分，他们已经不那么信任测谎仪了。他们让 Chris 协助我完成审讯，这正合我意。Chris 虽然名义上是我的助理，其实职能上早就超越了助理，H区大部分琐事都是由他直接处理的，根本无须得到我的批准，这小东西并不把我放在眼里。这样其实更好。有别人逞能，我就更安全了。

Chris刚刚经历了绑架和虐待，似乎还心有余悸。可我猜，他刚才也并没有真的很害怕，他比看上去坚强得多，而且埋在他脑子里的健康芯片也并没有报警。我本想让他直接到楼下的"迷宫"里去审问那几个人，可地球公社委员会显然比我更关心他，不让他亲自到一楼去，而是使用全息投影，这其实增加了一点儿难度：一个指头不碰，那也能算审问？不过我不担心，Chris的本事大着呢。

监视器发出细微的"哔"声，提醒我留意咖啡馆里的情况：强尼肥胖的身体扭动了一下，看来他将是第一个醒过来的。谁先醒过来这件事，是由电脑经过计算决定的，只要是能让电脑决定的事，地球公社委员会才不会让我操心，电脑当然比一个复苏人更值得信任。

按照电脑的计算，强尼是和危机事件关联度最低的。他既没去过大草地，也没对H区起过疑心，他就只和秦朝阳见过两次面，絮叨了不少听上去毫不相关的话题。地球公社委员会原本不太在意他，但听了我的建议，委员会同意不能完全忽略他，毕竟是他把"奶牛"的事第一次透露给秦朝阳的，也是他让秦朝阳发现，梵思府里的机器人跟暮雪叶长得一模一样。

强尼醒来时，Chris已经站在他面前了——当然不是Chris的肉身，是他的3D全息投影。Chris的"肉身"正乖乖站在我身边，仿佛准备随时听我指挥，其实他有的是主意。

强尼一脸迷惑，完全弄不清楚自己身在何处。他当然弄不清楚，他是熟睡着被机器人从他的公寓里搬到这里来的。他在"集中营"时区,"梵思府事件"发生时,他正在呼呼大睡,所以对其一无所知。当然没必要告诉他发生了什么。Chris 只说这是 H 区社安局的一次调查,请他全力配合。强尼看上去并没有因为陌生的环境而感到紧张,反而好像挺兴奋,困意瞬间就没了:"哈哈!你们终于想出点儿新鲜玩意儿了?"

"你见过秦朝阳几次?"Chris 似乎还因为刚才的事心有余悸,没兴致闲扯,直截了当地提问题,当然是演给地球公社委员会看的,我可真佩服这小子的演技。

"两次。"

"你们都谈了什么?"

"Chris!你不是早问过我这些了?我也早告诉过你啦!"强尼有些不耐烦,可又害怕 Chris 真的不理他了,所以又堆起笑脸,"问点儿别的!以前没问过的!"

"你为什么要跟他提起梵思府的机器人?"

"为什么不能提?谁不需要'心灵导师'?'心灵导师'不都是机器人吗?要不,你给我找几个真的?哈哈!"强尼猥琐地笑着,冲 Chris 挤眉弄眼,"那个老的就算了哈!叫什么来着,曼姬?实在太老了,不过还挺骚的,倒是可以让她去调教调教那些'心灵导师'!"

我不禁瞥了一眼监视器里的曼姬,她还一动不动地躺着,下身和上身别扭地拧着,显得胸脯大得出奇,即便是在昏睡中,她也能保持下贱的姿势。监视器上的数据显示,她的心跳在渐渐加快,下一个醒过来的就该是她。

"你为什么非要和秦朝阳聊这个话题?"Chris 继续一本正经地提问,强尼耸耸肩,一脸的不屑:"两个大男人,不聊婊子聊什么?"

"你仔细想想,就真的只聊过这些?"

"哦！对了！我们还聊了历史！这个够上档次吧？我告诉他巴土联邦是怎么形成的，他冬眠那会儿还没那个国家！"强尼叹了口气，"唉！没办法！他好像对历史比对女人更感兴趣！对啦，他会不会跟你一样？我是说，那个啥，有问题？"

强尼兴冲冲地向 Chris 做鬼脸，Chris 则面无表情得像个机器人："你曾经是巴土联邦最富有、最有权势的人，对吧？"

"你这个小东西今天是怎么了？"强尼一脸不解，"怎么这么冷冰冰干巴巴的，不如以前好玩了？"

"请回答我的问题。"

"那是！22 世纪有谁不知道强尼家族吗？"

强尼一脸得意，真是令人讨厌。但他的确有资格得意，强尼家族曾经垄断了巴土联邦所有的蓝质矿，这使他变成全世界最富有的人。可自从他把自己冷冻之后，那一切就不再是他的了，马吉德家族夺走了强尼家族的一切财产——并非因为贪婪，而是为了夺回巴土人民的尊严。强尼虽然裹着巴土人的皮，可灵魂早就卖给金钱和魔鬼了，他不仅把自己的灵魂卖给了魔鬼，还帮着魔鬼收买巴土人民的灵魂，他在深山和沙漠里修建的那些"金融度假酒店"就是用来收买灵魂的。马吉德家族替巴土人民夺回了蓝质矿，关闭了"金融度假酒店"，把开发蓝质赚来的钱都用来为巴土人民重建健康而有尊严的生活。但除此之外，马吉德家族还有更宏伟的理想——为巴土人民找回古老的信仰。但有关信仰的部分是要秘密进行的，否则全世界都会与马吉德家族为敌。22 世纪的马吉德家族还不够强大，不足以对抗堕落而邪恶的世界，人类历史上所有获得成功的革命，都少不了三样东西：金钱、谋略和耐心。

"当然，您是'蓝爹'嘛！"Chris 习惯性地身体微微前倾，流露出一点儿他常有的神态。他使用了强尼冬眠很多年后，一些小说和电影里为强尼起的绰号，但那是几百年前的事了。这个小东西懂得还挺多。

"哈哈！蓝爹？好吧！这么说也差不多！"强尼扬扬自得。

"您的'儿子'可真了不起呢！您了解它吗？"Chris 更放松了些，半开玩笑地说。强尼也就更来了兴致："当然！我儿子嘛！"

"据说您这个'儿子'威力无边，能毁灭世界，是这样吗？"

"哈哈！你们还没弄清楚？都过了三百多年了！"强尼越发得意了。这对话显然已经偏离了审问的主题，我收到了来自地球公社委员会的质疑，他们有些迷惑，弄不清这对话是什么意思。凭他们有限的想象力，弄不清是正常的。我向他们解释：想让一个人说真话，就得先让他放松警惕，闲聊和奉承最容易让一个人放松警惕。

"所以，你是知道还是不知道？"Chris 追问了一句。

"嘿！看来你们真的不知道！怪不得地球还这么太平！弄不明白更好！不然人类可就危险了！"强尼嘴角鄙夷地一抽。

我再次收到地球公社委员会的质疑。这可真麻烦，还得替 Chris 擦屁股！我解释说，强尼不太容易对付，但一切都在掌控之中。我向 Chris 打了个手势，他立刻严肃起来："强尼先生！请记住您是在接受荷艾文区社会安全局的调查，请认真回答我们的问题！"

"你们就这么问问题？社会安全局很了不起吗？有本事，宰了我？我无所谓的！"强尼一脸的不屑，对他这种人，任何的威胁都无济于事。不过，他骨子里毕竟还是个商人。他说："想从我这里得到些什么，总得给我一点儿好处吧？"

"什么好处？"

"比如，一个婊子？我可不要机器人！我说的是，真的女人！"

"给你一个真的女人，你就回答我的问题？"

强尼点点头:"当然!全都告诉你们!那些秘密对我早就没什么用了!"

Chris 的三维全息投影立刻从强尼眼前消失了。强尼叫道:"小子!你去哪儿了?怎么没了?说好的女人……"

他只叫了一半就不叫了,嘴还半张着,因为他眼前的"墙"正徐徐下降,落到地板下面去了,在前方不到两米处,他看到一个躺在地板上的女人,腰很细,乳房很大,她正从一场睡梦里苏醒过来。

曼姬眯着惺忪睡眼对强尼说:"蠢货,是你在叫'女人'吗?"

2.

我从来不相信电脑,不相信那些硅做的芯片能比得上人脑,可这一次电脑计算的顺序还挺合理:曼姬的确应该第二个醒过来。她去过大草坪,也对梵思府里的"奶牛"产生了强烈的好奇心,可她并没真的发现什么,当然也不知道 H 区刚刚发生的危机,即便知道也未必会很感兴趣。最让她感兴趣的还是男人。

果不其然,就连强尼这头又老又丑的猪,也能让曼姬产生一些兴趣。曼姬一醒过来就看到强尼,好像注射了一针兴奋剂,脸上的困意没了,立刻浮现出傲慢来——满脸都是傲慢,没半点儿诧异。只要让这女人发现身边有个男人,她的一切心思就都在男人身上,根本顾不上研究她自己到底是在哪儿。

强尼并没立刻开口,就只是色眯眯地看着曼姬,好像猎人发现了猎物。曼姬于是让自己看上去更加傲慢,把目光从强尼脸上挪开一点点,因此并不像是躲避,而是根本就没看见。

"他们把你给我了。"强尼吊起一边的眉梢,眼角、嘴角也跟着一起吊起来。

"对不起,你是在跟我说话吗?"曼姬斜睨着强尼,把眉毛抬得高高的。

"是啊！就是你！H区社会安全局把你给我了！"强尼怪笑了两声，"不过，我在想要不要！"

曼姬竟然"扑哧"一声笑出来："是没能力要吧，老东西？还是别丢人了！"

强尼没再多说一个字，猛然扑向曼姬，就像一头野猪扑向猎物。曼姬发出一声淫荡的尖叫，就被强尼按倒在地。她用鲜红的指甲撕扯强尼的衣服，在强尼的胳膊和胸口上划出血道子，但那不但不能阻止强尼，反而让他更加狂野，从喉咙里发出野兽般的咆哮，曼姬拼命把头往后仰着，浓厚的金发像拖把似的在地板上摆来摆去，她发出刺耳的尖叫，像刀尖划过玻璃，弄不清楚是因为愤怒还是陶醉。她可真让人恶心！这就是无比丑陋的低等人，如果不去拯救他们，就必须忍受他们的无耻和低贱。所以，只拯救巴士联邦的人民是不够的，必须拯救全世界！只有这样，才能让任何人都不再需要忍受无耻和下流。这曾是我和我父亲最大的分歧。他曾常常训斥我野心太大，担心我把马吉德家族几代人的心血毁于一旦，可惜他没活着见到我统一世界，所以，他永远无法了解他的儿子，也永远无法为他的儿子骄傲。

三个世纪前，我从父亲手中接过马吉德家族的权杖，遵照他的遗愿，把信仰继续隐藏，甚至隐藏得更深，加以各种伪装，可我违背了他的其他遗愿——救济巴士联邦的穷人，和西方世界保持距离。我把钱花在更有意义的事情上——跟西方世界建立更紧密的关系，大肆宣传我对传统观念的反感。我告诉全世界，我和大多数人类是一致的，支持大众支持的事情——自由、平等、热爱动物、保护环境……甚至包括肮脏的乱交——他们自以为是在享受自由，却不知道正在神的记事本上记下自己的罪债，可我并不想提醒他们。我的提醒只会被看成是对抗，跟大多数人对抗是愚蠢的。我让世界上大部分的年轻人认为，我跟他们是彻底的一条心，为此我花钱无数，做了许多表面看来无聊甚至无耻的宣传公关，我们一起摇旗呐喊，我甚至比他们叫得还响，表现得还愚蠢，我就像一个涉世未深的年轻学生。只有年轻人才会认为，莫须有的未来比生命还重要。我是他们见到的所有领袖里最无私和最革命的。我得到越来越多的支持，在暗中低调地发展势力，终于在2223年夏天，在日内瓦联合国总部的一间小房间里，我逼着三十多个国家的首脑签署了《地球共和协议》。当然，那个叫竹田的可怜虫也用他的小说帮了我一把。

都说是我解放了全人类，其实我只不过是推波助澜——逼那群老东西签协议的不是我，而是全世界。可老东西们全都归罪于我，他们的傲慢让他们无法看清自己失败的真正原因。这是人类的另一种愚蠢：总喜欢找只替罪羊来泄愤，以便寻求心理平衡，永远不知道找人泄愤不但解决不了问题的根源，反而让自己失去了斗志。我就是这样一只替罪羊。一年之后，他们发起了一项联合声明，以所有地球人的名义，请求我同意"为了人类"而冬眠，还美其名曰：把统一世界的人类领袖永久地保存，当人类在未来遇到什么大麻烦时，让他醒过来再次拯救人类。其实他们只是想除掉我。都说人类是从2300年开始把冬眠当成惩罚的，其实早在2224年他们就用冬眠惩罚了我。

还好他们在2515年让我醒了过来，因为现代人遭遇了前所未有的"能源危机"——这次不是石油，不是蓝质，不是水，也不是空气，而是思想。能够提供思想的复苏人严重不足，所以他们想到了我，让我醒过来帮他们管理 H 区，解决"思想"危机。我当然乐意帮忙，解决人类危机一直是我的理想，只不过，人类的危机并不是缺乏想象力，而是缺乏信仰。

强尼和曼姬的翻云覆雨并不算长，总共还不到五分钟，没真正开始就结束了。强尼的身体的确不怎么样，裤腰带才刚刚解开，就已经坐在地上大喘粗气了。曼姬仰头大笑，笑声尖锐刺耳，连我都想扇她耳光，更别提强尼了。他但凡缓过点劲儿来，就能立刻掐死她。隔板非常及时地再次升起，把强尼和曼姬隔开，避免了一场未必能成功的谋杀。曼姬停止了笑声，看着隔板发呆，大概这才开始纳闷儿，自己到底是在哪儿？让她继续纳闷儿吧，这会儿 Chris 可顾不上她。

Chris 的三维全息投影又在强尼眼前冒了出来。强尼喘着粗气，摇着头："天啊，你怎么又来了？你他妈的到底想怎样？"

"你说过，只要给你真的女人，你就告诉我答案。"

"就她吗？那只破鞋？"强尼脸上的厌恶实在太多了，几乎要顺着倾斜的嘴角往脖子上流。

"她可是好莱坞明星，曾经得过两次奥斯卡，是全世界的偶像呢。"

"那就她妈的更不值钱了！我认识的明星多了，没几个有人味儿的！而且都他妈的喜欢装腔作势！更何况，还是个老太婆！"

Chris 沉默了几秒钟，像是被这句话触动了，在努力控制情绪。他大概想到了自己的母亲。地球公社委员会的那帮家伙并不了解这个小东西，他其实和现代人大不相同。Chris 又开口了，带着神秘的意味："曼姬不只是电影明星，她还是你的老乡呢！"

这句话显然引起了强尼的兴趣，他把目光重新放到 Chris 的全息投影上："那婊子是在巴土联邦出生的？"

"不，"Chris 摇摇头，"她是在曼谷出生的。"

强尼松了口气："难怪了！从小就是婊子吧！可那跟巴土联邦有什么关系？"

"她十九岁那年，获得了一笔 20 万美元的赔偿金，用那笔钱去了美国。那是一笔巨额赔偿的一部分，是马吉德家族赔偿给强尼家族的，法庭判定马吉德家族曾通过不正当手段打败了强尼家族。"

Chris 停顿的时机很好，给强尼思考的时间。强尼的脸色瞬间变了，他立直了上身，用力咽了口唾沫："你是说，她是我的……"

"你说过，你会告诉我们答案的。"Chris 重复刚才的要求。

"妈的！你先告诉我！"强尼突然发作，凶狠地大声吼叫，"你先告诉我，那婊子跟我到底有什么关系！"

"你先说，不要讨价还价。"Chris 毫无惧色，站在强尼面前的只不过是他的全息投影。强尼大概也知道发怒没什么用处，骂骂咧咧地开口："妈的！你这个小混蛋！想知道就告诉你！有本事你就毁了全世界，反正我不在乎……"

按照强尼的叙述，在巴土联邦有个非常久远的传说：在巴土联邦的大地下面，存在着一种蓝色的神圣之物，它拥有毁灭世界的力量。巴土地区的人民世世代代都在保卫着那神圣之物，可从来没人找到过它。据说只有神的使者才能让那圣物现身。听上去其实很离谱，人们一直只当是个传说，直到 21 世纪初，有一支中国勘探队在巴土联邦的山洞里发现了蓝质矿石，人们才开始重视这个传说，以及和它相关的另一个传说——神圣的蓝质需要催化剂才能爆发出最大的力量。人们开始寻找神秘的催化剂，却一直找不到。后来又有传闻，说当初发现蓝质矿石的勘探队曾经在山洞的石壁上见到一行古文字，但没人看得懂，勘探队长很狡猾，他猜到那些看不懂的文字意义重大，所以用纸拓下那些字，然后把石壁敲烂了。据说那队长后来把拓着字的纸卖给了俄罗斯的间谍组织，但经手的俄罗斯女间谍私自把那东西高价卖给了别人。东西出手了，女间谍也被自己的组织除掉了，东西从此不知去向。

强尼的描述到此为止。Chris 追问："那东西后来到你手里了？"

我低声提醒 Chris 加快速度，因为地球公社委员会又在问我这审讯和梵思府危机有什么关系。我解释说审讯从来不是直达主题的。我让他们放松一下，喝点儿咖啡，有结果了我立刻通知他们，可我知道他们不会真去放松的。

强尼翻了翻眼皮，撇着嘴说："我已经说了很多了，该轮到你了！"

"可你刚刚说的，都算不上是秘密。"

强尼沉默了，肥肿的眼皮往下坠，仿佛快要睡着了。沉默是比愤怒更有效的武器。强尼的确不太好对付。

Chris 看了看我，我点点头。地球公社委员会已经起疑了，强尼这边必须赶快结束。Chris 对强尼说："曼姬的原名叫曼迪，是在曼谷出生的，她的母亲是在温哥华出生的，叫桑德拉。"

强尼突然瘫倒在地，幸亏背后就是隔板，撑住了他。他从紧咬的后槽牙里挤出几个字："婊子的女儿还是婊子！女儿的女儿也还是婊子！"

Chris 抓紧提问："那张拓了原始文字的纸，是不是到你手里了？"

"我不知道。"强尼缓缓地摇头。

"你在撒谎！你难道没见过这个？"

Chris 手上出现了一个黑色扁平的三角形物体，边长约 10 厘米，厚度还不到 1 厘米，严丝合缝，浑然一体，像是从某块黑色铁板上整整齐齐切下来的一个角。那可不是普通的铁板，那是由地球上最坚固的合金制成的盒子，盒子上有个针眼大小的孔，不仔细找都找不到。那是个"钥匙孔"，除非找到正确的"钥匙"，否则无论如何都打不开，如果强行打开，或者有其他不当操作，盒子夹层里的浓硫酸就会被释放，瞬间腐蚀掉盒子里的一切。

我看一眼监视器右上角的网络通信状态：内网工作正常，但外网故障，地球公社委员会看不到这个完全跑题的盒子。H区位于地表以下几千米的地方，这里的通信不能靠卫星，只能靠地磁波——沿着地表岩层传播的电磁波，偶尔有些干扰也正常，但我心里很清楚，此刻的故障是Chris蓄意造成的。

强尼看见那三角形的黑盒子，眼睛里闪过惊讶的光："给我！给我看看！"

Chris有点犹豫，其实没什么可担心的，这盒子连炸药都不怕，强尼又能拿它如何？

Chris的3D投影从强尼眼前消失了，强尼身边的一小块地板降了下去，不久又升了回来，上面放着那只三角形的黑盒子。强尼扑上去一把抓起盒子，举在眼前细看，他似乎已经把刚刚和自己外孙女发生的事情放到一边了。

"你有没有见过这个？"Chris的3D全息投影又出现在强尼眼前。

强尼根本不看Chris，他的所有注意力都在那黑盒子上。他喃喃道："当然！我花了很多钱买到它，可我并不知道那张纸到底是不是在它里面！因为，我没能打开它！"

"这盒子不是你做的？"Chris问。

"当然不是！"强尼使劲儿摇头，"这盒子比我大七十多岁呢！是那个俄罗斯女间谍做的！好像叫索菲亚？是她做的，也是她锁的！"

"可你知道用什么才能打开它？"

强尼点点头。Chris眼睛一亮，追问道："告诉我们！怎么打开它？"

强尼缓缓抬起头，用一双肿胀充血的眼睛看着Chris的3D投影："让我再见见那婊子！"

3.

强尼曾经是马吉德家族最强大的敌人，为了打败他，马吉德家族对他进行了深入研究，包括经历、爱好、个性、口味，等等。这项研究一直持续了许多年，研究结果非常丰富：强尼贪婪、自私、好色、大男子主义、喜欢虐待女人，还有深夜焚烧床单的怪癖，他的整个家族都被西方人屠杀，幸存者只有他和妹妹，但他妹妹做了人肉炸弹，所以他是唯一一活下来的。可他并没和西方世界为敌，反而跟他们合伙欺诈自己的人民，所以他是个纯粹的恶棍。但所有这些都不足以给马吉德家族带来帮助——一个纯粹的恶棍是没有弱点的，善良的人才更脆弱。马吉德家族是在强尼冬眠后才取得胜利的。

可是，当强尼提出要再见见曼姬时，我终于找到了他的弱点——他的后代，他女儿的女儿。尽管他早在几百年前就将老婆和女儿撵出家门，再也不想见到她们，可这恰巧给他留下了一道难题：她们将会变成什么样子？他不想知道她们在哪里，正是因为惧怕知道那道题的答案。但不知道答案又令他万分焦虑，我们恰恰利用到了他的弱点——不但让他得到了答案，而且是用自己肥胖衰老的身体换来的。很遗憾他并没做成什么，不然的话，所有马吉德家族的亡灵都会在地下拍手称快。我倍感好奇：当他再次见到曼姬，会想要说些什么？做些什么？是绝望地忏悔，还是更恶毒地诅咒？

然而，隔板再次降落之后所发生的事是我全然没有料到的——强尼闪电般冲了过去，一把揪住曼姬的头发，根本无法想象，他这把年纪能有这样的速度。曼姬大惊失色，厉声尖叫着："老混蛋！老色鬼！Fuck you！"

强尼狠狠抓着曼姬的头发向后拖，口中不停重复着："婊子！

婊子！"

曼姬的头发被强尼扯向后方，整个人向地面仰倒，头皮和五官似乎都被拉变了形，她发疯似的尖叫："我就是婊子！我从小是在曼谷的红灯区里长大的！我妈就是婊子！我身边都是婊子，最下贱的婊子！我十五岁就成了婊子！在脱衣舞酒吧里卖身！你满意了吧？你外孙女从十五岁起就是婊子！"

强尼像是突然对曼姬失去了兴趣，松开了她的头发，肥大的身体重重地跌坐在地板上，隔板再次升起，把曼姬歇斯底里的叫骂声隔断了。强尼的脊背依靠着隔板，狠命喘了几口粗气，缓缓地抬起手臂。他手里攥着几缕从曼姬头上扯下的长发。

Chris 焦急地看了我一眼，我知道他是怕这场戏不好收场——通往地球公社委员会的信号不能一直被干扰——可我无能为力。这是他的烂摊子，得靠着他收拾。

强尼拿起身边的黑色三角形，从那一把长发里拣了一根，伸向那黑盒子。他的手不住地颤抖。正如我所料，强尼果然了解那盒子——盒子上的细孔是基因锁——21 世纪发明，22 世纪流行，在 23 世纪消失的一种依靠基因识别身份的技术。开锁的方式很简单：一根带有新鲜毛囊细胞的头发——必须在头发离开母体的三分钟之内开锁。这种锁很适合家族世袭的情况，因为主人的直系第二、第三代后人的新鲜发囊也都能开锁，只要四分之一的基因吻合就可以。22 世纪的遗产继承常常采用这种方法：当事人在世时拔一根头发并不难，但当事人去世一段时间之后，弄根带有新鲜毛囊的头发可就不容易了，后代用自己的头发开锁，既简单又保险。到了 23 世纪，父母开始在生孩子这件事上"作弊"，孩子的基因不再完全是父母的，这种技术也就没法使用了。

Chris 看上去非常紧张，他把手指放在一个按钮上，时刻准备着向强尼发射麻醉针，让他在 1% 秒内晕厥，万一强尼真的打开了盒子，也没机会对那里面的东西做什么。其实没必要这么紧张，我有预感，那盒子不会这么容易被打开。

强尼从曼姬的一缕头发里拣了一根，把发根插进盒子上的细眼里，没任何反应。他随即又拿出一根，插进去。我用胳膊肘碰了碰Chris，低声提醒他："两次了。"——据我所知，一共就三次错误机会，超过了，盒子就会自动释放硫酸，里面的东西就毁了。我话音未落，强尼已经把第三根头发插进去了，盒子当然还是毫无反应。Chris大惊失色，立刻要按麻醉枪的按钮，我把他拦住了。

强尼并没再试，他丢下盒子，仰起脸，欣喜若狂地说："她不是桑德拉的女儿！那婊子不是我的外孙女！"

强尼看上去非常满意，我和Chris则都很失望——基因锁不但没被打开，反而失去了三次试错机会。Chris的三维全息投影再次出现在强尼面前："你怎么知道她不是你的外孙女？"

"她的头发打不开这把锁！"

"你不是说，这盒子是那个叫索菲亚的女间谍锁的？你外孙女的头发怎么会打开它？"

"蠢猪！这种盒子是可以加锁的！"强尼鄙视地看着Chris，"我打不开这锁，但是我可以再加一把锁，让别人也打不开它！"强尼边说边从头上拔下一根自己的头发，插进盒子上的锁孔，这动作太快，Chris猝不及防，差点儿惊叫出来。但这一次的担心是多余的，盒子边缘亮起一个绿点，那是一连三个微型的发光二极管中的一个。强尼把自己的头发插进去，中间的一个二极管立刻亮了。

强尼满足地抬起头："看吧！我的头发就可以打开这第二把锁，可那婊子的不行！这只能证明，她和我女儿没关系！"

我长出了一口气：盒子上的锁终于打开了一把。可盒子上一共有三个发光二极管，中间的亮着，两边的还都暗着。还有两把锁，要用谁的头发开呢？

强尼显然并不关心这个。他咧着嘴发呆，满脸的笑意，口水挂在嘴角上。黑盒子从地板上降下去，Chris 的 3D 全息投影也消失了，他似乎并没注意到这些，突然开怀大笑，笑声很洪亮，不像个虚弱的老头子发出的。连着笑了好久，就像他不用呼吸似的。然后，笑声突然停止了，他睁大了眼睛，惊恐地看着黑暗的隔板。他大概突然意识到，尽管曼姬不是他的外孙女，谁知他的外孙女是不是和曼姬一样呢？他还是不知那道难题的答案，到死都不知道了——强尼瞪着眼睛，却不再呼吸，埋在他脑子里的芯片向 H 区健康局发出了警报：它的主人突发了心脏病，停止了一切生理活动。26 世纪的蓝质能治疗所有的疾病，但是当某颗心脏决定停止跳动时，蓝质也无能为力。

当 Chris 的三维全息投影出现在曼姬眼前时，连接地球公社委员会的通信终于恢复了。

"你是怎么进来的？这是哪儿？怎么跟迷宫似的？那个老混蛋到哪儿去了？"曼姬瞪眼看着 Chris，Chris 并不多加解释，只说这是荷艾文区社安局的调查，请她配合。曼姬脸上立刻露出顺从的表情，频频点头："当然！我当然配合！亲爱的，我什么时候不配合了？"

"那就请你说实话。"Chris 保持着严肃，他的真身就在我旁边，他的脸正微微地发红，他对女人也感兴趣？这个小家伙有时真让人猜不透。

曼姬比强尼识相得多，但不等于她不狡猾。她长叹了一口气，哀怨地说："直说了吧！反正也没什么关系……我的确不是强尼的外孙女，我和曼迪一起在曼谷的红灯区里长大，是最好的朋友，可是她死了，是难产死的。我恰巧听说，美国的律师在找她，要给她一笔补偿金，我就冒充了她，我相信任何人如果处在我的处境，都会做出和我一样的选择！一个十几岁的女孩子，在酒吧里跳脱衣舞……"

"你为什么要替秦朝阳去梵思府里找机器人？"Chris及时打断了曼姬，让我松了一口气——地球公社委员会的成员早听腻了毫不相干的事情。

"我？替秦朝阳？"曼姬眼珠子转了转，突然忸怩起来，"小坏蛋，我们不是讨论过这个吗？你早就问过我了！"

"可你并没给我答案。"Chris的表情更严肃了些，像是要证明他和这女人没任何关系。

"我给过了呀！男人找男人取乐，女人找女人取乐，这在好莱坞很常见啊！这跟那个中国人有什么关系呢？呵呵！"曼姬咯咯地笑。她故意用"那个中国人"代替秦朝阳的名字，应该是为了和秦划清界限，以便拉近和Chris的距离，她伸手去抓Chris："亲爱的，你干吗这么严肃？"

Chris赶快倒退了一步，其实那只是3D投影，曼姬什么也抓不着。这个女人的直觉很准确，她在逃避另一个问题——她对"奶牛"感兴趣的问题，对于H区社安局来说，这比她是不是强尼的外孙女更要紧。其实我才不关心她对"奶牛"到底有多少兴趣，我也不关心她和秦朝阳或者Chris有什么特殊关系，既然她的头发开不了锁，我对她整个人都没什么兴趣了。

"你帮助秦朝阳，是为了让他帮助你见到竹田，对不对？"Chris直截了当地提出了竹田，为了让地球公社委员会满意一些，"你为什么那么想见竹田？"

曼姬似乎有点儿吃惊，也许她并没想到Chris知道得这么多。可她立刻又恢复了放荡的样子："我想见的人多了！我也想见你呢！可你干吗一直躲着我？"

Chris 又后退了一步，3D 全息投影都快碰到隔板了，碰到就露馅了，会穿"墙"而入的。Chris 忙说："如果你回答我的问题，我可以让你立刻见到竹田！"

"哦？"曼姬仔细看了看 Chris，像是在判断真假。Chris 实在不像是在跟她开玩笑。曼姬问："什么问题？"

"你为什么希望见到竹田？"

曼姬眯起眼睛，挑起眉梢儿，嗔怒着说："我就是想知道，他到底是不是个骗子。"

"这个问题不需要竹田回答。"Chris 面无表情地说，"我可以给你看一段 2222 年的新闻报道，介绍一本畅销全球的书。美国中情局的托尼探长，你一定听说过吧？"

Chris 稍稍停顿，曼姬顿时满脸惊异。

"托尼探长不仅跟你很熟，他跟竹田先生也很熟，帮过竹田先生一些忙呢。不过后来的结果不太愉快，主要是因为那本书，都说那书改变了人类的命运，其实也有你的贡献呢！"Chris 向曼姬做了个鬼脸，按照曼姬的本性，她应该用更轻浮的表情作为回应，可她并没有，只是瞪着 Chris，眼睛大得像是能咬人。

"我不废话了，你还是自己看录像吧！看完之后，你就可以见到竹田了。"

Chris 的 3D 全息投影消失了，取而代之的，是隔板上一片渐渐亮起来的画面。曼姬木呆呆地瞪着那画面，仿佛变成雕塑了。

4.

对曼姬这样的女人，我根本毫无兴趣，就像是对别人用过的牙刷或者咬过的汉堡包，不但没兴趣，而且觉得恶心。我原本想不出 H 区社安局的超级计算机怎么会把她挑出来，我还以为是大数据算法出了错，直到强尼揪她头发的瞬间我才相信，超级计算机的确有它的道理。不过，她并不是强尼的外孙女，所以超级计算机也不是万能的，就像三百多年前寻找强尼家族后人的美国律师一样，找错了人，不过也许还有一种可能：超级计算机选中曼姬并不是因为强尼，而是因为竹田。

这个依赖超级计算机执行的项目叫作"预诊计划"，其实是由我建议并主控的。我复苏后的第二年，"集中营"按照我的设计开始运转，复苏人脑电波短缺的问题得到了缓解，但地球公社委员会并不感觉踏实，他们总觉得"集中营"的设立也许会动摇社会的稳定性。于是他们又逼着我想想办法——当然不能取消"集中营"，但最好能尽早鉴别出危害社会的危险分子，这就像人身上生了癌，又不能根除导致癌变的罪魁，只好一个劲儿地把癌细胞和有可能癌变的健康细胞抓出来杀掉，这么做迟早死路一条，但我并没提醒他们，以免让他们感觉受到了质疑和轻视，于是我说：既然要未雨绸缪，干吗不干脆让超级计算机算算看，那些将要复苏的人当中是否隐藏着危险分子？

我本来只是随口调侃计算机，没想到最高委员会就当了真，让我立刻启动"预诊计划"。我收集了人类历史上最具代表性的曾经动摇社会制度的事件——从远古的奴隶起义到近代的人权运动和技术革命，把它们输入超级计算机，让计算机自动生成了一个谁也看不懂的复杂公式，然后再把几十万名冬眠者的资料输入计算机，这种大数据算法并不新鲜，早在 21 世纪就开始大规模应用，那个世纪曾经频繁发生恐怖袭击，发起者只是不起眼的小组织，通过煽动思想偏激的民众，把对社会的不满转化为反人类思潮，像癌细胞一样迅速成长。所以自那时起，发达国家的安全机构不仅重视外敌的威胁，也开始重视内部的毒瘤，相关电脑信息技术突飞猛进，给统治者带来了前所未有的便利——只要是臣民，无论良恶，再无隐私可言。

H区社安局的超级计算机整整计算了九年，得出四个人选，其中就有曼姬和竹田。曼姬让我莫名其妙，可竹田是个意外的惊喜，我跟那个冒充日本人的可怜虫有点儿小过节。我再次向地球公社委员会提出建议：索性让这四个人都同时醒过来，把他们隔离在"集中营"里，看看他们到底打算怎样危害社会。

隔板落下之后，竹田像只受惊的兔子，在地上缩成一团，他目睹了动乱被镇压，目睹了弗雷登胸口冒着血死去，然后在蓝质雾里失去知觉，接着又在陌生的小黑屋子里醒过来，这些都足以把他吓死。作为"梵思府危机"的参与者，他大概知道自己难逃法网，可他并没料到第一个审判他的人会是曼姬，他脸上已经全无血色。

曼姬则正相反，她非常兴奋，几乎可以说是兴高采烈地往前迈了一大步，把脸凑到竹田面前，使劲儿睁大眼睛，对着紧闭双目的竹田说："竹田君，好久不见啦！你闭着眼干什么？假装不认识我吗？"

竹田勉强把眼睛睁开，瑟瑟发抖着说："曼姬……尊敬的曼姬女士，你好！"

"哈哈！"曼姬的笑声让人浑身起鸡皮疙瘩，她阴阳怪气地说，"你说我好不好呢？如果一个人脑子里一直有一个疑问，这疑问就像藏在身体里的虫子，在夜里啃她的骨头，咬她的心，你说，她好不好呢？"

"我希望……我希望你好！"竹田有点儿语无伦次。

"这么说来，我该感谢你了，亲爱的？"曼姬靠得更近些，鼻尖几乎碰到竹田的脸。她把眼睛眯起来，近距离欣赏他，欣赏得非常投入，像着了迷似的。她是在玩猫捉老鼠的游戏，要先把老鼠吓个半死，我有点儿佩服这个女人，她的确是个好演员。我们刚刚给她播放了一段录像，让她知道眼前这个男人只不过是个业余的中情局探子，伪造了一场浪漫的邂逅来探听她的秘密，后来探子背叛了中情局，把她的秘密当成筹码出售给全世界。其实我觉得她不会太在乎这些，不然的话，她就不是曼姬了，不过照她的性子，一定要先表演苦大仇深的一幕——她又笑又痴地演绎了这一幕，这才是绝佳的演技！有人说，好演员需要丰富的感情，我却认为，好演员必定没有感情，所以才能在任何场合表现出任何感情，而且惟妙惟肖。

"不不！"竹田连声说不，不敢摇头，生怕碰上曼姬的鼻子，他看不出曼姬是在表演，这正合我意。

"你为什么不问问我，我的疑问是什么？"

"你的疑问是什么？"竹田乖乖地问，曼姬的脸突然远离了竹田，脸上的笑容也没了，瞬间从暖春变成了寒冬。她面目狰狞，一个字一个字地吐出来："是不是所有的男人都是骗子！"

我忍不住想笑，差点儿接一句：男人都是骗子，你才有用武之地。要是男人都为了你而生，为了你而死，你还活得到今天？我的心无端地一抽，令我猝不及防，也令我羞耻难当：解放人类的波特曼将军，在为了某个被魔鬼收买的灵魂而心痛吗？

竹田被曼姬突然的"变脸"吓坏了，可怜巴巴地说："人总是要生存的……"

"是吗？生存？你告诉我，五岁就在垃圾桶里捡酸奶罐子的女孩子，她应该怎么生存？十五岁站在成人酒吧的柜台上穿着超短裙跳舞的女孩子，她应该怎么生存？为了让导演、明星和大老板们开心而不得不忘记廉耻的女人，她应该怎么生存？为了国家利益而被迫放弃爱情和生命的女人，她应该怎么生存？"

竹田沉默了，无言以对。他还是单纯，靠着写作为生的人都太单纯，太幼稚，太缺乏情商，根本不配获得那么多名利，更不配收买那么多人心。曼姬的演技继续爆棚，她说的这些都是真的，可她并不在乎，如果在乎的话，她根本就不会去做了。她什么都不在乎，就只在乎生存，生存得比别人更好，没人能够对不起一个只在乎生存的人，就像没人能够对不起一只阴沟里的老鼠。

"我曾经那么信任你！"曼姬的眼圈红了，说红就红，是真本事，"我看过你写的所有小说！你的文字根本不像是人间会有的！我还以为，你跟他们都不一样！"

曼姬使出对既自负又自卑的作者最厉害的一招——赞扬他的文字，竹田瞬间崩溃了，他双手合十，涕泗横流着说："曼姬女士，对不起！我不是故意骗你的，我向你坦白！当初在阿尔卑斯山的邂逅的确是托尼逼我去的，他让我探听你到底知道些什么！可我并没有把你告诉我的事情告诉他！半点都没有！不不不！请不要打断我，让我说完！"竹田不顾一切地往下说，"我的确把你告诉我的那些写成了小说，可我以为你已经……已经去世了！我也是逼不得已，不然的话，中情局不会放过我的！即便如此，我还是不得不去冬眠！不然，我们也不会在这里见面的……"

曼姬抱着胳膊，像个观众似的观看竹田的忏悔。我对她的一切判断都是正确的。这场演出还挺过瘾，我喜欢看这女人表演，也喜欢看竹田被虐待。可惜地球公社委员会欣赏不了这"古老"的艺术，他们指望着有人直截了当地说出"梵思府危机"的幕后策划者，却事与愿违地听到很多难以理解的对白，幸亏现代人要比以前人更有耐心。都说耐心是美德，但美德也是需要条件的——现代人用不着争分夺秒地养家糊口，争权夺利，议论是非，和情人约会。即便如此，我还是不想继续考验地球公社委员会的耐心，我希望 Chris 能加快进度，结束这场闹剧。

竹田双手捂着脸，缓缓地沿着墙壁下滑："曼姬女士，你不知道，这么多年来，我没有一天不在忍受折磨！我没有故意欺骗过你！"竹田的声音已经嘶哑，"我从来……从来没有故意欺骗过任何人！"

这一句让我冷笑，笑这个可怜而愚昧的人，笑世界上所有可怜而愚昧的人。曼姬也笑了，笑她的猎物竹田，笑得非常尽兴，非常嚣张，没有任何顾忌，笑得几乎断了气，不得不咳嗽了一阵，这才用最不屑也是最下贱的口吻说："竹田君，你也太看重自己啦！你真的以为，我会因为你的欺骗而伤心欲绝吗？你不会是因为这个才不敢见我的吧？哈哈！你这只可怜虫！我怎么会对一个男人寄予那么多厚望呢？怎么会寄予一点点希望呢？你知道我有过多少个男人？哈！我该叫你什么？笨蛋还是傻子？我有过的男人我自己都记不清了！我要是对男人动真情，早就死一千回了！傻孩子！你以为我真的相信过你吗？你一走进那间小旅馆，我立刻就猜到你是干什么来的！我是故意的，故意让你知道那些秘密！因为我马上要去冬眠了！凭什么是我去冬眠？我绝不能让他们舒舒服服地活下去！"曼姬的声音突然低了，目光一闪，"中情局没有好人，男人里没有好人！男人把我当成玩具，我也把你们当成玩具！傻子才对男人动真情！"

"可中情局的托尼告诉过我，你喜欢维恩！你为中情局做的一切，都是为了维恩而做的。"竹田挺直了腰，把细长的眼睛睁大了，他已从恐惧中解放出来，顿时感到愤怒和耻辱，"托尼还给我看了许多维恩的照片和视频，让我模仿维恩的动作细节，说这样更容易打动你！"

曼姬愣了愣，随即又大笑起来："哈哈！得了吧！我早知道维恩是干吗来的，根本没有区别，只不过是利用我！不论他是死是活，都不会让我有任何感觉！天啊！愚蠢的托尼。太可笑了！哈哈哈！"

曼姬的演技有退步的迹象。

"可托尼告诉过我，维恩是为了你而死的！"竹田已经基本恢复了常态——冷静、不卑不亢、逻辑严谨，"托尼说，维恩明明背着轻型降落伞，是可以随时跳伞的，可他决定开着飞机去撞高加索山！就因为那俄国佬已经猜出是你出卖的他，维恩不想让他活着落地！"

"哈——哈——！"曼姬又笑了两声，声音非常干涩，断在半空中，像是嗓子突然被谁掐住了，她顺着隔板滑向地面，就像全身的骨头瞬间被抽光，只剩一团皮肉，她的臀部重重地落在地板上，我几乎能听见硅胶破裂的声音，还有许多其他东西在破裂，三十岁的身体土崩瓦解，剩下一具三百岁的骷髅，瘫在墙角里。

骷髅哭了，不是号啕大哭，而是低沉的抽泣，我突然意识到一件事：她根本没有我想象的那么强大，不管勾引和利用过多少男人，她依然只是个女人，和几千年来的女人一样。是我高估了她，太可笑了，可我笑不出来，我们其实都一样，没能挣脱延续了几千年的人类的光荣和耻辱、理想和奢望。

曼姬的哭声很快就消失了，她和竹田之间的隔板上升到了天花板，再也没人需要关注她，我、Chris、地球公社委员会，都把注意力集中到竹田身上。竹田仿佛是一场决斗的幸存者，艰苦卓绝，筋疲力尽，他蹲下身子，双手抱着头，坐进由两面隔板构成的角落里，他大概意识到自己的麻烦并没结束，所以又开始瑟瑟发抖，就像一只落入陷阱的老鼠。我对 Chris 说："把他交给我吧！我想亲自审问他！"

5.

我曾经怀疑过很长时间：竹田这个人到底存在不存在？他曾经只是一个缥缈的传言，我对他一无所知，一心期待他根本就不存在，可我还是坚持寻找了许多年，耗费了很多人力物力，如果找到了他，我就能弄清楚一件事，可我又害怕真的弄清楚那件事，就这样纠结了很多年，始终没能找到他。我在进入冬眠的最后一刻还在想，如果这个家伙真的存在，那就真的让他逃脱惩罚了！这比被迫放弃统一世界的结果还让我感觉挫败。

可我万万没想到，竟然在冬眠了几百年之后，在我管理的H区发现了活着的竹田！而且他现在就在楼下的小隔间里等待着审判呢！我决定不使用3D全息投影，我要面对面地跟他谈，离得很近很近，我要看清他眼睛里的血丝，闻到他身上的气味，我要一伸手就能拧断他的脖子！

Chris对我的决定表示赞同，他本来也不该反对，我毕竟还是他的上级。他把那个三角形的黑盒子递给我，表情恭敬而郑重，他决定让我试试竹田的头发，这是颇有风险的，因为强尼已经用尽了三次犯错的机会，如果再错一次，盒子里的东西就毁了。然而盒子上还有两把锁尚未打开，如果是三百多年前，我会说：干脆赌一把！可现在，我让Chris自己拿主意。这种事还是让他当主角，至少看上去是主角。他说："就剩两个人了，也许就是他们两个，如果它是对的话。"

Chris口中的"它"指的是完成"预诊计划"的超级计算机，他不把这件事说得太清楚，是不想让地球公社委员会听得太明白，尽管镜头自动切换程序已经被Chris动了手脚，这会儿地球公社委员会的监视屏幕上应该是竹田的特写，他们看不见我和Chris在做什么。但是，委员会也可以随时手动选择任何画面，所以Chris加倍小心，他表面是个孩子，内里却比任何成年人都更加滴水不漏。

我站在竹田面前，把他的脸罩在我的阴影里。他感觉到光线的变化，赶忙把双手从脸上挪开，胆怯地看了我一眼，立刻大惊失色，战战兢兢地朝着我弯腰行礼。我真的失望极了，因为他看上去实在太瘦小、太苍白、太怯懦也太猥琐，实在太像一只虫子，会被一脚踩成一摊绿水的那种，我真不能理解，为什么有人会为他着迷，会为了他放弃生命！

在很多人眼中，竹田是个勇敢而正义的人——大众对于名人的印象向来不准确，常把烂货看成天使，把魔鬼看成上帝。他们认为，竹田敢于和全世界最强大的邪恶力量作对。人类很习惯把强大和邪恶画上等号，这并不完全是偏见，其实是埋藏在基因里的生存法则：对于生物个体而言，正义与否并不重要，重要的是谁更强大，多一个强于自己的人，就增加了一份被欺负、被侵略、被消灭的可能，嫉妒心正是人类进化而成的自我保护和保护后代的强大武器，弱者靠着嫉妒心而设法让自己变得更强，或者让其他强者变弱，比如给强者贴上邪恶的标签，这样就可以名正言顺地联合起所有的弱者，以人数取胜。我信奉东方古老的政治策略——用弱者的外表隐蔽自己，让所有的弱者以为你是他们的一员，"扮猪吃老虎"——我记得东方人是这么说的。所以，我知道怎么击败老虎，也知道怎么击败装成猪的老虎，可竹田完全跟老虎没关系，他还不如一头猪，他让我感受到了耻辱。

"竹田先生，也许你还记得我是谁？"

"当然！您是波特曼将军！请您……请您多多关照！"竹田再次向我鞠躬，他明明不是日本人，却比任何人都更像日本人，这个无耻的小丑！我很想立刻往他脸上吐口水，可我忍住了。我例行公事地问："你为什么要跟着秦朝阳到梵思府去？"

"不不！我事先根本不知道他要去哪里！"竹田忙不迭地解释，"他只是求我带他去找他的妻子，他认为，他妻子可能并没有死，而是藏在……"

"藏在哪里？"我逼问他。其实他讲得并不慢。我是故意用逼问打断他，让他感受到压力，他果然提高了语速，显得有点语无伦次："您知道，H区分成两个时区……"

"我不知道！"我立刻打断他，讥讽地说，"H区的秘密，你知道得比我还多啊！"

他慌张地连连摆手说："不不！我不是故意探听H区秘密的！是Chris让我去找秦朝阳做心理咨询……"

"所以，这一切都是Chris策划的？"

"不不！肯定不是Chris！他都被绑架了！是秦朝阳和……"

"所以，是秦朝阳策划的？你怎么知道是他策划的？他告诉你的？还是你本来就和他是一伙儿的？"

"不不！我没有参与！他什么都没告诉我！"

"那你为什么愿意跟他去另一个时区？"

"因为他说，那样我就可以避开曼姬了！"

"你很害怕见到曼姬？"

"是的！我怕！因为她以前威胁过我！我不是故意骗她的！"

我突然问不下去，突如其来的愤怒让我几乎要窒息，尽管他并没有回答我心中暗藏了几百年的那个问题，可听他说出"不是故意"这几个字还是让我怒不可遏！是不是故意的有什么关系？人类最擅长用貌似无辜的动机来粉饰丑恶的后果！人类创造出"正义"和"道德"，不正是为了有借口四处作恶？只要能找到"高尚"的动机，谁在乎结果如何？但是有多少结果是偶然的？每个罪恶的结果里都深埋着罪恶的动机！

我莫名地想起三百四十多年前的一个冬日，一个瘦小的身影赤脚站在零下十摄氏度的雪地里，嘤嘤地哭泣。那是个十岁的男孩，他把母亲的黑头巾裹在自己头上，嘴唇上涂着母亲的唇膏，他因此受到了严厉的惩罚。母亲指责父亲过于严苛，一个十岁的孩子，毫无动机地做了一件无伤大雅的事，何必置其于死地？我不想置我的儿子于死地，我只是想让他接受教训，我也希望那是毫无动机的，就连隐藏在最深层潜意识里的动机都没有，可我不能心存丝毫侥幸，我只有一个儿子，还有一个野心勃勃的理想，在有生之年未必能够实现。我得靠着我的儿子去实现它。我让十岁的男孩在雪地里站了一夜，直到听不见他的哭声，他只顾着蹦跳，已顾不上哭，脚还是被冻成了黑紫色，险些被截肢了。看见那双黑脚，我的心脏已经掉了一块肉，流着鲜红的血。我告诉自己，截肢了也好过裹头巾和擦口红。可二十八年之后，我的担心还是被验证了，我得出了无法忍受的结论——当初的惩罚没起作用。难道是因为惩罚得还不够严厉？我永远不能原谅自己。

"我不是故意的。"竹田又小声重复了一遍，小心翼翼地偷偷看我。我弯腰逼近他："曼姬不是都告诉你了，她根本没把你放在心上？你还在担心什么？"

"没有，我……"

"你还在担心有人会找你算账吗？"我能听见自己的后槽牙咬得咯咯作响。

"我……"

"哦，对了！你怕香港酒吧里的那几百个人，可他们都死了，你怕什么？是怕他们的父母？怕他们的爱人？怕他们的后代？怕他们的鬼魂？你隐姓埋名做了日本人，可还是怕被他们发现？所以你干脆冷冻了自己，躲了三百年？你不怕他们的亲人也有谁冬眠了，跟到三百年后来收拾你？"

竹田惊恐地瞪圆了眼睛，脸上彻底没了血色，他的嘴唇瑟瑟发抖，说不出一个字来。

"不过，也许是你多想了，他们也许没那么恨你。毕竟，又不是你用炸弹炸死他们的。"我故意缓和了语气，他似乎松了一口气："您真的这么认为？"

"当然，为什么不呢？那个扔炸弹的家伙，不就是个任性的富家子弟吗?!而且还信奉邪教!说不定很多人很同情你呢!你不是也曾因为他而备受折磨吗?谁会因为失恋就要杀人呢?谁会背着炸弹跑到酒吧里去引爆?不是疯子和极端主义者,又是什么?"

竹田的双眼竟然湿润了,目光里充满了感激。他其实并不需要感激我,因为我并没有撒谎,每句话都是真的,我的确看不起那个头脑发热的"富家子",不只看不起,而且失望至极!许多虔诚的巴土子孙都当他是英雄,可我鄙视如此鲁莽和廉价的牺牲!

其实我根本就不相信,我唯一的儿子会那么愚蠢和短视,除非……有另一种可能,简直让我无法忍受。我曾经是那么信任他!我记得那个在巴土联邦罕见的大雨滂沱的下午,在我宫殿式的大宅里,所有人都穿着我们民族的服装,有一百年都无法公开地穿到大街上去了,即便是在我自己家里,如此打扮也是有风险的——"现代文明"的眼线无处不在,比天上的量子卫星更加无孔不入。可我必须让所有人穿起盛装,因为那是无比神圣的一天!自那天起,我的儿子就不再只是我的儿子,他是我的继承人了!如果我因为任何原因停止为理想而战,他必须接替我战斗到底!

儿子庄严地站在我面前,比我高出半个头,肩膀也更宽,须发更加漆黑浓密,他将是巴土人民真正的领袖,不仅是巴土的,也是世界的!我把三角形的黑色金属盒子郑重地交到他手上,告诉他那是一个配有基因锁的盒子,是他父亲、父亲的父亲、祖祖辈辈用毕生的奋斗从敌人手中抢来的,里面藏着毁灭人类的武器,那是巴土人民的宝藏!不是只有带来荣华富贵的东西才叫宝藏,当死亡意味着尊严,它比荣华富贵更为珍贵!巴土人民永远不会向世界屈服,如果不能征服世界,就索性让世界灭亡!儿子接过黑色的盒子,把它捧在手心,虔诚地凝视着它。我告诉他,这盒子本来有两把基因密码锁,已经被别人锁上,我们目前还打不开它们,但是我们可以再加一把锁,让别人也打不开它,其实我已经把第三把锁加好了，但是并没有锁，我要让儿子来锁，由他决定用谁的基因作为密码，可以用他自己的，或者他最爱的人，父亲绝不干涉。这是他真正的成人礼。父亲发誓在有生之年帮他找到另外两把钥匙，把对人类的生杀大权交到他手里！可他根本没打算珍惜这神圣的权力，早已被魔鬼引入深渊！他辜负了他的父亲、父亲的父亲、马吉德家族的列祖列宗！

我猛地俯下身，揪住竹田的脖领子，把他拎了起来："可你想过没有？那个疯子也有亲人！他也有父母！他的父亲曾经对他寄予多大的期望？他的母亲曾经对他多么怀念？他的人民将会失去怎样的未来？你知道吗？"

我也不清楚自己用了多大的力气，只见竹田大张着嘴，两眼外凸，挣扎着用嘶哑的声音说："我……不是……恶意的！我能感受到他的……他的恨！我只是想……消除……他的恨！让他……热爱……生活……热爱……人类……热爱……他自己……"

我仿佛被人迎头痛击，双手瞬间失去了力量。竹田从我的视野里滑落下去。我看不见他，什么都看不清，我的视线一片模糊，我终于得到了答案，一个寻找了许多年却又最害怕得到的答案！

我仿佛看见他——我的儿子科里·马吉德，在三百多年前的某个深夜，脱掉肥大的黑色长衫，摘掉盘在头顶的头巾，仔细地刮净胡须，换上整洁合身的西服，穿上明亮的皮鞋，整理庸俗的发型，背起沉重的背包，走出半岛酒店的套房，走进香港午夜不够宁静的街道，他要让竹田知道，他爱上了生活，也爱上了人类，他更爱他自己！他将牺牲自己，来证明他真的爱上了竹田让他爱上的一切！没有什么比牺牲自己更能证明他的爱了。这画面和我从爆炸现场得到的线索完全吻合，恰恰验证了最令我恐惧的推断——我的儿子，马吉德家族的继承人，巴士人民未来的领袖，竟然像那些西方大学校园里抽着大麻的嬉皮士一样，爱上了生活，爱上了人类？就因为一个愚蠢的香港人，把魔鬼带进了他的内心？我的小科里怎么会变成这样？在雪地里赤脚蹦跳了十二小时之后，他怎么还会重蹈覆辙？在被亲生父亲蓄意折磨了三十年，只为了让他放弃包括亲情在内的一切感情之后，怎么还会妇人之仁地去热爱魔鬼？怎么还能这么愚蠢！

我都不知自己愣了多久，直到我从耳麦中听到 Chris 的声音。他正焦急地问我："怎么不回答我？你确定了吗？他是不是钥匙？委员会在催了！我要不要把镜头切换到别处？"

我默默地点了点头，用了很大的力气，因为我的头很重，重得就像灌满了铅。我其实并没最终确定，心中尚存一线希望，但这一线希望和 Chris 的希望背道而驰。Chris 希望竹田的头发能够打开盒子，可我希望我的科里并不是为向竹田证明他的爱，才在深夜跑到那空荡荡的酒吧里去跟那盒子同归于尽的！我希望他本来就知道，那空荡荡的酒吧地下室里，正有几百个淫荡的人渣在干着无耻的勾当！我希望他就是去炸死那些魔鬼的！毕竟，毁灭黑盒子里的东西一点都不困难，根本没有必要使用人肉炸弹，除非，他是特意要让竹田知道，他不但要毁了那盒子，还要毁了他自己——他的父亲为了毁灭世界而一手培养的武器！那正是我最害怕得到的结论，我宁可竹田这把"钥匙"是错的，哪怕盒子里的东西被毁掉，也是值得的！

我默数了两秒，给 Chris 充足的时间把送往地球公社委员会的镜头切到别处去。我飞快地出手，扯下一缕竹田的头发，他却因为过度恐惧而并没发出任何声音，像个死人一样继续蜷缩在我脚下。我拣一根竹田的头发，把发根插进黑盒子的细孔里，第二盏发光二极管立刻发出绿色的光！天啊！它果然亮了！穿过二极管的细微的电流，仿佛几万伏的高压，瞬间把我击穿了。

我从耳麦里听到 Chris 的欢呼声，我却什么声音也发不出。

我垂下头，看见竹田茫然的目光，他终于缓过一口气，想呻吟却又不敢发出声音，他眼中充满了惊慌和恐惧，也许他根本没弄清到底发生了什么。我把唾沫啐到他脸上，他开始剧烈地颤抖，他一定以为我要杀了他。

可我并没碰他一个手指头，那样只能让我更恶心，但我不能就这么走掉！

我曾利用各种资源，好不容易获得了中情局的调查结果——他们把香港兰桂坊酒吧爆炸案的调查结果锁进保险箱，决定永远也不公开它。一个拥有巴士血统的男子，在凌晨冲进酒吧，如果不是为了屠杀文明社会的成员，而是为了保护他们，文明社会的很多政客和记者都会失望的。

我同样不愿意将此公之于众，我儿子不是恐怖分子，这才是我的奇耻大辱。我宁可他是恐怖分子，决心和几百个人渣同归于尽。这世界上到处都是人渣，科里却想要保护他们，他想要用死向竹田证明，他们已经达成了一致。可在竹田眼里，他始终只是个邪恶的极端主义分子！所以，我忍不住对竹田说："你错了，你们都错了！他根本没想和那些人同归于尽！他是在拂晓走进那酒吧的，里面空无一人！他只是想在那里毁掉这个黑盒子！"我挥舞手中的黑色三角，两根绿色的发光二极管在空中来回画着细线，"他并不知道，那酒吧的地下室里有几百个人渣正一边嗑药一边做着让他们的父母蒙羞的事情！"

我顿了顿，想让声音再平静些，不要颤抖得那么厉害，不要把自己打回原形，也许地球公社委员会正看着我，可我实在控制不住自己："他是在照你说的做，他在爱生活，爱他妈的人类！可他做不到爱他自己！因为他太爱……"我无法继续说下去。我说不出那个让我无地自容的事实，就只好歇斯底里地高喊："他是个笨蛋！是白痴！是魔鬼！"

我显然已经说得太多了，我想我是太冲动了，我这辈子从来没这么冲动过。就连统一世界或者被逼着冬眠时都没这么冲动过。冲动过后，我并不觉得痛快，就只觉得周身麻木，脑子里空空的，好像什么都没有了。这样也好，我的难题终于解决了，我早该断绝的一切感情也终于断绝了，所有的人都背叛了我，包括我的小科里，我可以一心一意地去完成我该完成的事情了。

我脚下那只可怜虫正大张着双眼，眼睛里空洞得像个死人，我不确定他有没有听懂我刚说的，或者有没有听到，无所谓了，他根本就不配听到，而且他马上就要像所有人一样，从这个世界上消失了！

6.

按照超级计算机的设计，秦朝阳是最后一个醒过来的，可他又是在最短时间内彻底清醒的，这和电脑无关。蓝质催眠剂的后劲儿很足，要不是意念非常强大，他不可能这么快就精力充沛——他一睁眼就立刻跳了起来，用双手猛力敲打隔板。

"叶子！叶子！你们把她弄到哪儿去了！你们这群混蛋！把叶子还给我！"

全世界都认为我冷酷无情，基本正确，但这不等于我不懂得普通人的感情，正因为懂得，才能加以利用。很多人以为，想要成功就要有本事控制精英，至少会拍他们的马屁，但精英总是加倍小心，生怕被别人利用，在他们身上花工夫往往事倍功半。成功的秘诀其实是掌控普通人，许许多多的普通人，让大众为你服务。普通的大众是财源也是武力，而且他们门户大开，心思简单，需要的只是你的同情和理解。秦朝阳就是个普通人，普通得不能再普通，这是他和另外三个"危险分子"最大的区别。他拥有普通人的感情，并不为此羞愧，因此从不刻意掩饰，这是他最强大的武器，也是他最大的弱点。虽然他能骗得过测谎仪，却骗不过任何一个懂感情的普通人。社安局的电脑把他留到最后，因为电脑把他当成是最难对付的，我倒是觉得，他其实挺好对付的。

秦朝阳是紧抱着暮雪叶昏睡过去的。他是整个 H 区里最后一个睡去的复苏人（我和 Chris 除外）。他似乎根本没意识到催眠的蓝雾正在弥漫，在入睡前一秒，他正搂着他的女人，大声呼唤她的名字。那女人本来是有意识的，她是自己从那堆冒着烟的机器人里爬出来的，可她很快就把眼睛闭上了。她复苏后一直被弗雷登监禁和催眠，并未经过完整的复苏调养，身体本来就非常虚弱，蓝质雾对她特别有效。所以，秦朝阳不清楚他的女人到底有没有认出他，因此不能完全肯定，他怀里的女人的确就是他的老婆。他用一只手狠狠按住她汩汩冒血的左肩，黏热的血浆让他浑身颤抖。那该是一种什么样的感觉呢？到底是惊慌还是安慰？热血起码能证明她和那堆废铜烂铁不同。她若是真人，不是他老婆又能是谁？他俯下身，用舌头舔着她肩膀上的血迹，他就是在那一刻昏睡过去的。

Chris 摩拳擦掌。他学着我刚才的样子，决定面对面地审问秦朝阳，不使用三维全息投影。秦朝阳虽然曾经像提兔子似的提着他的脖领子，但是并没殴打过他，甚至还曾经试图阻止弗雷登打他。他和秦朝阳接触得最多，自以为了解秦朝阳的性格。Chris 不知从哪本书上读到过一句话：多情的人通常只对自己最残酷。

地球公社委员会却拒绝了 Chris 的申请。并不是因为担心 Chris 的安全，而是出于对"预诊计划"计算结果的质疑——四个危险人物里，为什么没有暮雪叶？最高委员会刚刚得到电脑最新发来的信息——电脑检索了叛乱者弗雷登在网络空间留下的一切痕迹，在几分钟前发现了重大线索：弗雷登曾经利用梵思府的电脑维护系统编写过一个程序，并且用那程序进行了大量的分析计算，得出一张东方人的脸——暮雪叶的脸。他随即在某晚冒充护理机器人偷偷进入某复苏中心，制造了暮雪叶已经死亡的假象，以此骗过了 H 区健康局，也骗过了秦朝阳和 Chris，并且把昏睡的暮雪叶偷偷转移到某间梵思府里隐藏。然后，他按照暮雪叶的相貌和体形，制造了一批色情机器人，让它们大肆散播煽动性思想。这些事情绝非偶然。既然暮雪叶这么重要，完成"预诊计划"的超级计算机却为何把暮雪叶漏掉了？

Chris 一时语塞，唯唯诺诺地解释说计算机也不是完美的，出点小差错在所难免，这小子还是太嫩，不明白真正的政客是不该承认错误的。我连忙向地球公社委员会解释说，我不觉得计算机算错了，计算机不是把暮雪叶的老公秦朝阳算出来了吗？要不是因为秦朝阳，Chris 今天就不会被绑架，弗雷登也就不会特意挑选今天来聚众闹事，梵思府危机事件就不会发生。而暮雪叶自复苏后就被弗雷登监禁和催眠，她的脑子里尚未植入芯片，弗雷登可以对她为所欲为，她在催眠状态下虽然也能做简单动作，但基本就是行尸走肉，她根本不知道发生了什么，大概连自己是不是复苏了都还不清楚。弗雷登只不过借用了她的脸。所以，秦朝阳的确比暮雪叶更具危害。

地球公社委员会听了我的解释，立刻批准了 Chris 的申请：马上审讯秦朝阳！并且务必确保信号传输正常，他们要密切关注这场审讯的每个细节。Chris 偷看了我一眼，我假装没看见，地球公社委员会大概已经开始怀疑我们，在他们看来，刚才的几场审讯已经足够奇怪，绕来绕去问不到正题，信号还动不动就受到干扰。我可不想给自己惹麻烦，这场麻烦应该是 Chris 自找的，至少看上去应该是那样的。

十年前，第一次见到 Chris，我就知道这小东西不简单。地球公社委员会告诉我：Chris 虽然是复苏人，却是接受现代人的教育长大，思想和现代人一样单纯善良，因此他也许会成为我最好的助手。我知道这句话的意思：委员会对 Chris 的信任远超过对我的。可我心里很清楚，那小东西并不像地球公社委员会想象的那么可靠。果不其然，没过几年时间，Chris 开始寻找机会跟我提起过去，过去的世间美景，过去的人间感情，过去的罪恶美丑，过去的悲欢离合。我直截了当地问他，是不是受到了谁的挑唆？他辩解说只是对过去感兴趣，他五岁就冬眠了，没来得及感受那个时代的人生。但没过多久，他又寻找机会跟我提起过去。这小子不知从哪儿弄来了酒，跟我干了几杯，就拐弯抹角地问我以前统治世界的感觉如何。我说我从来没统治过世界，我只是把其他试图统治世界的人打败了，作为回报，他们冷冻了我。他又说：既然是你把他们打败了，就应该由你担任新的领袖。我说我是为人民打败他们的，所以既没野心也没遗憾。他又说：你是解放人类的英雄，为什么还被关在暗无天日的 H 区？这个问题我没立刻回答，他以为我动心了，又郑重地来了一句："真理者"会帮助我们回到本属于我们的世界！事情已经很明显：Chris 已经受控于"真理者"。我反问 Chris"真理者"是谁，他支支吾吾地不肯告诉我。我又试探了他几回，确认他已经被"真理者"完完全全洗了脑。洗脑这种事我见多了，人类自从在地球上出现，就从没停止过洗脑和被洗脑。Chris 其实并没见过"真理者"，"真理者"是个从不露面的神秘的家伙——神要是让人见到了，也就不配做神了。

我加倍小心，不想让自己看上去像是 Chris 的同伙。地球公社委员会本来就更信任 Chris，如果发现我也有份，说不定会把角色颠倒过来，把我当成主谋，把 Chris 当成被骗或者被迫的。我一把年纪醒过来，死以前不想再被冷冻了。我决定装傻充愣，只要 Chris 暗有所指，我立刻转换话题，可他又拿来一瓶酒，而且是四百年前的威士忌。

我酒后失言，跟 Chris 提起蓝质配方的秘密，我还得意地告诉他，那个装有配方的黑三角在我手里。当然不是现在，三百年前，我在被迫冬眠之前，及时地把它埋在巴土联邦的某块石头底下。除了隐藏它，我还花了很多钱销毁有关它的线索——新闻、杂史、小说、任何的文字或影像……一切能被找到的记录，我都删除了。我删除不了那些听说过它的人，但他们终究都会消失的，对于他们的子孙来说，只要没有书面或图像记录，传说也就只是个传说，毕竟在年轻人眼中，长辈们都是既迷信又糊涂的。

我知道 Chris 在地球公社委员会那里很有面子，可没想到面子能有那么大，两周之后，他竟然把黑三角捧到我眼前了——是地球公社委员会帮他弄来的。Chris 告诉委员会，那盒子里藏着有关危险分子的秘密，委员会立刻按照 Chris 提供的线索找到了黑三角，可打不开它，根本无从下手。Chris 又告诉委员会，他有办法打开盒子。有些事情看上去很难，其实只在于交给谁做，就像这一件，Chris 动了动嘴皮子，竟然就实现了。

Chris 把三角形的黑盒子拿给我，这下子我看上去果然是他的同伙了。如果哪天真出了事，我就把上面这几段写成坦白书交给地球公社委员会。我已经为这份坦白书打了腹稿，总结起来就是：我本来不想参与，是 Chris 用威士忌诱惑了我，可我并不知道"真理者"是谁，对他的理论也不感兴趣，我只是不想得罪 Chris，因为 Chris 是你们地球公社委员会的红人，我怕被他反咬一口，你们肯定更愿意相信他的。

这份坦白书被我在肚子里修改了很多次，字斟句酌。我要确保它情真意切，真实可信，如果连我自己都信了，地球公社委员会不会不信的。我是无辜的，不是 Chris 的同谋，因为我——荷艾文区主席——并没参与 Chris 的谋划。比如，Chris 并没跟我透露过今天的具体计划——梵思府危机，尽管我闭着眼都能看出来，那是 Chris 在"真理者"的命令下策划的一场苦肉计，弗雷登只不过是被"真理者"洗了脑的义务炮灰，他到死都不知道，被他又打又踹的小走狗，其实是他的"革命同志"，我猜就连弗雷登用什么"大数据算法"算出的暮雪叶的照片，也是 Chris 一手制造的陷阱——难道不是 Chris 使第 13 复苏中心门户大开，让弗雷登大摇大摆地走进去修改电脑程序，绑架暮雪叶的？Chris 才不会被弗雷登欺骗呢！被骗的就只有秦朝阳。Chris 不仅神通广大，而且演技卓著，完全超越了曼姬。"真理者"真是找对人了！

总而言之，如果地球公社委员会有朝一日真的发现了 H 区暗藏的巨大阴谋，看上去也应该是这样的：Chris 和"真理者"才是主谋，荷艾文区主席波特曼将军不是，即便他曾经给过 Chris 一点小方便，也是无奈之举。当今的地球法非常强调动机，被迫的违法都不会受到惩罚，正因如此，Chris 才想到要把苦肉计从梵思府一直演到屋顶上去，他也给自己留着后路呢！这种后路，我当然更要留的。

秦朝阳果然没对 Chris 动粗，就只是一个劲儿呼唤着他的女人，像是刚刚被抓进笼子里的公鸡。Chris 的话四两拨千斤："你妻子的确没死，你刚才看到的就是暮雪叶，只要你如实回答我的问题，我保证让你见到她。"

秦朝阳立刻就被驯服了。

Chris 问他为什么不相信老婆死了，他说有人在他的三明治里夹了纸条，说他老婆没死，不信就去梵思府里看看，正巧就从强尼那里看到了新款色情机器人的照片，所以就请曼姬替他去梵思府核实一下。

我猜 Chris 对此早就心知肚明。H 区五十万名复苏人的公寓，他想进哪间就进哪间，三明治里夹上纸条，对他简直易如反掌。

当然，那些公寓我也进得去，包括 Chris 的，但是，我才不会偷偷摸摸地溜进哪个贱民的家里去。

Chris 问秦朝阳，为什么自己不去梵思府，却让曼姬替他去？秦朝阳答，他怕自己受不了。Chris 继续问他，后来怎么又带着竹田去了？秦朝阳说：那是弗雷登出的主意，他后来定期在大草地里收取弗雷登的字条，弗雷登承诺要让他找到妻子，所以他就按照弗雷登所说的一步步地做了。

Chris 问：弗雷登是主谋吗？秦朝阳答不是，还有个叫"真理者"的，他收到的纸条都是这么署名的，如果弗雷登就是真理者，也没必要使用两个名字。他相信弗雷登只是"真理者"的手下。

秦朝阳果然是个普通人，而且是复苏人里最"古老"的普通人——那时的普通人还不那么在乎自由平等和人类前途，在乎的只是自己的七情六欲，只要能让他找到老婆，出卖谁都可以，永远待在不见天日的 H 区也可以。Chris 大概没料到秦朝阳这么实诚，知道自己问错了问题，"真理者"三个字已经被地球公社委员会听到了。Chris 飞快地转换了话题，显得有些生硬，弄得我都开始担心了。

Chris 问："你真的那么爱你的老婆？"

秦："我非常想念她。"

Chris："你是怎么骗过测谎仪的？"

秦："我没骗测谎仪，我的回答都是真实的。"

Chris："测谎仪问你是否希望每时每刻都跟她在一起，你回答不。"

秦："叶子确诊之后的日子里，我常常想要躲开她，因为我想哭，又怕她发现。"

Chris："测谎仪问：如果你走进一间房间，里面都是人，你能立刻判断出她在不在吗？你答不能。"

秦："以前在我们的公寓里，我时常会产生一种错觉，感觉她已经偷偷地离开了，我会非常惊恐，立刻检查每个房间，可每次我都会找到她，她正在睡觉，或者在读书。我在冷冷清清的公寓里都常常判断不出她到底在不在，何况满是人的房间？"

Chris："测谎仪问你，你害怕让她伤心难过吗？你回答不。"

秦："你饥肠辘辘，看见一桌丰盛的酒席，决定大吃一顿，你会担心胃痛吗？你藏在被窝里用手机看小说或者视频，会担心眼睛近视吗？只要你的胃、你的眼睛没向你抱怨，你就不会担心它们会出问题。叶子习惯了忍耐，使我忽视了她，就像忽视我自己的眼睛。"

Chris："测谎仪问你，这世界上有没有一个人能够让你心甘情愿付出生命，你答有，可测谎仪又问你，那个人是不是暮雪叶？你答不是。"

秦："我爱叶子，可我不能为她付出生命，因为她不容许我这么做。她希望我用生命保护我们的儿子，我也是这么希望的。"

Chris愣了愣。"儿子""母亲""亲人"这类词语总能让他发愣。可现在并不是发愣的时候！用不着我提醒他，耳麦里已经传来地球公社委员会的质疑：这些问题是怎么回事？和主题有什么关系？

我赶忙替Chris打圆场：Chris应该是在测验秦朝阳的诚实度，这一点确定了，才能提出最关键的问题。Chris从耳麦里听到了我的解释，很配合地摇着头对秦朝阳说："你一定是在撒谎。你决定跟妻子一起冬眠，还因此花光了所有的积蓄，在你心里，儿子并没有妻子重要。"

"正是为了儿子，我才决定冬眠的。"秦朝阳平静地看着Chris，就像父亲为儿子解释一种自然现象，"我的领导曾经让我把一件东西交给一个女人，那个女人代表一个神秘而凶残的组织，那组织愿意为这件东西出大价钱。但那个女人背叛了她的组织，决定自己去赚这笔钱，为了保护自己，她决定用组织的秘密做赌注——如果她遇害了，有关交易的内幕就会被公开。可她还是被她的组织杀掉了，那个组织打算把秘密控制在最小范围。那女人只见过我，并没见过我的领导，所以，只要除掉我，这条线索也就断了。但他们并没直接除掉我，而是跟我谈判，他们担心我也留了一手，比如把什么证据藏在哪里了。所以，他们要我心甘情愿地从这世界上消失。他们轻而易举地找到了最好的方法——我的儿子，如果我不答应他们的要求，他们就要害死我的儿子，或者让他一辈子生不如死。"

秦朝阳说了长长一段，像是有点累了，安静地喘了几口气，悠悠地说："我没告诉叶子这件事，我不想让她担心。所以，她也跟你一样，以为我狠心抛弃了儿子，一直都不肯原谅我。"秦朝阳膝盖弯曲，身体渐渐下降，让自己蹲在 Chris 面前，比 Chris 还低着半头，仰着脸说，"请让我见到叶子吧！我想得到她的原谅！"

"可你儿子呢？你不需要得到他的原谅吗？" Chris 瞪大眼睛，愤愤地说，"他成了没有父母的孤儿，自己一个人，在陌生的世界里！"

"我当然希望了！我怎么可能不希望！"秦朝阳蜷缩着身体，双手抓住自己的头发，声音里充满了痛苦，"我多么希望能再看他一眼！我想看他长大的样子，哪怕只是大一点点，能看到他第一次走路，听到他说的第一句话！我多么希望能够知道他的人生是什么样子的，有没有比他的父亲强一点点？有没有多一点点勇气，多一点点快乐，多一点点自由？能比他的父亲，多懂一点……爱？"

"你撒谎！" Chris 已是满眼泪水，仿佛他就是那个被秦朝阳遗弃的孩子，要不是我们正被地球公社委员会严密监视着，我真想破口大骂！愚蠢的家伙，千钧一发的时候，怎么耍起了小孩子脾气？用不着我骂，地球公社委员会又在耳麦里提出质疑了。这回我都没法替他开脱，只好向 Chris 重复委员会的话："你在干什么？我们需要进入正题！"

Chris 猛然惊醒过来，后退了一步，高高地扬起下巴说："你说的那个女人，是不是索菲亚·李？"

秦朝阳点了点头，我心中一凛！Chris 要做什么？是在挑战地球公社的电脑计算速度吗？用不了几分钟，他们就会把索菲亚·李的一切资料都弄到手，然后说不定就会发现，这场审讯一直都跟蓝质催化剂有关！

"她是不是爱上你了？"Chris 狠狠盯着秦朝阳，仿佛要看穿他的思想。秦朝阳摇摇头："我不知道，我也不想知道！"Chris 紧紧逼问道："你们果然有亲密关系！她还跟你说过什么？你知道基因锁吗？"

老天！"基因锁"也说出来了！即便我曾经在三百年前抹去有关它的所有线索，但传说是无法完全被抹去的！只要把"索菲亚·李"和"基因锁"这两个关键词放在一起，传说就要变成事实了！Chris 打算铤而走险？这小子曾经费尽了心机，教唆别人设计复杂的圈套绑架他自己，兜了那么大的圈子，只为制造出自己是被逼无奈的假象，以便在未来免受地球法的制裁，可现在他完全把地球法抛到脑后了！没想到这小东西还真的挺勇敢，令人刮目相看。可我不准备当他的陪葬，所以立刻向地球公社委员会提出申请："不知道 Chris 出了什么问题！我请求立刻到现场去协助Chris 审讯秦朝阳！"地球公社委员会立刻就批准了，说明他们对Chris 也没那么信任了。

我乘电梯下楼，耳麦里传来秦朝阳的声音："知道。"

Chris 不禁欢呼了一声，地球公社委员会通过耳麦下达命令：

"请暂停审问，向我们解释一下基因锁……"耳麦里瞬间都是干扰杂音，信号又断了，当然是 Chris 蓄意制造的故障。我走出电梯，Chris 和我对视，反正已经彻底失去了地球公社委员会的信任，他要铤而走险了。

Chris 把黑色的三角形铁盒捧在掌心，向秦朝阳发问："你是不是钥匙？"

Chris 的声音微微发颤，其实我也很紧张：秦朝阳到底会不会是打开基因锁的最后一把钥匙？执行"预诊计划"的超级计算机一共算出四个人，三个已经试过了，其中两个是钥匙，准确率是66.7%，如果秦朝阳果然是第三把钥匙，那程序的准确率就高达75%，如果秦不是，准确率就是 50%，对于超级计算机而言，哪种概率更可信呢？我不是计算机专家，根本无法预判，Chris 也同样无法预判，可他一次多余的机会都没有了。拔一根秦朝阳的头发插进基因锁里，简直易如反掌，但如果秦朝阳并非钥匙，黑盒子里的蓝质催化剂配方也就毁了。这对人类也许是一件好事，但Chris 和他所效忠的"真理者"就要前功尽弃了。

秦朝阳低头看了一眼 Chris 手掌上的黑三角，这一眼再明白不过了——他见过那东西，而且挺熟悉。他沉吟了片刻，说："我想见见叶子。"

"你先告诉我，你是不是钥匙！"Chris 提高音量，把黑盒子举得更高些，"你告诉我，我就让你见到她！"

"我不相信你。"秦朝阳冷冷地回答，被人耍了这么久，不信也很正常。

Chris 后退了一步，反手在背后的隔板上一点，那块隔板立刻变成透明的，秦朝阳的妻子暮雪叶正蜷缩在隔板后的地面上，好像正在熟睡。她仍穿着那件沾满黑灰的乳白色睡衣，肩头一片殷红。秦朝阳猛跨一步，双手按在透明的隔板上，拼命想要推开它，隔板纹丝不动，他又用拳头发疯似的狠砸，边砸边呼喊着"叶子"，当然没有任何作用——那隔板是用坚硬的防爆材料制成的，能阻挡小型炸弹的爆炸冲击。Chris 又触碰了一下隔板，它立刻变得浑浊，隔板后的一切都消失了。

Chris 说："你如实回答我，我会让它降下去！"

秦朝阳摇头道："我不信！谁能保证这隔板真是透明的？如果只是照片呢？"

"我能证明！"我在秦朝阳背后说，"暮雪叶的确就在隔板后面。"

我决定趁着地球公社委员会接收不到信号的时机，稍微帮帮 Chris，这个时机也不会太长久，地球公社委员会用不了几分钟就能通过中央控制系统重新获得通信控制权，那时他们就会发现，这场审讯就像一架被劫持的飞机，而他们一直信任的 Chris 就是劫机犯。自 21 世纪的"9·11"事件之后，大部分政府对被成功劫持的飞机基本就只有一种态度：击落它们！

秦朝阳沉默了片刻，突然拔下一根自己的头发递给 Chris："你自己试试，不就知道了？"

Chris 一下子愣住了。他总不能告诉秦朝阳，这基因锁已经没有犯错的机会了，如果这根头发不是钥匙，盒子里的东西就再也拿不出来了。Chris 迟疑着，不知该不该去接秦朝阳的头发。

秦朝阳却突然把手一翻，出其不意地抓住 Chris 的头发，另一只手则闪电般夺过黑三角。Chris 拼命挣脱了揪住自己头发的手，连着倒退两步，靠到隔板上，满脸的惊恐。这小东西太过自信了，谁说秦朝阳不会对他使用暴力？

秦朝阳不慌不忙地捧起黑三角，右手慢慢地张开来，手指间缠着一缕头发——是 Chris 的头发！

我顿时恍然大悟！没错，他就是"钥匙"，不过他不打算用自己的头发开锁。他打算用 Chris 的！Chris 也突然醒悟过来，惊慌得说不出话来。

"你们费了那么大的事，就是为了打开这个？"秦朝阳眯着眼看看 Chris，又看看我，再看看手中的黑色三角盒子，两盏 LED 发出微弱的绿光。秦朝阳冷笑着说："原来已经打开两把了，还差一把！不过，我猜你们已经没机会再错了吧？"

秦朝阳果然非常了解这盒子！他和索菲亚·李关系密切，了解也是正常的。秦朝阳一只手举着黑三角，另一只手捏着 Chris 的一根头发，作势要插，Chris 立刻惊叫一声："别！"

秦朝阳命令 Chris："现在放下隔板，让我和叶子在一起！不然的话，我就把这根头发插进去！连插三次！也许用不了三次，插一次，它就报废了吧？"

Chris 更用力地摆手："不要插！请帮我们打开这个盒子，我立刻降下隔板！请相信我！"

"你先降下隔板！"秦朝阳凶狠地瞪着 Chris。Chris 无助地看了我一眼，我悄悄地摇了摇头，我这辈子遇到过许多次对峙，办法只有一个——坚持。

隔板却突然开始下降，尽管 Chris 什么都没做。不只挡住暮雪叶的隔板在下降，整个咖啡厅里所有的隔板都在下降！Chris 大惊失色，再度用目光向我求助，可我同样不知道发生了什么。

耳麦里突然响起地球公社委员会的声音——不，不是耳麦，而是从房间的墙壁发出来的！地球公社委员会正在通过整座建筑的扬声系统对所有人喊话："屋里的人听好了！你们已经在荷艾文区安全局的控制之中！从现在起，你们必须严格执行地球公社委员会的命令，否则将会受到最严厉的惩罚！"

我的心一沉：地球公社委员会已经越过了我们的权限，直接控制了视听系统。我是不是应该立刻宣读我肚子里的"坦白书"？

可我没法插话，因为委员会的喊话还在继续："波特曼、Chris、秦朝阳，不管你们到底想要做什么，地球公社委员会命令你们立刻放弃一切计划，并严格执行我们的命令！"

"我可不是……"我赶紧开口，想要告诉他们我跟Chris不是一伙儿的，可地球公社委员会根本不听我说，用更高的音量压过了我："我们已经知道秦朝阳手中的黑色盒子里装的是什么！地球公社委员会一致认为，为了保护人类，你们必须立即销毁那盒子里的东西，不要试图顽抗，我们已经控制了你们的设施，随时可以消灭你们！"

我彻底明白了——地球公社委员会已经掌握了黑盒子的秘密，也弄清楚了这间房间里正在进行怎样的阴谋，他们降下所有的隔板，是为了警告我们，这房间里的一切都不再受我们控制，机器警察随时都可以冲进来消灭我们。可我很清楚，这只是地球公社委员会的威胁，不然他们早就行动了，根本不会来警告我们，他们虽然能够操纵隔板和广播，却无法立刻操纵进出这栋建筑物——H区主席办公楼——的大门，作为荷艾文区的最高领导者，我对我自己的防御设施有十分钟的控制权延时，地球公社委员会至少还需要十分钟的时间，才能获得控制H区防御设施的权限。这是当初我被任命为H区主席时，他们出于礼貌赋予我的。我对Chris说："我们还有十分钟时间！"

Chris也立刻反应过来，冲着秦朝阳高喊："秦朝阳！不要毁了它！帮我打开它！你想一辈子再也见不到太阳吗？"

然而秦朝阳根本顾不上理会Chris，蜷缩着的暮雪叶已经出现在他眼前，他一步跨过正在下降的隔板，把妻子抱进自己怀里，大声地呼唤："叶子！叶子！"

暮雪叶毫无反应，她仍紧闭着双眼，皮肤蜡白，就像被女巫施了诅咒，仿佛一尊石雕，只有肩头的血迹证明她是有生命的，至少曾经有过。

"她身体里都是蓝质！你没法立刻叫醒她！"Chris边说边缓缓地向秦朝阳靠近，可他不敢贸然行事，秦朝阳始终提防着我们，他把妻子圈在臂弯里，两只手却仍紧握着盒子和头发，准备随时把头发插进去。

"秦朝阳，你听我的！把盒子给我，这样我们都可以出去！不只是出去，而是上去！上到地面上去！你可以带着你的妻子，去树林里散步，去看大海！去登山！去听雨！去看星星月亮！"

Chris拿出看家本事，开始滔滔不绝地给秦朝阳灌鸡汤，可我看得出来，他是想找机会夺过盒子，顺便从秦朝阳头上揪一根头发，不过这对于身高只有一米的他，几乎是不可能完成的任务。

我的控制权延时就只剩8分20秒了，我得迅速做出决定！我可以在这几分钟的时间里制服Chris，让秦朝阳销毁黑盒子，以此讨好地球公社委员会，但我无法断定，地球公社委员会到底会不会买账，他们从来就没有完全地信任过我，说不定会把一切都算到我头上。我可不想被突如其来的激光束在身上钻个窟窿，也不想让含有过量催眠剂的蓝质醍醐灌顶，等再醒过来不知又过了几百年了！我想我还是应该让Chris试一试，让他把这件事做到底！

"秦朝阳！这是地球公社委员会！我们命令你立刻按照我们说的做！"地球公社委员会又开始厉声地发号施令，"我们命令你立刻销毁你手中那只黑色盒子里的东西！我们向你承诺，只要你立刻销毁它，你就可以和你的妻子在H区共同生活！我们可以承诺，让你们共同居住在一套公寓里！地球公社委员会是不会撒谎的！完美时代的现代人类是不会撒谎的！会撒谎的，是你面前这两个复苏人！"

秦朝阳立刻动心了，这清清楚楚地写在他脸上。Chris尖声喊道："住在同一套公寓里又怎样？一起在集中营里死去吗？"

"而且，我们承诺，"地球公社委员会显然有备而来，"在 H 区废除集中营时区！那本来就是你眼前这个复苏人——波特曼——的主意，我们也一直觉得不妥！对不对，波特曼先生？"

我立刻意识到，地球公社委员会已经给我判了死刑——"集中营"时区的确是我想出来的，但地球最高委员会并没有加以反对，尽管它完全违背了完美时代最核心的自由和平等的价值观。其实不管过了多少年，人类的基本价值观就只有一个：生存，代表当代人类的地球公社委员会也一样，他们早决定让我做他们的替罪羊，我根本就别无选择，我肚子里的坦白书根本没有用！其实我早明白这道理，自从复苏的那一天——不！自从开始冬眠的那一天起，我其实就明白了！

所以我现在很清楚，应该如何利用剩余的不到八分钟的控制权延时。地球公社委员会刚刚提出了一个问题，他们在等待我的回应，我可以趁这个机会跟秦朝阳谈谈，只要我一口气连续往下说，委员会就很难立刻打断我，他们需要依赖电脑对我的完整回答作出分析，这就给我争取了时间。我要使用一种听上去非常平静，实质上却完全不容置疑的语气。我曾经使用过三次这样的语气：第一次，我向祖先发誓，我虽然在表面上屈服于世俗的价值观，内心却永远忠诚于本族的信仰；第二次，我向族人宣布，我的儿子将成为我的继承人；第三次，我向各国首脑宣布，全世界人民已经到了忍无可忍的地步，首脑们必须做出选择，要么签署共和协议，要么永远留在日内瓦的这间小房间里。

第四次，我用同样的语气对秦朝阳说："你面临的选择其实很简单：把 Chris 的头发插进去，毁掉这盒子里的东西，人类也就暂时安全了，或者你用你自己的头发，把这盒子打开，让 Chris 得到催化剂的配方，说不定他能以此要挟上面那群蠢货，强迫他们把复苏人都放出 H 区，回到他们所熟悉的蓝天白云下生活。但是，如果那样做，人类就多了一个巨大的威胁。到底该支持谁呢？'人类'还是 Chris？其实，我也曾面临同样的抉择。如果是几百年前，我一定会选择人类。可最近这几百年，人类实在是一直好事连连——消除了国家和民族的界限，世界大同了，信仰一致了，善恶美丑也都统一了，私有制也取消了，所有的人都一模一样了，谁也不用羡慕谁了，连孩子都不用生了，家庭责任也不必担负了，朋友和敌人都没有了，人情世故都不存在了，是哪个古代智者说过来着？任何的感情都是负担。现代人类没有了感情，所以彻底自由了，也彻底太平了，这不都是大好事吗？可 Chris 呢？他好像并没有其他人那么幸运。他一生下来就比别人少点什么，少了能让他正常成长的荷尔蒙，少了无条件爱他的父母，少了跟同龄人嬉笑打闹的机会，少了恋爱的甜蜜和失恋的痛苦，少了人生中许多的酸甜苦辣，就连蓝天白云都只能停留在儿时模糊的记忆里。地面上那些现代人觉得，Chris 应该为没有混乱的情感关系而感到幸运，可他自己并不这么觉得。你看看他现在这副可怜虫的样子！花费了那么多年的心机，对着所有人谄媚，对着所有人表演，掩饰他内心最渴望的东西。你觉得他有福气吗？如果让你忘掉你的父母、你的爱人、你的孩子、你的朋友，你会感到幸福吗？你会快乐吗？你会愿意忘记那些，去做一具行尸走肉吗？"我突然压低了原本高昂的音量，轻声说："我想我愿意选择 Chris。你呢？"

我的演讲结束了，还剩 5 分 30 秒，地球公社委员会果然没有立刻回应，他们的电脑还在对我冗长而晦涩的讲话进行计算。我静静地注视着秦朝阳，他也注视着我，我立刻明白了他的选择，心中一阵绝望——他既不在乎人类，也不在乎 Chris，他把 Chris 的头发插进黑盒子的细孔里。

Chris 要完蛋了，我也要完蛋了，地球公社委员会赢了，人类赢了。

地球公社委员会大声宣布："秦朝阳，你做出了最正确的决定！"

Chris 把眼睛闭上了，而我却拼命瞪大了眼睛，我不是没胆量面对失败的人，即便有个刽子手用匕首切开我的肚子，我也要亲眼看着他怎样掏出我的五脏六腑！我使劲盯着那盒子，我指望着看见一缕烟雾，或者闻到一点酸腐的气息，我要看着这被争夺了几百年的宝藏如何毁灭。

盒子的表面果然发生了变化——原本亮着的两粒绿色小光点旁边，霍然又多了一粒绿光！第三颗 LED 也亮了！

我简直不敢相信自己的眼睛，我的身体却早已作出反应——秦朝阳和 Chris 都还愣着，我已经把那黑盒子抢到自己手里，用力一抠，三角形的盒盖竟然被我打开了！真的打开了！我激动地欢呼："开了！Chris！你才是钥匙！"

"我？"

Chris 迷惑不解，看看我，又看看秦朝阳。秦朝阳也一脸惊诧，不明白到底发生了什么。我可顾不上跟他们解释什么！我的心脏正在狂跳，两耳嗡嗡作响，我等了几百年，终于等到这一刻了！从盒子里取出叠成三角形的纸，耳朵响得太厉害，四面的墙壁都在抖动，我突然明白过来，那不是由于过度激动造成的耳鸣，那是地球公社委员会严厉的警告："波特曼！立刻毁掉你手里的东西！这是最后的警告……"

去他妈的最后警告！我扔掉黑盒子，小心翼翼打开那张纸，纸的一面用铅笔涂黑了，隐约露出一句用奇怪符号写成的句子，23 世纪的世界上没人能看懂那符号，我曾经用了十几年时间，耗费了几亿美元，让世界最优秀的几百名考古学专家到巴士联邦的深山老林里收集古老的符号语言，然后我和他们一起研究、破解那些符号，直到我自己也成为这些原始语言的专家，而且是最出色的一个，我的辛苦没有白费，因为我看懂了纸条上的句子：

"很多很多的盐，溶解在水里，将把你们毁灭。"

就这么简单？让蓝质爆发出毁灭性力量的催化剂，竟然是高浓度盐水？过去的四百年里，那么多人都在试图发现蓝质催化剂，却从来没人想到过盐？也许有人想到过，在实验室里做过试验，但没能得出任何结果，大概因为盐水不够多？那句话写得很清楚，需要"很多很多"！

"波特曼！作为曾经解放过人类的英雄，你必须负担起保卫人类的职责！你现在必须把你手中的东西交给地球公社委员会，并且发誓永远不向任何人透露你所看到的内容！"地球公社委员会又在向我叫嚷，他们知道我已经看到了纸条上的内容，所以变换了策略，人类本性中的好奇心发挥了作用，即便是完美世界的现代人也一样——他们想要知道这字条里的内容，但仅限于他们知道，在弄清楚字条的内容之后，他们必定会彻底销毁它，当然也要除掉我！可惜已经晚了！他们无法如愿以偿了。我原本只打算利用这字条使我成为世界上唯一了解蓝质秘密的人，从而设法胁迫地球公社委员给我更多的权力，可没想到这秘密竟然如此简单，随时都可以实现！我突然有了一个大胆的计划！我的心在狂跳，我的热血在沸腾！马吉德家族的理想就要实现了！

"是吗？我应该保卫人类？"我用两指夹住那纸条，就像夹着一根香烟，向着墙壁上悬挂的显示器冷笑——H区所有的显示器也都是摄像头，地球公社委员会的全体成员都在摄像头的另一侧看着我，"我应该保护人类，就像人类曾经保护我一样？把我冷冻起来，把本应属于我的权力从我手里夺走？"

"波特曼将军！人类是因为崇敬您，才用冷冻的方式保存您，期望着当人类遇到危机时，您能再次拯救人类！这也是您当初同意的！"

"我同意的？"我恶狠狠地反问，虽然他们突然改变了语气，对我使用了尊称，反倒让我更加愤怒！我想起三百年前的一天下午，联合国理事会即将卸任的会长，弯着他那老得直不起来的腰，毕恭毕敬地站在我的面前，谦卑得好像是我的奴仆。他用遗憾的口吻对我说：将军，我有一个坏消息，他们找到了证据，证明当年在香港实施恐怖袭击的人，其实是您的儿子，也是您唯一的继承人。您也知道，全世界都把他看成是邪恶宗教势力的代言人，所以，如果他们公布这个消息，您和您的家族都会受到牵连。您是世界的领袖，带领世界人民走向光明，这一切都仰仗您无可挑剔的品格和声望，可是，如果您的声望被摧毁了，您曾经努力建立的一切也就都被摧毁了，人类走向光明的动力也将会被动摇。所以……他们提出了一个条件：只要您愿意接受冬眠，他们将永远隐藏那些证据，让您永远都像现在一样体面，人类也将继续在正确的道路上前行。

这遥远的回忆让我怒不可遏，我向着墙壁上的显示器怒吼："根本就没有人关心我到底同意或者不同意什么！他们就只关心权力！只关心自己的利益和虚荣心！人类从来都没有摆脱过罪恶的诱惑，而且越陷越深，直到今天！几千年来，你们一直在屠杀试图拯救你们的人！我曾经以为驱赶魔鬼、拯救人类是我的责任，可后来我才意识到，人类本身就是魔鬼！根本就无可拯救！"

"波特曼！你是个疯子！秦朝阳，Chris，你们都被他利用了！"地球公社委员会果断地放弃了我，试图收买秦朝阳和Chris，谁说现代人的智商退化了？人类的政治智慧永远都不会退化，如今又加上超级计算机做帮凶，委员会义正词严地宣布："我们的电脑刚刚完成了一项计算，这项计算使用了'预诊计划'所采用的推算危险人士的大数据算法，只不过，这一次被输入的对象不是睡眠中的冬眠者，而是已经苏醒的复苏人！我们一直都很好奇，为什么波特曼在使用'预诊计划'计算危险分子时，只考虑了正在冬眠的人，而忽略了已经醒来的人，现在我们终于明白了！因为按照最新的计算结果，最危险的人就是波特曼他自己！"

"哈哈！"我仰头大笑，"你们这群蠢猪！你们真的以为，我会帮着你们推算谁会有兴趣推翻你们？真是太可笑了！那个大数据算法其实就只有一个目的——计算和蓝质催化剂相关联的人！它的计算结果当然应该是我，因为这世界上最大的秘密就只有我知道！"

"波特曼！你一直在欺骗我们，一直在欺骗人类！你从来都没想要解放人类，你是想要统治人类，是不是？"

"准确地说，是要让人类获得真正的信仰，以此摆脱魔鬼的控制！我曾经以为，只有统治了人类，才能实现这个目的。可我现在发现，人类根本无法摆脱魔鬼的控制，因为人类本身就是魔鬼！"

"Chris！秦朝阳！听到了吧？波特曼是个丧心病狂的野心家！你们还在等什么？立刻消灭他！"地球公社委员会向Chris和秦朝阳发出了命令。秦朝阳依然搂着沉睡的妻子，怔怔地看着我。Chris恍然大悟，激动地睁大眼睛："波特曼将军！您就是……真理者？是您一直在暗中指导我如何笼络和游说……您自己？"

"哈哈！是的！你这个小笨蛋！"我向着Chris点头微笑。是的，我就是真理者，我这辈子最大的本事就是给别人洗脑，对于从没经历过人情却又无限憧憬人情的Chris而言，洗脑简直易如反掌。我不仅给Chris洗了脑，还让他给弗雷登也洗了脑，我让他们统统为我效劳！

"波特曼！Chris！你们马上都会被消灭的！"地球公社委员会怒不可遏地宣布。

"真的吗？"我高举起手中的纸片，"还不知道是谁毁灭谁呢！你们根本不知道那有多容易！就像用蓝质洗个澡一样简单，只不过，这一回，我要洗干净你们的灵魂！人类的灵魂！你们千万不要以为我是在危言耸听！可以让你们的电脑算一算，我是不是从来不会夸大其词！我发誓能在瞬间就让蓝质爆发出巨大威力，摧毁整个人类！"

地球公社委员会沉默了，我猜他们半信半疑，但无法完全否定我说的。对于真正的枭雄，每次生死关头都是赌博，只不过这次我胜券在握！我高傲地向地球公社委员会提出我的条件："我给你们一个机会，只有这一次，绝没有第二次！让我离开 H 区，并且成为你们的领袖，全世界的领袖！我将带领你们赶走内心的魔鬼，拯救这个世界！如果在一分钟之内，我得不到地球公社委员会的最高控制权，我就立刻毁灭人类！"

Chris 突然低声问我："波特曼将军，您真的已经知道蓝质催化剂是什么了吗？您能立刻弄到它们，并且派上用场吗？"

"当然！"我高举起纸条，大声朗读："很多很多的盐，溶解在水里，将把你们毁灭！明白了吗？蓝质催化剂就是大量高浓度的盐水！你知道 H 区的'最终消防应急措施'吗？"

Chris 立刻点头："当然！圣湖！"Chris 仰头看一眼房顶，"H 区在念青唐古拉山下 4000 米处，我们头顶的正上方，就是青藏高原盐度最高的咸水湖！在修建 H 区时，曾经修了一条引水通道作为消防措施，把 H 区和通往圣湖的地下水系相连，如果 H 区发生严重火灾，并且其他灭火手段都失败了，我们可以开启水闸，把头顶的圣湖水放进来！只不过，H 区还从来没发生过严重火灾，所以，谁也没试验过这最终应急措施。"

"哈哈！说对了！"我大笑着说，"圣湖里有'很多很多'高浓度盐水，而 H 区正弥漫着浓厚的蓝质雾！如果现在把圣湖水放进来，谁知道会不会把 H 区——哦，不，把整个青藏高原炸飞？如果青藏高原突然被炸飞了，地球会怎么样？发生里氏多少级的地震？多少城市会被海水淹没？哦，说不定蓝质的威力还不止如此呢！说不定整个地球都会在瞬间支离破碎！"

我从衣兜里取出总是随身携带的小玩意儿——荷艾文区危机处理器。这是一支极普通的遥控器，就像几百年前小学生用的计算器，我用它做不了太多事情，不过，为数不多的几个按钮里，有一个印着小火苗的按钮，我能用它发出一道紧急指令，把头顶圣湖的盐水灌下来！我的特权延时还剩四十秒，我有足够的时间毁灭这个世界！地球公社委员会的那帮可怜虫，他们无论如何也想不到，当初给了我十分钟对 H 区安保系统的控制权，就等于给了我毁灭地球的权力！

"波特曼！毁灭人类就等于毁灭你自己！对你有什么好处呢？"地球公社委员会还在做最后的挣扎。

我用平静而冷酷的声音回答他们："你们从来没有过放牧的经验吧？赶着一群羊，寻找水源和草，看着它们健康成长，那曾经是我的祖先们最大的期望，因为那意味着全族人都能吃饱穿暖，孩子能去读书，病人能得到药品，老人能安享晚年，所以羊是祖先们的最爱。可是如果那群羊里有一只突然病死了，他们会怎么做？他们会杀死整整一群羊！因为病毒就像魔鬼，悄然进入每一只羊的躯体，如果你不及时杀死那些羊，病毒就有可能传染其他的羊群！你们明白吗？人类已经感染了魔鬼的病毒！如果不能把魔鬼和人类分开，那就应该消灭人类！"

我狠狠地说完最后一句，全身无比轻松，从没像现在这么痛快过。Chris 正震惊地看着我，这家伙是不是对我更加崇拜了？他怎么能想到"真理者"的境界竟然这么高——根本不畏生死，甚至不在乎人类的存亡！这才是真正的"真理者"应该做的，因为在人类的字典里，从来就没有"真理"这个词！

Chris 却突然小跑过来，轻轻拉住我的衣角，惴惴地问："波特曼将军，您真的要毁灭人类吗？"

"当然！我不是告诉过你吗？真理比生命更重要！"

"可波特曼先生，我……我其实只是想到上面去，看看蓝天和白云……"Chris 羞愧地向上看了一眼，怯怯地说，"还想找一找有关我妈妈的传说……"Chris 眼中突然盈满了泪水，"我想知道，她有没有想念过我。可是……"Chris 开始抽泣，"波特曼先生，我不想死，也不希望人类灭绝……"

"波特曼！"地球公社委员会又开口了，"我们的电脑已经得出了结果，电脑认为你有 98.7% 的可能是在说谎！你其实不具备毁灭人类的能力，因此，我们做出决定，不会屈从于你的威胁！你的延时控制权还剩下 7 秒，这是你最后的投降机会！"

我就知道电脑是愚蠢的，没想到现代人更蠢！他们的脑子已经退化了，死到临头了还不知道！Chris 这个到处发育不良的小东西倒是比他们聪明一百倍，突然向着我手中的遥控器猛扑过来。但这实在是太可笑了，一个六七岁的孩子，也能阻止曾经拯救世界的将军？我一脚把他踢翻在地。我已下定决心，既然拯救不了人类，那就干脆将其消灭！人类不是要保护环境、保护动物、保护宇宙吗？然而人类才是宇宙的毒瘤！我坚决地按下按钮！

远处传来隆隆巨响，像是天边滚起的闷雷，大地开始震颤，咖啡厅巨大而厚重的防爆窗裂出一道道交错的缝儿。巨响越来越近，震动也越来越剧烈，窗外的蓝雾里升起一条白线，向着我们飞速袭来！

圣湖的湖水！来吧！来迎接人类的末日！

汹涌的白色巨浪破窗而入，铺天盖地地涌进咖啡厅，浓重的咸腥气味扑面而来，冰冷的湖水瞬间把我吞没了……

我原以为我死了。可是当我睁开双眼，看见满地的泥水和碎玻璃，我突然意识到，我并没有死。圣湖的盐水除了冲坏了门窗并且带来一地泥沙，似乎并没造成什么更大的损失，更别提毁灭地球了。

隐约之间，我似乎听见某人的叫喊，是秦朝阳！他正在呼唤他的女人，声音里竟然透着疯狂的快意！难道他疯了？我挣扎着爬起来，看到秦朝阳就在不远处，双膝跪在地上，把白衣女人抱在自己怀里，那女人低垂的胳膊竟然动了。

他们瞬间拥抱在一起！她怎么醒了？

然后，透过失去了玻璃的窗户，我看见许多人，互相搀扶，神色迷茫——原本躺在大街上熟睡的人，他们都醒过来了。

我瞬间恍然大悟，顿时一阵天旋地转！"很多很多的盐，溶解在水里，将把你们毁灭。"——"你们"指的不是人类，而是蓝质本身！原来祖先刻在洞穴石壁上的古老句子，指的根本就不是能够摧毁地球的蓝质催化剂，而是能够让蓝质失效的中和剂！古老的传说是错的！我瞬间毛骨悚然——还有多少传说是错的？祖先们流传下来的信仰呢？正义和邪恶、天使和魔鬼……还有多少是错的？我是不是错了？我逼科里做的、信仰的、逼他成为的，又因为他成为不了而对他恨之入骨的……我是不是都错了？从一开始就错了？

不！我是不会错的！马吉德家族是不会错的！巴士人民的古老信仰也不会错！人类就是愚蠢而邪恶的，这我早就亲眼目睹了！看看历朝历代的所谓英雄伟人吧！看看那些打着拯救人类、拯救地球旗号的伪君子吧！看看那群曾经嫉妒着仇恨着屠杀着同类的魔鬼吧！再看看现在这些连梦都不会做的白痴吧！人类怎么可能不是愚蠢的？怎么可能不是邪恶的？

我听见整齐而沉重的脚步声，是一群机器警察正飞速向我跑来。我向着他们挥舞着拳头高喊："人类本来就是愚蠢的！你们以为实现了天下大同，万众一心，一致的财富，一致的观点，一致的思维模式，一致的命运，这样就可以天下太平，人人幸福美满了？可你们错了！你们失去了善恶美丑！没有恶就没有善！没有丑就没有美！你们知道，你们为什么失去了创造力吗？"

那些机器人不由分说，抓住我的四肢，把我抬离了地面。它们个个力大无穷，我完全无法挣扎，只能继续声嘶力竭地喊："因为创造力只能来自个体的差异！只能来自自私、嫉妒和欲望！只能来自模仿、分裂、异化，来自追赶、角逐、超越！"我被机器人抬着经过秦朝阳和他妻子的身边，他们根本顾不上我，我突然来了灵感，又加了一句：

"还有爱！有私心的不能与人共享的爱！秦朝阳！你告诉那帮蠢货，什么是爱吧！可他们根本就不会明白！哈哈哈哈……"

秦朝阳迅速从我眼前消失了，那些机器人好像换了个姿势，把我举得高高的，现在我只能看到一片混混沌沌的天空，就像早春的拂晓，天边似乎还有几颗星，不知道为什么会看到星星，难道是我回到了巴土的故乡？肯定是的，因为我看见晨曦中的草原，羊群还簇拥在一起睡着，小科里已经被我赶出去跑步了。我不让他穿外套，只让他穿着背心和短裤，他在被朝霞镶了金边的山坡上奔跑，越来越远，越来越小，瘦小的身体也镶了金边，像个天使似的，跑进金色的朝霞里。

我让我老婆煮一碗香喷喷的羊肉汤，等我的小科里回来了，给他暖暖身子，我突然感觉很难过，下定决心以后再也不让他受冻了，也不让他受到任何体罚，我要让他去国外读书，娶个漂亮姑娘，生许多漂亮孩子，他们都围在我身边，抢着摸我的胡须，听我给他们讲美丽的传说。

我睁开眼，身边什么都没有，没有科里的妈妈，也没有科里。没有山坡，也没有朝霞，就只有一片混沌的天空，好像一只倒扣的大碗，无情地把我扣在下面。

科里都没有了，就算得到全世界，又有什么用呢？

我一下子空了，五脏六腑都被掏空，空空如也，只剩一副垂死的皮囊。

第八章　暮雪

1985 年　在杭州出生
2018 年　在巴黎被冷冻
2525 年　在 H 区复苏

1.

我睁开眼睛，看见窗外昏暗的天空，立刻有一种时光错位的感觉——以为自己睡了很久，其实天还没大亮。这种情况并不稀奇，特别是回国以后，就像是有时差，好久也没能完全倒过来。我常常醒得很早，并没有醒彻底，现实里掺着碎乱的梦境。房间里还很暗，楼道里也很静，厕所的水管子偶尔有些响动，像是旷野一阵呼啸而起的风。我不敢睁眼查看，他是不是还躺在我身边，我不知是不是还在梦里，有时现实和梦境的分界并不明显。突然间，床轻轻晃动，我松了一口气，把眼睛睁开一条缝，看见他的背。我一直眯眼看着他，直到闹钟响起来。

可这次不同。天虽是昏暗的，我却摸不到床单。我什么都摸不到，甚至连手在哪里都感觉不到。这不是我家的卧室，而是一个空旷而昏暗的大房间，我什么都看不清楚，只闻见一股浓重的腥味，好像我正睡在海鲜市场里。我努力回忆，却无论如何想不起我到底在哪儿。这让我很不踏实，可我无能为力，因为我感觉不到自己的四肢。我惊慌地想要大叫，可舌头也同样不存在，我发不出任何声音，就像被困在梦魇里。

我猛然想起某个阴沉的下午，隔着茫茫人海，我看着他快步走进地铁。就在半分钟之前，他还用微信告诉我，他在公司加班。对了，那是在上海。他不知道我心血来潮地到了上海。我想给他个惊喜，带来他将要做父亲的消息。他突然刹住了步子，我还以为他的直觉发现了我，心脏狂跳起来。可他并没把身体转向我，我看见另一个女人，立刻跌进一场梦魇里，不，我只是彻底明白过来，我已在梦魇里很多年。我知道他并不爱我，甚至早就开始厌倦我，就像厌倦他的母亲，尽管我非常努力地和他的母亲不同——我不抱怨，不发脾气，不计较也不赌气，从不拆穿他的谎言。这样也好，我可以更放心地让他得到自由。

我终于想起来了！我是到巴黎来接受安乐死的。他答应让我有尊严地死去，还答应陪我一起来巴黎，这就足够让我满意了。一辈子，嫁一个人，伺候他，忍受他的母亲，给他生个孩子，图的就是在你最需要的时刻，他能依着你，陪着你。虽然以前也曾无数次地感觉到需要——等着他下班，等着跟他去旅行，等着一句亲密的话，还有好多个深夜，听着他在大床的另一侧偷偷喘着粗气……但是跟这次比起来，过去的那些全都算不上什么。当生命的终点像路牌一样高悬在眼前，我终于知道我最需要的是什么。我需要一个人，能把最重要的事情托付给他。我感觉到了幸运，因为我没因为他的母亲而离开他，没因为他不够爱我而离开他，没因为他把我当成束缚而离开他，也没因为他背着我跟另一个女人约会而离开他，我没离开他，也没把他逼到必须离开我的地步，这是我这辈子最走运的事了。

莫非我已经死了？好像不对。我努力回忆着，想起一面镜子，镜子里他躺在另一张病床上，和我的病床并排放在一起，他和我一样也穿着病号服，浑身插满了管子。他又没得绝症，医生绝不会给他实施安乐死的。他想要干什么？我惊恐万分，想起他曾经问我的问题：愿不愿意冷冻自己，睡上一大觉，到未来的世界里去？当然不愿意！我回答：我才不要在一个陌生的世界里醒过来，没有亲人，没有朋友，没有你！莫非，他是要陪着我一起到未来去？难道就因为我说过"没有你"？

我想眨眨眼睛，也许这样能让视觉更清楚，可我没办法眨眼，眼皮都不存在。四周越来越昏暗，分不清是人世还是阴间。我又想起一个飘着细雪的傍晚，他破门而出，那是在他母亲离开纽约之后，我帮他做了决定——一起离开美国，回北京去。他似乎并不开心，丝毫也不感激我的牺牲，发疯似的跑上楼顶去了。一切已成定局，贫穷而快乐的两人世界结束了。我怕他真的从楼顶跳下去，不顾一切地追了上去，我看见他站在楼顶边缘，高举着双臂，无声地向着空气挥舞。他会不会也曾跑到巴黎某座建筑的楼顶，在空中凶猛地挥舞拳头：好吧！我和你一起冷冻！我并不是那个意思。从来都不是的。

可这里又不像是阴间，更不像是巴黎，我到底是在哪里呢？突然间，我眼前出现了一张脸，逆着光，模模糊糊的一团，像是沉在水底。我心中一阵焦急，想要看清那张脸，可我还是无能为力，可我似乎闻到了他的呼吸。每个人的呼吸都带有特殊的气味。我突然感觉到自己的心脏了，因为它狂跳起来，就像十年前，在冰雪覆盖的校园里，我独自在教室里自习，而他突然出现在门口。

我听见模糊而遥远的叫声："叶子！叶子！"

我试着张嘴，可还是发不出声音，我想向他伸出手，可仍然感觉不到手的存在，我的视力也毫无长进，眼前模糊一片。突然间，我感觉到了什么，潮湿而滚烫！是他把脸贴到我脸上了！然后，我感觉到了振动，周身都在振动，是他在抱着我抽泣！我就在那湿乎乎的颤抖中迎来了铺天盖地的酸麻，全身像是被千万只小虫啄咬，振动突然加剧，我浑身狠狠地痉挛，五脏六腑翻江倒海，我的肉体一下子都回来了！我艰难地吐出几个字："我……恨……你！"

我以前从来没恨过他，即便他对我撒谎，背着我去跟别的女人约会，我都没恨过他。可是，当我发现他跟我并排躺在操作室里，我真真切切地感觉到了恨意。他不但误解了我，还抛弃了我们的儿子！

我鼻子酸了，脸上痒痒的，我们的泪水流到一处。他的脸却突然远离了我，我们之间冒出另一个脑袋，圆滚滚的像个皮球，五官模糊不清。我听见悦耳的童声说："亲爱的奶奶！我是你的孙子，Chris！"

2.

他们——那些机器警察——给了我们三十分钟时间，让我们在这间湿乎乎的大房间里小聚——我和朝阳，还有我们的孙子Chris。我不清楚为什么 Chris 会是我们的孙子，我们的孙子怎么会患有先天性垂体功能减退症呢？

我和朝阳的家族里从来都没有过这种情况。

朝阳告诉我，现在是被称为"完美时代"的 26 世纪，新世纪没有家庭，也没有爱情、亲情，但新世纪的人们通情达理，容许我们团聚半个小时。我担心得要命，不知半个小时过后，是不是朝阳和 Chris 都将和我分开。可我没办法问清楚，我的舌头还是很不好使。

Chris 告诉我，我复苏后一直处于被催眠状态，身体机能尚未完全恢复，不过很快就会恢复，所以没什么可担心的！他用小孩子的口吻安慰我，听上去既可笑又可爱。为了节省珍贵的时间，我不再尝试开口，就听他们说，听天由命。只团聚半个小时也是好的，反正我本来是打算死去的。

好在我的视觉渐渐恢复，已经能看清楚朝阳，他和我记忆中没什么区别，并没有变老，只是非常憔悴，忧心忡忡的。看他的样子，谁会相信已经过了五百多年？他以前也常常表情忧郁，难得看见笑脸。还记得第一次见到他，在底特律郊区的某座教堂里，阳光透过彩色玻璃照在他额上，眉间的几条竖纹深如刀刻。我首先注意到的就是那几条竖纹，好像他一生下来，就是到人间来受苦的。我没来由地一阵冲动，想用手去抚平那些皱纹，也许我就是在那一刻爱上了他。

朝阳似是有话难以启齿，不是对我，是对 Chris。我对 Chris 也有太多的问题，可我无法指挥我的舌头。朝阳终于开口了，吞吞吐吐的，正如我所料，他在打听 Chris 的父亲，也就是我们的儿子，他担心儿子过得不好。我又生起气来：不论儿子过得好与不好，他总是个不称职的父亲。

Chris 说他并不十分了解他的爸妈，他五岁就被冷冻，不记得多少以前的事情，可他查阅了不少资料，他的父母都是电影圈的名人，有关记载就很丰富。他的母亲是 21 世纪颇为成功的电影明星，他的父亲是当时中国最伟大的导演，两人都得奖无数，被无数人崇拜。听 Chris 说到这里，我非常吃惊，既感到骄傲也非常遗憾，我错过了那个时代，没能亲眼看见儿子获得成功，被万众瞩目。

朝阳看上去非常沮丧，他说："那些并不重要，我想知道别的。"他并没解释"别的"是什么，可我明白他的意思。我和朝阳都是平凡的普通人，我们的人生都是"别的"——衣食住行、柴米油盐。我们从没参加过首映礼，更别提走红毯了，我们只买打折的电影票，在电影结束后想办法溜进另一场，这样的人生有什么可"知道"的呢?

Chris 似乎也明白了,他说他的父亲从小在孤儿院长大,中学都没毕业,天南地北地跑过很多地方,做过装修工人,也因偷窃坐过牢,后来进了剧组打杂,再后来成了导演。朝阳在听到"孤儿院"三个字时浑身猛地一抖,满怀愧疚地偷看了我一眼。我怨恨地把目光转向一边,我其实很想多看看朝阳,我都不知道半个小时之后还能不能再看见他,可我太难过了,一颗心支离破碎,让我如何原谅他?

Chris 放慢了语速,最后几句讲得磕磕绊绊:"我爸有些不太好的习惯,比如抽烟、酗酒,还有吸毒,他还患有严重的忧郁症,四十五岁就去世了。是……跳楼。"

我像是被人重重一击,险些又昏过去,多亏朝阳扶住了我,可我宁可他没有扶我,宁可他根本不在我眼前!

Chris 沉默了,我们三个都沉默了,朝阳用双手遮住脸,双肩微微地耸动。我知道他在哭。跟他一起生活的许多年里,我只见他哭过一次,就是拿到我的诊断书之后。我当时非常感动,尽管我并不认为他真的很爱我,我只是一件熟悉透顶的东西,平时碍手碍脚,一旦要没了,却又有些舍不得。这种失去虽也伤感,却远比不上挚爱被夺走的伤痛——我的儿子、我的人生,都被一纸诊断书夺走了。尤其是儿子,是我无论如何舍不下的,我将无法看他走路,无法听他叫我一声妈妈!更可笑的是,儿子没了,我自己的人生倒是又续上了,这有什么意义呢?朝阳还在无声地抽泣,可我怎能原谅他?

"爷爷,奶奶,我一直有个问题。"Chris 仰起脸,脸上充满了稚气,根本不像个二十八岁的成年人。也许正因为我错过了我的儿子,老天才让我的孙子永远留在童年等着我。我很想抱抱Chris,可我的四肢并不能随心所欲,仍然像是在梦里。我多希望的确是在梦里，在 21 世纪的梦里，我还躺在巴黎的操作室里，朝阳正站在我身边，握着我的手，送我最后一程，他并没赌气陪我冬眠，也没有抛弃我们的儿子，也许有个牧师正在为我祈祷。

Chris 迟疑了一阵，终于鼓足勇气，说出他的问题："你们爱不爱我的爸爸？"

朝阳狠狠地抹了把脸，用力吸了吸鼻子，朝着 Chris 使劲点头："当然！我们非常爱他！"

"我猜也是的！"Chris 满意地笑了，"我知道，是有人想让爷爷从这个世界上消失，所以用爸爸的生命作为要挟！爷爷是为了保护爸爸，才不得不去冷冻自己的！"Chris 好像突然想到什么，怯怯地看了我一眼，"奶奶不会失望吧？爷爷肯定也是为了跟奶奶在一起，才决定冒险冷冻自己！"

我朝着 Chris 笑了笑，就像条件反射似的，可我脑子里有点儿乱，没理清 Chris 刚说的，也许他只是在编故事，孩子们都喜欢编故事。我也曾是个天真的孩子，一辈子都在给自己编一个可爱的故事，在那故事里，朝阳真心愿意跟我在一起。

"可我一直很想知道，我的爸爸妈妈，他们有没有爱过我。"Chris 脸上的笑容没了，低垂了目光，变得可怜巴巴的。朝阳蹲下身子，拉住 Chris 的双手："他们一定非常爱你。"

Chris 却轻轻摇了摇头，非常委屈地说："我看过好多报道，他们其实没告诉那些记者我有病，他们告诉记者，我死了……"Chris 仰起头，眼中充满了泪水，"如果我再大一些，就瞒不过那些记者了，也许就是为了这个，他们才决定让我去冬眠的。"

又是沉默，难耐的沉默，就像布鲁克林飘着细雪的黄昏，阴沉的天色一直渗进客厅里，朝阳抱着手提电脑，我婆婆蹲在地上用力擦着地板，她那样擦了一个星期了。我茫然地站在墙角，手里同样攥着一块抹布，却不知还能擦些什么。屋子里除了抹布和地面摩擦的声音，只有令人窒息的沉默。我看着朝阳，用目光向他求救，可他根本不把头抬起来。我那时恨透了婆婆，可现在我理解她，她只不过是想和她的儿子在一起。在 21 世纪，中国有很多有钱的父母，为了让孩子成为更完美的人，在他们很小的时候，就把他们送去遥远的国度，接受更好的教育。为了帮着孩子们建设未来，他们放弃了眼下跟孩子在一起的美好时光，我厌恶这种做法，但是，我多希望 Chris 的父母也怀着同样的目的。

我再度把目光投向朝阳，在紧张或者难堪时我总是用目光寻找他，并没指望能得到回应。可他用目光回应了我，眼中充满了懊悔，像个闯祸的孩子在寻找依靠，五百年后的瞬间，我们调换了位置，我一阵心酸，含着泪向他微微点头。朝阳轻轻地拉近 Chris，用温柔的声音说："你的爸爸妈妈，只不过是想让你做个更完美的人。"

"可我才不在乎！我才不稀罕做个完美的人！我就只想跟他们在一起！"泪水顺着 Chris 的两腮汩汩地滚下来，他大睁着红肿的双眼看着我们，像是在渴求听我们说：他们也想跟你在一起！可我实在说不出口，不只是因为舌头不好使，我的心在抽搐，我不得不责备我自己的儿子，然后又像每个儿子的母亲一样，把这件事怪到他妻子头上——也许自私和虚伪的是那个电影明星，我儿子只不过太懦弱，就像他父亲一样，事事都不能自己做主。

朝阳也沉默了，狠狠地嘴唇抿成白色，这是他愤怒时的样子，也是他悲伤的样子，泪水在他眼眶里打着转，我知道他在责备自己，恨不得把头狠狠地往墙上撞，他以前撞过的，以为我并没发现。我什么都假装没发现，尽我所能，事事表现得懦弱顺服，不像他母亲那样霸道强势，但我还是成为他的枷锁。母亲的强势是钢铁做的枷锁，妻子的懦弱是纸做的枷锁，他永远逃不开枷锁，除非他离开母亲和我，他的儿子大概也跟他一样，不然为什么跳楼自杀？也许，他是在用自己的方式获得自由。

几个机器警察走过来，半个小时过得可真快。它们要带走
Chris，朝阳留了下来。我长出了一口气，不知应该高兴还是悲
伤。Chris 倒是并不显得十分悲伤，甚至有些兴高采烈，他朝我们
挥舞着双手："爷爷奶奶！"他果真笑了起来，"爷爷奶奶！能这
么叫你们真是好极了！这么多年，我做梦都想要有亲人！你们不
用为我担心！他们顶多冷冻我，冻个一两百年，我反正尝试过在
陌生的世界醒过来，再来一次也没什么！只是很可惜，我好不容
易找到了亲人，又要失去了！"Chris 突然又哭了，"爷爷奶奶，
我会非常想念你们的！"

"奎斯……"我竭尽全力，终于叫出 Chris 的名字，口齿很
不清楚，可 Chris 听懂了。他朝我用力地点头，把嘴咧得大大
的，然后兴高采烈地转身跟着机器警察走了，真是个孩子，一会
儿哭一会儿笑的。我也像个孩子，在笑着流泪。朝阳也泪眼婆娑，
他握住我的手说："对不起！我对不起我们的儿子，我也对不起
Chris！我刚才还对他很凶……"

朝阳哽咽着说不下去了。

我拼命把手从他手里抽出来，仰起头凝视着远方，我以前从
来没有这样对待过他。远方其实没什么可看的，只有乌蒙蒙的天
空，到处都是机器警察，监督着缓缓移动的人群。那些人看上去
都很疲惫，心力交瘁，身上的衣服又脏又皱，我莫名地想起爬雪
山过草地的战士，他们干了什么？会像 Chris 一样受到惩罚吗？

有两个机器警察一左一右站在我和朝阳两侧，应该是在看守
我们，脸上却并没有戒备的表情。机器人的表情大概都是这个样
子，它们并没有任何感受，只不过在按部就班地执行命令，我也
像是个机器人，心中一片麻木，也许是疼得太久，终于麻木了。
如果有任何人给我指令，我都会乖乖地执行，可我偏偏不执行朝

阳的，我把手抽了出来，不再顺应他的需求。我们的儿子都已经去世快五百年了，我也已经"死"过一次了，该做的我都做了，不需要再为他努力了。

他却垂下双手，一屁股坐在地上，满脸都是泪水。我几乎要开口说：别坐在地上，又湿又冷的。还好我的舌头不太管用，这样也许更好，我以前唠叨得太多了，把他说烦了，给他上了枷锁。

他却开口了，听上去很平静，像是在给我讲故事，又像是给别的什么人讲的："我把儿子托付给我哥，我以为他会看在手足的分上帮我，我哥一本正经地问我：你对你儿子最大的期望是什么？我说，我就只希望他庸庸碌碌，与世无争，平静而快乐。我哥点了点头，我以为他会说话算话的。可我的儿子却成了孤儿……也许是因为吃了太多的苦，所以无论如何都得不到满足……我本以为，这世界上，只有我是最不懂快乐的，我把儿子交给哥，也许他反而能变得快乐些。可我错了。"朝阳闭起双眼，缓缓地摇头，非常悲伤地小声重复着，"错了，错了……"

我曾经见他用自己的头撞墙，也见过他疯狂地挥舞双手，可我从来没见过他像现在这样绝望。我似乎听见什么东西破碎的声音，从我身体里传出来，不是我的心，而是他的。我实在不忍再跟他赌气，所以把手轻轻放在他肩头，他把我的手拿下来，捧到唇边，流着泪说："恨我吧，你应该恨我，是我没照顾好我们的儿子……"

他在误解我！过了这么多年，他还是不明白！我急不可耐，必须说点什么："不！你……搞错……了！我恨的……不是……这个！"我的舌头似乎稍微灵活了一些，就算不灵活我也必须坚持，"我恨的……是你……不给我……机会……让你……自由！"

我狠狠地咬了舌头一口，疼得要流眼泪，可我根本顾不上那个，坚持继续往下说："你……冷冻……自己……难道……就为了……证明……我又……剥夺了……你的……自由？"

他惊讶地睁大了眼睛："我……"

"不……要……打断我！"我也越说越激动，虽然结结巴巴，却完全不能停下来，"我从来……都不……想……做你的……枷锁！我……只希望……你能……真正地……自由，宁可……没有……我！"

我眼前突然模糊一片，泪水让我看不清他的脸，可我知道他也在流泪，我听见他抽泣的声音："也许以前，是像你说的那样。可现在，不是了！"

他缓缓地靠近我，用双臂轻轻拥着我，把嘴唇贴在我耳郭上，他的声音很轻很轻，为了不让别人听见："叶子，我终于明白了，只有和你在一起，我才能真的自由！"

终章 | 2526 年的情人节

叶子的表情很安详，就像五百年前，躺在皮卡斯医生操作室里的样子。其实她比那时更安详，而且脸色红润，生机勃勃的。她在镜子里向我微笑，我也向她微笑，就像我们正要一起去度假旅行似的。

我们并不是去度假，我们正并排躺在 H 区冬眠中心的两张操作台上，镜子是按照我的要求临时安装在房顶上的，这样我们才能彼此看见对方。一切都跟五百年前一样，让我有些恍惚，好在墙壁上有个巨大的红色电子钟，提醒我们这是在 2526 年。

还有一个区别：这一次，不是我陪着叶子，而是她陪着我——我正准备接受一百年的冬眠刑罚，是最轻的那种，没任何知觉，睡一觉就过去了。

叶子答应陪我一起接受冬眠，算是帮地球公社委员会一个忙，正像我告诉过叶子的，新世纪的人民通情达理。虽然我并没拯救人类（因为人类其实根本不需要我的拯救），但毕竟是按照地球公社委员会的指令做了，26 世纪的地球法律很看重动机，所以，地球公社委员会决定遵守他们的承诺：破例让我和叶子一起生活。但是，我毕竟还是违反了法律（刻意隐瞒了乱心症），必须冬眠一百年，如果叶子不同意冬眠，地球公社委员会就无法兑现诺言，如果真是那样，这一期的十二名委员不仅需要引咎辞职，终身不得再担任公职，而且还会遭到渎职罪的起诉——他们在给出承诺的时候没考虑周全，给自己制造了一个悖论，这就是渎职。不过，叶子很愿意陪我冬眠，这个问题也就完美地解决了。

叶子满心欢喜。她说她反正已经冬眠了五百年，再多睡一百年又有什么关系？反正醒了就能看见我，说不定还能在有生之年再见到我们的孙子——Chris的判决还没公布，他的情况比较复杂，虽然他的罪行更加严重，但他很会为自己辩解，而且现代人毕竟更相信一个接受现代教育的没有性能力的人。有传言说，他的判决会在五十至一百五十年之间，所以按照最坏的情况，等他复苏时，我和叶子的生理年龄也不过才八十多岁，地球公社委员会取消了"集中营"时区，H区的复苏人可以安心地活到一百二十岁了。

日本作家竹田也被判了一百年，波特曼将军被判了五百年。曼姬没被判刑，她不再说一句话，就只一会儿哭一会儿笑，像个犯了花痴的初恋少女。她被关进康复中心，也许一辈子都出不来了。

地球公社委员会派来一位代表，亲自为我们送行，他是我这辈子见到的第一个现代人——弗雷登不算，因为他浑身上下都是假的。当那位代表在操作室门口出现时，叶子发出了一声轻呼。我知道她为什么惊讶，我也非常惊讶，以为是Chris回来了，可再仔细一看，我们的兴奋立刻消失了——那并不是Chris。虽然那人的身高和体形都与Chris相仿，他可比我们的Chris丑多了：他的脸比Chris的更圆，圆成了一团白面，马马虎虎揉成，有些缝儿没来得及揉平——那就是他的眼睛、鼻子、嘴，还有额头的皱纹。我恍然大悟：原来，这就是电脑通过基因筛选培育出来的优质人类！在完美时代，人类不需要传宗接代，因此也就不再需要吸引异性，不需要身高，也不需要貌美，那些外在的东西早就被电脑自动"忽略"了。

地球公社委员会的代表礼貌地问候我们，像是在为外国来宾饯行，他的声音和表情，倒是跟机器人不分上下。他问我们还有什么未完成的心愿，叶子说，她唯一的遗憾是儿子，她知道得太少了，除此之外，她的心愿都完成了。我摇了摇头，什么都没说，并不是没的可说，只是不知该怎么说清楚。我也想再多了解一些有关儿子的事情，想知道他自杀前到底在想什么？然而这需要很大的勇气——光是想想这个问题，就已经让我心疼得几乎窒息。机器护士曾经再三叮嘱，冬眠前须避免情绪激动。

地球公社委员会的代表很重视叶子的要求，竟然把我们的冬眠程序推迟了五分钟，并且向地球公社委员会提出申请，能不能让超级计算机计算一下，是否能得到有关我们儿子的完整资料。他是在 4 分 30 秒后收到回复的，他说电脑找到了非常多的信息，不过出现了一些自相矛盾之处，他举了个例子：尽管大量信息都有关那位著名导演，但也有一些不着边际的东西，比如导演的妻子和司机之间的花边新闻。电脑暂时还没理出头绪，所以他不能把似是而非的信息告诉我们，特别是在我们马上要进行冬眠之前，情绪不能过于波动，但是他向我们保证，等一百年后我们醒来，就会收到完整而准确的信息。

然后他开始宣读我的判决书，但我几乎全都没听明白，因为我的心思都在他刚刚透露的那一点点信息上，直到他宣布最后的一句，我才回过神来。

他用非常温和的语气说："那就请秦朝阳先生和暮雪叶女士接受冷冻操作吧！"

他话音未落，冲进来一个黑皮肤的胖女人，她用洪亮的声音对我说："老兄！又见面啦！你现在可是名人啦！"

我一眼认出她来：正是帮助我复苏的护士达琳。她没戴头盔，黑脸庞显得更加浑圆肥大，不过几个月的时间，她已经从复苏中心的护士荣升成为冬眠中心的操作师了。这个变化有些令人难以接受，但细想起来，复苏和冷冻的技术大概有很多相似之处，在科技发达又讲究人道的时代，医生和刽子手也可以身份互换——是我用词不当，完美的 26 世纪没有刽子手，就只有冬眠操作师。

达琳冲我挤了挤眼睛，并没多说什么。她给我们戴上呼吸器，检查了各项指标，然后取出针剂给我们注射，现在的技术比五百年前简单多了，先来一针麻醉剂，等我们失去知觉，再把我们推进充满蓝质的密闭容器里。达琳告诉我们，针剂会在 30 秒内发生作用，我们会感到轻微的头晕，然后迅速丧失意识。

然而并没等到 30 秒，针尖刺入皮肤的瞬间，我眼前一片漆黑。

我什么都看不见，可我并不感觉害怕，甚至有些熟悉，这地方似曾相识。我听见水珠击打石壁的声音，难道是在山洞里？是我发现蓝质矿石的山洞，还是小时候癫痫发作时神游的山洞？又或许，两者本来就是同一个地方？我若有所悟，同时又感觉莫名地紧张，好像又有什么至关重要的事情要发生了。

我突然听到一个男人鄙夷的声音："没出息！"

我立刻就识别出来，是我哥。他近在咫尺，我却看不见他，可这并不妨碍我怒火中烧："你丢了我儿子！"

我哥却在黑暗中冷笑："哈！你儿子？那个比你还没出息的窝囊废？"

我怒不可遏，可惜我看不见他，不然我必定要扑上去掐住他的脖子，我强压住火，冷冷地反驳他："可惜他不是窝囊废，他是 21 世纪最伟大的导演！"

"哈哈！"我哥笑了，这次不是冷笑，而是捧腹大笑，就像听到世界上最荒谬的笑话，"你儿子？导演？你开什么玩笑？他一辈子除了开车什么都不会！哦，对了，他倒是给一个女明星开过一阵子车，后来那女的怀孕了，立刻就把他给炒了！那个笨蛋，竟然说人家怀的孩子是他的，谁信呢！就他那点儿出息！"

我惊喜交集，迫不及待地问："你没抛弃他？"

"当然没有！他从小就很听话，长大了也很孝顺，把挣的钱都交给我，比我亲儿子都强！不过也没多少钱，你儿子比你还没出息，而且还缺心眼儿，不过他有一点比你强，他每天都乐呵呵的……"

我是在狂喜中醒过来的，浑身微微地战栗。达琳一脸不解地看着我，像是问我又像是自言自语："这是怎么回事？蓝质不是早就把你的癫痫治愈了？"

我大失所望，那只是癫痫发作的幻觉？

达琳耸耸肩："反正你要在蓝质里泡上一百年，这次肯定能给你治好了。"

大概是催眠剂在发生效力，我惆怅的心情突然消失了，我被一种愉悦而满足的感觉所笼罩。我突然很想把那个梦讲给叶子，她一定会开心的。可我已经没有力气讲那么多的话了。我想起五百年前，在皮卡斯医生的操作室里，我想说却没能说完的那句话，我鼓足勇气，冲着镜子里的叶子，再把那句话说出来："亲爱的，我们一百年后见！"

我隐隐听到达琳的声音，她似乎是在回答我，又像是自言自语："哎！谁知道呢？有私情，世界不太平，没有了私情，世界还是不太平，只羡鸳鸯不羡仙……"

达琳的声音突然变得异常遥远，我有过一次经验，知道马上要发生什么，我感到莫名的恐惧，仿佛突然意识到，未来毕竟还是未知的，我根本就不了解自己，又怎知未来？我想再看一眼叶子，视线却已不受控制，朝着某个随机的方向滑落，我眼前出现一排模模糊糊的红字：

2526 年 2 月 14 日，某时，某分，某秒。

一阵突如其来的眩晕，把我和我的一切都抛向虚无中去了……

第一稿 2016 年 10 月 7 日，于旧金山

第二稿 2016 年 11 月 7 日，于北京

第三稿 2020 年 4 月 30 日，于旧金山

人类编年史

1983 年　美国制订"星球大战"计划，马克思逝世一百周年，秦朝阳出生。

2016 年　秦朝阳参加的勘探队发现了蓝质矿石。

2018 年　多国间谍组织争抢蓝质秘密，秦朝阳被迫和妻子暮雪叶冬眠。

2060 年　发达国家联合消灭了"邪恶宗教及组织"，新的国家巴土联邦建立。

2112 年　巴土联邦政权为了获得蓝质矿开发权，血洗了巴土联邦的几个村落。

2140 年　强尼垄断了巴土联邦的蓝质开发，强尼家族成为巴土联邦最强大的家族。

2148 年　强尼因肺癌冬眠。强尼家族败落，蓝质矿开发权落入马吉德家族。

2206 年　香港兰桂坊一间同志酒吧遭遇恐怖袭击，四百余人死亡。

2217 年 俄罗斯和北约因争夺蓝质矿产生冲突，互相攻击对方的卫星和空间站。

2219 年 某俄罗斯航班被击落，史称"蓝质战争"的第三次世界大战爆发。

2222 年 日本作家竹田夏的小说出版，揭露"蓝质战争"内幕，导致大战局面反转。

2223 年 竹田因出卖中情局而被迫冬眠，波特曼将军逼迫各国首脑签署共和协议。

2224 年 世界统一，地球共和政权建立，波特曼将军被迫冬眠。

2240 年 基因优选计划解决了疾病问题，人类废除冬眠。

23 世纪 国家、宗教、种族的界限被消除，人类大同得以实现。

24 世纪 人类废除私有制，禁止私情，进入"完美时代"。

2350 年 荷艾文区建成，人类启动"复苏计划"，让冬眠的古人分批复苏。

2515 年 人类遭遇创造力危机，波特曼将军被复苏，肩负起再度拯救人类的使命。

2525 年 秦朝阳、强尼、曼姬、竹田复苏，给人类的完美时代带来了动荡。

图书在版编目（CIP）数据

复苏人 / 永城著. -- 北京：作家出版社，2021.10
ISBN 978-7-5212-1435-2

Ⅰ.①复… Ⅱ.①永… Ⅲ.①幻想小说 - 中国 - 当代
Ⅳ.①I247.5

中国版本图书馆CIP数据核字（2021）第088384号

复苏人

作　　者：永　城
出版统筹策划：汉　睿
装帧设计：天行云翼·宋晓亮
版式设计：周思陶
责任编辑：翟婧婧
出版发行：作家出版社有限公司
社　　址：北京农展馆南里10号　　邮　　编：100125
电话传真：86-10-65067186（发行中心及邮购部）
　　　　　86-10-65004079（总编室）
E-mail:zuojia@zuojia.net.cn
http://www.zuojiachubanshe.com

永城作品版权由北京嘉印文化传播有限责任公司全权代理
业务合作：info@joy-ink.com
www.joy-ink.com

印　　刷：三河市紫恒印装有限公司
成品尺寸：142×210
字　　数：220千
印　　张：9
版　　次：2021年10月第1版
印　　次：2021年10月第1次印刷
ISBN 978-7-5212-1435-2
定　　价：58.00元